採珠勿驚龍 II

鯤鵬之變

作者／
二郎神犬馬

目錄—contents

第一章 400#樣本

1.

一艘英國籍貨輪「凱瑟克」號，正漂蕩在風暴中的挪威海上，甲板和貨艙內，堆滿了從深海中捕撈上來的大西洋鱈魚、比目魚……此時整個海面烏雲密布，巨浪將這艘船掀得如同海神手中的玩物。艙內一筐筐的魚，多數被晃得掉落一地。

奇怪的是，整艘船從駕駛室，到甲板，再到貨艙，空無一人，只剩船舵孤零零地偶爾左右轉動幾下。

深藍色的海浪，不斷拍打著鋼鐵船身；令人不安的濤聲，充斥著整個海面。突然，水中猛地現出一條長滿吸盤和肉刺的巨大觸手，迅速抓在凱瑟克號的甲板上，長度幾乎超過船體的寬度。緊接著，海面逐漸顯露出一個巨大的黑影，伴著十幾條同樣恐怖的觸手，從水裡伸了出來，牢牢攀住船身。當那個黑影完全露出水面時，只見兩隻綠幽幽的眼睛，冒著鬼火，鑲嵌在滿是皺褶的皮膚裡——竟是一隻巨型章魚。

巨型章魚完全抱住了船隻，面對甲板上堆滿的海魚，張開了巨口，露出成排刀鋒狀的尖牙，遠遠看去，就像一隻狼蛛撲向了被網住的昆蟲。

在距離這艘貨輪稍遠的四周海面上，隱約現出幾艘護衛艦和科學考察船，藏匿在波浪裡，形成一個圓形，遠遠地將凱瑟克號包圍在內。

東面海域的一艘護衛艦，艦橋指揮所裡，一名海軍長官正舉著望遠鏡，盯著貨輪上發生的一切。他的海洋迷彩服外穿著橘黃色的救生衣，彷彿做好了船沉、落水的最壞打算，片刻後，他下令道：「Fire!（開火！）」

炮塔剛一開火，貨輪甲板上的巨型章魚，先是猛地抬頭怔住，似乎聽到了遠處的炮聲，接著朝炮火襲來的方向一聲憤怒嘶吼，露出滿嘴劍齒，沒有絲毫猶豫，立刻鬆開船身，掉頭向海裡滑去。凱瑟克號在這幅度巨大的動作之下，竟被帶動著側翻過來。

就在最後一條觸手即將離開甲板時，數發炮彈飛了過來，準確命中船隻，劇烈的爆炸將那條觸手炸得粉碎。可是，這隻海怪已經完全入水，斷一條觸手並無大礙。牠猛地深潛，而後朝著相反的方向猛竄。

儘管貨輪已被炸裂，巨型章魚也已入海，但東北和東南方向的兩艘軍艦，仍舊火力不停，炮彈不斷落在海面上，爆炸聲響震天。

而與軍艦相對的西面海域，兩艘大噸位的科學考察船上，船長各自下令：「Cast the net!（撒網！）」

巨型章魚先是受了驚嚇，此時又驚駭於背後的炮聲，更是加快了速度，豈料幾分鐘後，卻一頭撞進了西面海中早已布好的漁網裡。而南面、北面，還有數條船隻，也做好一切準備，三面合圍，朝中心收攏。

那隻龐然怪物，無論往哪裡逃，都是死路一條。

2.

如果將目光順著水中漁網裡的巨大海怪繼續往下移，會發現在這一片幽靜的深海裡，有座堡壘般的鋼鐵建築隱匿其間，看起來好似是將石油鑽井平台由海上移到了深水裡。但這座奇怪的建築，其實要比鑽井平台複雜太多，說成人類想像中的未來宇宙空間站，或許更合理。

只不過，它不在太空，而在大海的靜謐深處。

在這座水下堡壘裡，一間白色光亮的手術室，五六名戴著口罩與防護面罩的醫護人員，正圍著手術台，上面綁著一名男子。這名男子渾身赤裸，頭髮與眉毛均被剃光，掙扎著想要起身，但被醫護人員死死按住，隨後一針打了下去。

手術台旁邊的架子上，放著一套奇怪的裝備，材質看起來絕非金屬，而是某種仿生材料，造型也奇怪至極，令人匪夷所思地分爲三個部分。上面的部分是半橢圓形，像是由五六片巨大的魚鰓組成；中間的部分是弓形，稍微有一點類似潛水時用的氧氣瓶，但比那要狹窄得多，也更長一些，乍看之下，又有點像是鯊魚的背鰭；最下面的部分由兩副同樣的裝備構成，彷彿一對腳蹼，如果大膽些的話，可以說，更像是一對尾鰭。

這些只是從外形上而言，其實，這套裝備不僅僅是看起來非常精密複雜，似乎每部分的內裡，都還有某種動力系統或是功能系統。另外，尚有不少散落在一旁的零件，也許能夠將這些全都連接成一個整體。

隨著那一針打下去，手術台上被綁住的男子，慢慢停止了掙扎，意識逐漸模糊。一名醫生將手術刀點向男子的耳根上端位置，大略順著耳廓，由上往下拉開，刀口深沒入皮肉，接著從創口向腦腔內插入一根管子。

男子此時已經完全昏迷，閉上了眼睛。他也許知道，也許不知道，在這間手術室隔壁的倉庫內，豎立著許多巨大的玻璃水棺，像是一口口豎立的棺材。

玻璃水棺之內，是一個個赤身裸體的男人，但與其說是男人，不如說是魚人，因為他們的肉體，與剛才所說的那套裝備，連接得根深蒂固，就像是嫁接的樹枝一般，接穗與砧木早已緊密結合，不分彼此——那幾片魚鰓狀的裝備從他們的雙耳耳後部位生長出來，繞到頭頂中央結合；既像氧氣瓶又像鯊魚背鰭的東西，直連脊柱；兩副尾鰭分別生長在雙腳後跟到小腿肚的位置上。

這些魚人或者說魚怪，在那些巨大的玻璃水棺內，焦躁發狂地不斷游竄、撞擊，偶爾也有幾個正處於昏迷中，或許是睡著了。

廣播裡傳來聲音：「Specimen Number 400 prepares.（400#樣本，準備。）」

這時，無數玻璃水棺中的其中一口，開始被自動傳輸出列，接著進入軌道，滑向一個入口，不知通往何處。

水下堡壘裡的一間指揮大廳裡，一百多個人，全都穿著白袍，應該都是科學家或者研究員。整個室內像是衛星發射基地的指揮中心，這些人坐在一排排儀器後。不過最前面的巨大顯示螢幕上，卻並非太空宇宙畫面，而是一片藍色的深海，四周都有岩壁，看起來像極了深海競技場。顯示畫面的右邊有個分割小視窗，小視窗的畫面是一部由上而下的傳輸電梯，側旁還有數值在不斷變化著。

廣播中的聲音：「500 meters deep.（深度：五百公尺。）」

指揮室裡沒有太大反應，不過分割面畫變大了，原來那不是往下的電梯，而是那口被傳輸出來的玻璃水棺，正在一架海底升降機的軌道上，不斷向深海下沉。而四面的玻璃此時已被抽去，整個水棺成了水籠。被關在裡面的男人因爲快速下降帶來的劇烈水流衝擊，不斷地游竄撞擊著，畸形得像隻魚怪。

過一會後，廣播裡傳出：「1,500 meters deep.（深度：一千五百公尺。）」

指揮室裡有了些小小的議論，不少人的臉上開始充滿期待和興奮。

水籠繼續下潛，螢幕旁邊的數值不斷跳動，當廣播中傳出「3,000 meters deep.（深度：三千公尺。）」時，整個指揮室內反而變得一片寂靜，似乎所有人都在屏氣凝神等待什麼。

廣播聲：「Release the specimen.（釋放樣本。）」

水籠被打開，籠中的男人驚恐地瞪大眼睛，朝四周看了許久之後，才小心翼翼游了出來。這裡已是水深三千公尺，按理來說，幾乎是沒有光線的，但這片水域仍能顯示出海的顏色，顯然在這片競技場，到處都有海底照明設備。

廣播聲：「Release Kraken.（釋放海怪。）」

男人籠罩在一片陰影當中，他對面的海底崖壁，響起類似閘門上升的聲音，片刻後似乎有什麼龐然大物緩緩游了出來。那個畸形得像魚怪一樣的男人，察覺到了來自對面的危險，目不轉睛地盯著。

突然，陰影中現出了一雙綠幽幽的眼睛和其周圍滿是皺褶的皮膚，緊接著，龐大的身軀閃電般游出，揮舞著數十條巨大的肉刺觸手。

男人恐懼至極，本能地轉身便逃，朝一旁游竄，但巨型章魚緊追其後。誰知在這生死存亡之際，那男人卻突然在水中定格，緊接著，數縷血液從全身各處飆出，半秒鐘後，整個人似乎被某種看不見的力量壓縮得小了一號，如同一個被踩扁的易開罐。

當巨型章魚那滿是吸盤肉刺的觸手即將抓到他時，男人的整個身子突然間炸得粉碎，大團的血汙在深海中擴散開來。

廣播裡傳來聲音：「HPSE❖, mission failed.（高壓自爆，任務失敗。）」

❖ HPSE：即 high-pressure spontaneous exploded，意為高壓自爆。

第二章

震山撼地

二〇〇四年　美國——「魚鷹」州立監獄

陰暗、灰藍的色調，充斥著這間九尺牢房。一道鐵柵欄之外，便是走廊。兩名高大強壯的警察，身著黑色制服，打開鐵門。柵欄被推開時，發出沉重的聲響。

牢房裡的男人，身著一套已經洗得泛白的淡藍色囚服，他從鐵床邊站起身，踱出柵欄門，然後沿著窄長的走廊，緩緩朝外走去。

放風的時候到了。

幽暗的走廊內迴盪著鎖鏈、鐐銬的聲響，當盡頭的鐵門被打開後，光線射進，男子本能地抬起手臂，以遮擋陽光，一兩秒鐘後，跨出門外。他佇立在門前，並不急著走動，環顧四周鐵絲網牆的同時，輕微嘆了口氣。幾縷曠野之風刮過，吹開擋在他眼前的滄桑長髮，露出遍布額頭的皺紋，如同一道道溝壑，印證著歲月的殘酷。

爲何這座監獄叫作「魚鷹」？簡清明也不知道。從中國被遣返後，他關在這裡已經快兩年了。他是危險等級最高的囚犯，一直被單獨監禁。好處是無人騷擾，壞處是那種看不到盡頭的孤獨，會逼得你發瘋。

能跟人說上幾句話的時候，只有現在。簡清明檔案上的英文名叫James（詹姆斯），James Kan（詹姆斯・簡），魚鷹裡的囚犯都喊他爲Dragon Jimmy（吉米・龍），雖然他的最終目的是採到鬼雨異珠，擁有呼風喚雨、掌握五雷的魔力，但在監獄裡傳來傳去的，都是這個男人與龍有關。老外們不太懂得在中國文化中，龍與珠的密切關係；也不知道中國的龍，與西方傳說中的地下惡龍，完全不是一回事，所以他們就給簡清明取了這麼個外號——Dragon Jimmy。

他緩緩到場邊的水泥台階上坐下，看著幾個黑人漢子打籃球，而東南方的器械場上，有人在臥推槓鈴，更多的囚犯則是東一堆、西一群，聊天散步。

這時，一個異常彪悍強壯的黑人囚犯，領著一群人走了過來，挽起袖子的胳膊上滿是紋身，甚至連脖子上都刺了青，那是一個漢字——勇。黑人來到簡清明面前站定，但並沒有說話，只是盯著他看。而簡清明依舊坐在那裡，不閃不躲，自顧自地瞧著遠方，彷彿那裡有什麼東西在等待著他。

片刻後，這人彎下腰，說：「They all call you Dragon Jimmy, tell me why.（他們都叫你吉米・龍，告訴我這是爲什麼。）」

簡清明收回目光，在這人臉上停留一番後，緩緩卻又傲慢地說出兩個詞：「Fuck off.（滾開。）」

黑人囚犯直起身，朝左右手下看了看，然後回過頭，一把揪住簡清明的衣領，將他拉了起來，惡狠狠地說：「Let's find out, if you are a dragon or a piece of crap.（讓我們看看，你是條龍還是塊廢鐵。）」說著，一拳便揮了下來。

簡清明畢竟已經是五十多歲的人，面對這樣一群故意找碴的獄霸，自然難有還手之力。他的側臉受了重重一擊，直接被打趴在水泥台上。不過，他啐了一口帶血的唾沫後，又爬了起來，繼續站在那人面前，除了一臉傲氣和蔑視，嘴角竟還帶著些許渾蛋般的笑意。

幾乎是必然的，又一記重拳將他放倒。

就在簡清明竭力撐起雙臂，想再次爬起來時，地面猛地抖動一下，像是飛機突然遇到了亂流，機艙裡面的人們被猛地一震。

簡清明以及將他圍住的囚犯，彷彿棋盤上的棋子，均被這突如其來的大地顫動，抖得顛跳一下，心驚之餘，不免抬頭四顧。正在眾人不知所措之際，恢復平靜的地面，又開始連續不斷地小幅震動起來。

犯人們發出此起彼伏的喊叫，整個放風場地內出現明顯騷亂，緊跟著周圍響起警笛聲，同時高音喇叭裡傳來警示廣播：「Everybody down, remain where you are.（所有人待在原地，蹲下不要動。）」哨樓上的獄警舉槍對向場內，防止事態升級。

鐵絲網牆外遠處的地面，忽然崩出一道裂縫，隨著地震持續進行，越裂越大，越裂越長。地面隨著晃動的幅度和強度，也越來越高。監獄四周的塔樓，被震得搖搖欲墜。

頃刻間，那道裂縫便被撕成了一道鴻溝，但裡面黑漆漆一片，似乎深不見底。就在這時，猛地從這巨壑內部飛出一群東西，遠遠看起來，像是一群山洞中被突然驚得炸窩的蝙蝠。

這群「蝙蝠」甚是怪異，出了洞口後，便朝魚鷹監獄直飛而來，及至臨近囚犯放風場地，當人們頭頂的光線暗淡下來時，大家才注意到，這群東西並不是什麼蝙蝠，而是一群從未見過的生物，如果要從外形上直觀判斷，只能暫時說是三疊紀到白堊紀時代的翼龍。

這些翼龍的數量驚人，體形雖大小不一，但平均下來每隻的翼展能達十公尺左右。

四座哨塔上的持槍獄警尚未來得及反應，便被群龍利爪抓住。牠們先是將獄警拖出塔樓，飛向高空，接著鬆開龍爪，將其扔下去。最後一名獄警在被拖出去時，狂喊大叫之餘，扣動扳機，朝天空開了一梭子彈，但也只能算是垂死掙扎。

地震依舊在持續，更多的翼龍開始襲擊放風場內的囚犯們。眨眼間，圍攻簡清明的那群獄霸，便有四五個人被翼龍閃電般拖走，瞬間不見蹤影。

人們的頭頂不斷有血肉掉落下來，大概是那些被抓到天上的囚犯，引起了群龍的空中搶食。

站在簡清明對面的那名黑人囚犯老大，此時身上的那股彪悍蠻橫已全然不見，看著這個被稱作Dragon Jimmy的老臘肉，目瞪口呆。

而簡清明帶血的嘴角揚起一絲笑容，說：「Now, you know...（現在，你知道……）」還沒說完，這個黑人漢子，便也被一隻從天而降的翼龍撲倒，慘叫聲隨即響起。

魚鷹監獄的所有建築逐漸坍塌，最先倒下的便是四座高高的哨塔。所有警力全部被緊急抽調到放風場。這片開闊地帶成了監獄最安全的地方，因爲可以避免被倒塌的建築砸死或砸傷。但安全的同時，又要面對這群借著地震，突然從鴻溝地底竄出，直掠而來的類翼龍生物。因此整個放風場裡槍聲大作，火光、慘叫聲、龍鳴聲，在震天撼地的搖晃中，混成一片。

第三章

血液研究

青龍事件之後，我原先想去南方當潛水教練的計畫，被無限期擱置，既有官方原因，也有個人因素。

首先，九淵博物館的實驗室已經全面升級爲國家重點實驗室，雖然表面上仍屬九淵，仍在九淵之內，對外還是掛著「貝類及古生物實驗室」的牌子，但內部的專業定義很明確，就是研究龍和異珠，而且實際運作方式是由一個決策委員會領導，決委會由全國該領域的頂級專家組成，這些專家來自各大學院校或者官方研究機構，每個人背後都代表一支研究團隊。其中麥思賢任首席（常務）專家，因爲那麼多研究人員，不可能一直都在九淵，所以，平日裡基本上還是麥教授帶著研究員，常駐博物館，唯一跟以往不同的是，這裡多了不少新面孔。

而我是在青龍事件中發揮了較爲特殊作用的人，雖然暗中接受了表彰，但官方極力抹去各種痕跡，讓我能盡量不受外界干擾地生活，說簡單點，各方面都希望我隱姓埋名地過普通人的生活。我自己是沒有任何意見，巴不得沒人來煩我，但實驗室這邊是絕不會放我走的，備案、定期聯絡、例行檢查等等，必不可少。

其次，因爲實驗室升級，由麥思賢與山海大學合辦，變爲國家性質（博物館部分仍屬麥氏基金會所有），其中很多專案已屬國家機密等級，郭美琪身爲一個外國人，不少領域都無法參與其中，即使有參與，也幾乎只是打雜性質。儘管她是華裔，儘管她普通話說得比我還溜。即使麥思賢比較信任她，但實驗室現在畢竟是由決委會領導，有些東西麥老也不得不顧忌。但郭美琪仍舊決定留下，我肯定也不可能離開她，獨自一人回南方。

因爲這些原因，所以我相當於被變相綁定在這了。但我畢竟是已經大學畢業的人，仍舊靠父母每月給生活費，時間久了，家人難免有意見，我自己心裡也不踏實。

然後有一天，我突然冒出個想法——乾脆在這裡上班好了，總比每月伸手向家裡要錢強啊，跟父母也算有個交代。於是連夜打了份報告，大意是說我想到九淵上班，做研究員，並且著重強調了一點——否則生活沒有著落，就不得不離開南京，回深圳老家去。

雖然透過打報告，主動向人家討工作，這種情況恐怕很少見，但你別不服氣，一週內就有了公文回覆，同時，麥思賢打電話給我，說上面同意了，我可以來實驗室上班，而且薪資待遇跟他這個首席專家相差無幾。

上班後，大家也能猜到，我只是名義上的研究員，最主要的工作呢，就是給專家們提供實際研究標的，主要有三個方面——

第一個方面，是血液的研究，他們試圖找到二次骨髓移植的途徑。什麼是二次骨髓移植呢？比如，之前我將自己體內的骨髓移植給了郭美琪，但專家們的重點是在——是否可以將郭美琪的骨髓再二次移植給第三人。

這個研究的意義在於，如果可以實現，那麼第三人就能再給第四人，如此接力下去，最終萬能抗性血液將可以無限量供應，對於醫療領域而言，簡直有不可估計的價值。否則，萬能抗性血液將只能由我一個人提供，而作爲個體，我身體不可能受得了每個人都救。事實上，雖然萬能抗性血液是經過篩選改造、物競天擇之後，能夠適應人體的血液，但源頭上畢竟有龍血的特殊性。而且自從被田沛打了龍髓之後，現在我體內再也不是原先單純的萬能抗性人血，而是帶有萬能抗性的百分之百龍血，所以即使血源充足，或者我個人的身體狀況允許，也不能隨便輸血，或者捐獻骨髓，因爲涉及基因、遺傳、變異等各個方面，在未經科學全方位嚴謹的論證之前，輕易操作的話，一旦引發基因汙染，甚至基因汙染後的連鎖反應，對於全人類都將是毀滅性的後果。

所以整個計畫是分三步走：首先解決二次移植；再研究論證龍血對於人類固有基因的影響問題；最終的一步是，探索人造異珠、人造龍牙的可能性。

不過首先，課題組發現了一個極爲奇怪的現象，導致二次移植幾乎不可能成功。那就是郭美琪體內移自我的萬能抗性血液，在出院後至完全康復的一段時間，竟然逐漸還原成了她原本的血液，最終完全穩定後，好像是從未接受過骨髓移植一般，萬能抗性血液在其體內消失得無影無蹤。

這簡直匪夷所思，就如同牛吃進草擠出來奶，萬能抗性血液經過普通人體的免疫系統之後，雖然能夠暫時使用，但竟逐漸轉化成了普通血液，而我體內的始終不變。所以，最後研究又繞回了我身上，因爲我的體內一定有某些東西，跟普通人是不同的，才會導致這種現象的發生。

這好比印度魔術戲法神仙索的幻術，明知道是戲法，但就是對其中的奧祕百思不得其解。科學家們幾乎就差將我解剖了，仍然研究不透，這到底是怎麼回事，究竟是什麼原理。

而第二步的研究，目前他們能觀測的對象只有我和郭美琪兩個人，而偏偏郭美琪已經轉變成了完全正常的普通人，我又是從小到大就這樣，什麼都沒變，什麼都觀測不到，所以研究陷入了停滯不前的境地。

第三步，人造異珠和人造龍牙。現在大家都知道了，異珠和龍牙之所以奇異，根源在於它們蘊含的能量。還記得我之前重複說過的一句話嗎？一切關乎能量。麥思賢之所以能將鬼雨異珠「呼風喚雨、掌握五雷」的魔力，轉移到我的身上，其本質是將異珠和龍牙的能量，換置到了我的體內，再加上田沛無意中注射到我體內的龍髓，將原本的血液改造成純龍血，所以才能如此。

但不管是異珠還是龍牙，都極爲罕見。實驗室根據其中原理，提出了一個想法，如果能人造出與異珠和龍牙同樣成分的能量來（這裡姑且稱爲成分，因爲我不知道該用質地還是原料，或者其他什麼詞語，畢竟異珠和龍牙蘊含的是混合能量，如果套用中國傳統文化中的金、木、水、火、土五行元素的話，那就是五行能量的比例是不同的），那就可以實現除了我之外的第二個人、第三個人，乃至第N個人，都可以具有人類夢寐以求的魔力，而且這種魔力還是可控制、可調整、可選擇的。

這麼想起來，是不是很熱血沸騰？確實。但請恕我說句不客氣的話，因爲事實上這如同痴人說夢，至少以我對這個項目的瞭解，根本就是連起步都算不上。首先，連自然能量的物質構成都研究不清，唯一知道的還是老祖宗傳下來的——世間能量分金、木、水、火、土五種。不過光憑這一點，也遠遠走在世界前面了，因爲西方科學家連對這五種基本能量類型的劃分，都還懵懂無知。

但有一點我得承認，那就是這項人造異珠和人造龍牙項目的名稱很霸氣，叫作——「龍衛」工程！並且因爲麥思賢在這方面的研究遠超全球，畢竟可以置換轉移能量的「九淵儀」就是他憑藉一己之力發明的，所以，上頭命令由麥教授全面負責龍衛工程，但他在研究的根本方向上有保留意見，麥思賢認爲自然能量不可能人造，這在哲學上就是悖論，應該從探測採集入手。他提出一個說法：人類自從發現了煤炭、石油等礦物的價值後，就在全球範圍內開始勘探，然後開採出來使用；那麼同樣地，對於自然能量，也應該將其視爲一種極其特殊的礦物資源，首先應該解決的是勘探問題，然後是採集和提煉。

就實際步驟來說，他的觀點是，龍衛工程如果想取得進展，目前最合理的方向是——探索地下世界和水域，尋找採集異珠和龍牙，最後靠九淵儀置換轉化。

你要我說，當然麥思賢這個想法可行，畢竟已經在我身上驗證過了，不過上頭對此持謹慎態度。其實呢，如果以全方位角度考慮的話，謹慎些是對的，就好比秦始皇陵，當不具備挖掘和保存文物的技術時，貿然開採的話，弊大於利，搞不好會爲地下寶藏帶來毀滅性災難；那麼同樣地，對於那個地下世界和地下水域，特別是裡面還有龍和異珠，如果各方面配套科學研究技術不成熟，卻貿然去探索的話，會帶來什麼樣的後果，沒人知道。

我記得有一次，決委會的季例會，有人跟麥思賢在這個問題上爭論不已，那人最後說了一句：「上次才出來了一條青龍，就惹出這麼大麻煩。要是還朝地下探索，採什麼珠，屠什麼龍，最後不小心放出來十條、二十條，到時候你麥思賢負責嗎？你負得起這個責嗎？」

申請被駁回了一次之後，麥思賢便再沒提過這件事，但是以我對他的瞭解，能猜到。他這人的脾氣就是，不喜歡囉唆，極少跟人爭論、耍嘴皮子，一切靠自己，凡是他認定的事情，哪怕全世界沒一個人認同，他也會想盡一切辦法，自己去做。更何況，在發生青龍事件之前，幾乎還沒有人注意到地下世界時，麥思賢的九淵博物館不就是一切靠自己的嗎？他早就將目光投向了那裡，而且都幾乎爲此奮鬥了大半輩子了。

大概是因爲這種特立獨行的性格，麥教授身上散發出一種奇異的氣場。我有時經過他的書房，無意中一瞥，看到他佇立窗前的孤獨背影，心裡便會莫名其妙地閃現個想法——可怕的麥思賢。

沒錯，就是可怕。落地窗前，高大凌厲的背影，掩映在書房的昏黃中，抬頭看著遠方，似乎那些爭吵和阻攔，半點也無法觸及其內心，此時無聲，卻隱約響著他的話：「追逐魔力，是我活著的目的，金錢不是。」

第四章

尋常怪事

在實驗室裡，我的工作不多，很清閒，唯一的任務就是做免費體檢，其他時間都在閒逛，那裡的研究員幫我取了個外號——龍王，夠霸氣吧？哈哈，是挺霸氣的，但與我的性格不太相符，從內心來說，我是個低調的人。

每天下午，我基本上都泡在博物館後面的游泳池裡，等到三四點鐘的時候，就開始洗澡，換衣服，回家。路上會到離家不遠的菜市場買點菜，然後回到家裡，開始按照從網路上搜尋來的食譜做飯。等到晚上七點多，郭美琪就到家了，此時剛好飯菜上桌，一切完美。

我做菜的時候，喜歡將客廳的電視打開，而偏偏這個時段的節目，要麼是大媽劇集，要麼是少兒動畫，還有各種電視購物推銷，所以我通常會轉到所剩不多的新聞頻道，有一搭沒一搭，邊切菜邊聽播報。

那陣子很奇怪，隔三岔五，總能聽到新聞裡有地震的消息，有天晚上我和郭美琪正吃著飯，電視裡又傳來一則新聞——「據美國地質調查局消息，北京時間今天凌晨，美國中西部的朗茨市，發生芮氏規模八點五級地震，震源深度零公里。由於地靠洛磯山脈，強震引發大規模山體滑坡，人員傷亡和建築物損毀情況，尚未統計完全。地震過後，該市市中心出現一處巨型天坑，當地警方稱，天坑塌陷處原爲維文國際珠寶公司總部大樓，其地下金庫中存放著數量龐大的鑽石。國民警衛隊員表示，該金庫雖採用與大廈整體澆置，且位於地下十四公尺處，但在本次地震中，由於大廈完全陷入巨型天坑，且地下斷層的複雜程度出乎意料，截至目前，尚未能探測到金庫具體位置……」

我夾了口菜，說：「最近美國怎麼這麼多地震？」

「這有什麼奇怪的？」郭美琪說。

「偶爾一次，那倒沒什麼，但兩個月不到，我聽新聞裡就報了四次了。」我手拿筷子指著電視機，「喏，妳看，這次更離譜，別的地方不塌，偏偏裝滿鑽石的金庫塌了，最後竟然還落入深坑裡找不著了。」

她舀了一勺奇異果拌優格，說：「美國很多地方都處於地震帶，比如加州，一直是地震高發區。我以前特地查過，也就只有五大湖附近、佛羅里達州，還有德州等地方，地震風險比較低。」

我左手拿瓶啤酒，去茶几上找了枝紅筆，然後走到牆上掛的地圖前。

「你做什麼？」郭美琪問。

我費力地在上面找到朗茨市的大概位置，用紅筆劃了個小圈，說：「閒得沒事幹，我把這幾次地震的城市都標記出來了。」接著後退幾步，抱臂端詳。

「你還眞是閒。」

我用手指頭朝最近發生地震的城市，依序點去，突然好像發現了什麼，嘴裡嘶了一聲，說：「咦？奇怪啊，這四個地方還是依次由東往西的。」

「可能是地震波沿著一條地震帶的邊緣在傳播囉。」

我回頭看了她一眼，笑著說：「大姐，妳好歹也是做科學研究的人，專業點，好嗎？」

郭美琪聳了下肩膀，說：「我又不是研究地震的。」

我扭頭繼續看地圖，咬著筆蓋，自言自語道：「如果眞是這個規律的話，那再過幾次後不就應該到加州了？」隱隱約約有種不祥的預感，在我心頭滑了一下，但當時並未捕捉到，因爲畢竟關押簡清明的魚鷹監獄雖在加州，但誰能透過東部和中西部發生的幾場地震，就可以提前預測並肯定，西部的魚鷹監獄也將發生地震呢？

這件事便這麼過去了，我們都沒太在意，日子一如既往地飛逝而過。雖說我和郭美琪感情很好，也相處了有一年多的時間了，但我這人呢，對任何事情都認眞，當一個人認眞對待感情，並且經過一定時間的相處醞釀之後，通常會考慮到談婚論嫁的問題。

有一天中午，我拉著她來到博物館旁的山頭，兩人坐在山頂老松下的那塊大青石上。看著遠處的都市建築，我說：「我們回趟深圳吧？」

「幹嘛？」

「我爸媽想見妳。」

她扭頭甜甜地看了我一眼，說：「有什麼特別的含意嗎？」

我咧嘴笑了，說：「有啊，結婚啊！」

她故意嘟起嘴，假裝嗔道：「你都還沒向我求過婚呢，這就想把媳婦領進門了？」

我起身站到她對面，說：「妳這個流程搞錯了，我們這裡呢，是先見雙方父母，然後再談婚論嫁，下聘禮。那之後妳要我怎麼求婚，我就怎麼求。」

「少騙人，我才不吃你那套呢。要我跟你去深圳，你得先向我求婚，否則我不去。」

我愣了一下，問：「怎麼求啊？在哪裡求啊？」

郭美琪也站了起來，在樹下走了兩步，背手笑著說：「今天先在這裡空手練習一遍。下次，要在街上求，可就不能空手了。」

我當時就傻了，哭笑不得：「眞的假的啊，還得先練習一次？」

「是啊，哪有那麼容易？你以爲就今天在這，也能糊弄過去？」

我甩甩頭，說：「好，好，妳說什麼就是什麼。」然後我看看四周，沒人，於是扭扭捏捏，單腿跪到她面前，剛準備開口，郭美琪拿著手機哢嚓一聲，給我拍了張照片，然後嘻嘻笑著就想跑開。

我站起來，從後面一把摟住她的腰，說：「結了婚，妳就得跟我留在中國了。」

「你在哪裡，我就在哪裡。」她轉頭微笑著甜甜答道，「而且那樣正好，現在因爲我是美國國籍，所以實驗室那些頂尖的項目，我都沒辦法加入。但跟你結婚之後，那我就可以申請入中國國籍了，他們就沒辦法把我拒之門外了吧，嘻嘻。」

我有點不開心了，說：「喂，妳到底是爲了能參加研究專案才跟我結婚，還是眞的因爲感情啊？」這句話我說的時候半眞半假，裝生氣的成分居多。

她捏住我的鼻子，嗔道：「裝模作樣，還生氣呢。用針給你戳個洞，氣就消了。」我跟她總是沒辦法眞生氣，被她這麼一逗，又哈哈笑了起來。

兩人依偎了片刻後，她說：「回完深圳後，你也和我去趟美國吧，見見我父母。」

我想了想，說：「好！」然後嘴裡嘖嘖幾聲，「妳爸媽不會不同意吧？」

「這事他們說了不算，我結婚，又不是他們結婚。」

我哈哈笑了起來，說：「好，好，我就喜歡妳這樣。」

「瞧你得意的！」

回深圳見完我父母後，去美國的機會很快來臨。不過這個機會來到的方式和原因，卻出乎所有人意料，甚至壓根與去見郭美琪的家人毫無關係。但因爲在那之前，還發生了些很重要，也很奇怪，或者說是驚人的情況，導致了後來一系列兇險事件。在調查的過程中，逐漸揭發了隱藏在這個光明世界背後，常人難以察覺的眞相，所以，我想還是一步一步來講。

在深圳老家，我父母對郭美琪很是滿意，他們甚至感覺不到她是個外國女孩。那幾天，我體會到了久違的快樂，一眾小時候的玩伴兼狐朋狗友，每天拉著我們，滿世界找樂子。

所以，當我們再次返回南京時，我就有些不適應了，因爲和深圳比起來，這是一個陌生的城市。每天枯燥的實驗室生活，讓我感覺自己像隻小白鼠。

除了郭美琪以外，南京僅有的幾個朋友裡，杜志發是個敗家子，他在哪都能玩得嗨上天，整天不見蹤影，偶爾找過我幾次，談的還都是——什麼時候再去採珠啊？說他手頭緊，想再搞點錢。我差點沒吐血，要知道，上次給他的那顆小夜光，多少人存一輩子錢都買不起。他倒好，這才過了多久啊，就開始手頭緊了。

趙金生呢，因功直調省公安廳治安管理局，做了水警處長，下面各縣市的水上派出所、水警支隊之類，都歸他們處管理，所以公務繁忙。

但我一個大閒人，一般情況下不好意思去找他。

還剩一個梁丕，一來他是我爺爺楊子衿的嫡傳弟子，二來這位老哥大部分時間是在蒐集線索，公司裡還有一大幫手下忙著，所以找他解悶不錯。於是，我時常往他那跑。

在青龍事件中，他跟麥思賢合作了一次，他們兩人的研究方向有很大部分是重疊的，特別是龍的方面。所以麥教授跟梁丕談了幾次，還請我去當說客，想把老梁拉到九淵博物館來。

但梁丕除了把新海灣廣場B座一一〇七裡那些我爺爺當年留下來的關於龍祖肅元的研究資料和設備，連搬帶送，全都給了九淵，其餘合作便不肯再進行半步。

有一次，他約我去山裡野溪釣魚，我藉機問他爲什麼，他叼著根大雪茄，說：「你還年輕，有些道理不懂。麥思賢他們都覺得龍領域是一座待開發的寶藏，裡面有無盡的魔力和財富，所以他們置身其中，不願離開。」他頓了片刻，吸了口雪茄，「但是呢，這個世界上，越是巨大的成功，背後就越是巨大的風險。風險大了，會死人的。所以，我現在不但不願與麥老頭合作，還更想與龍切割乾淨。」晃晃腦袋，笑了一聲，「如果你在古代，知道某個時候亂世將至，你是提前收拾細軟，隨時準備帶著家人躲避戰禍，還是欲將招兵買馬，征戰天下？」

我愣了愣，不明白他的意思，說：「這個問題我還從來沒考慮過呢。」

梁丕繼續說：「我一定是前者。這就是所謂——有人求名問神異，有人保身自隱居；有人星夜趕科場，有人辭官歸故里。」頓了一下，「各人各選擇。我跟麥思賢是完全不同的兩種人，合作，怎麼可能？我跑還來不及呢。」

這時，他將魚竿收起，釣上來一條紅鯉魚，卸下鉤子後扔進桶裡。接著順帶朝我的空桶裡看了看，說：「知道爲什麼你釣不到魚嗎？」

「不知道啊。」

「因爲你墨鏡太醜了。像我這樣戴茶色復古墨鏡，包你釣到大魚。」

「這都什麼跟什麼啊？」我皺眉笑著說，他也跟著一起笑了起來。

這時我見四下無人，便單手握竿，空出右手掌，向上攤開，五個指頭開始閃現紫色電花，接著翻轉手掌，朝池塘一束電光甩去，水面炸起一陣浪花，將梁丕從頭到腳淋了一身水。他看著河面數十條魚，露著白肚皮，被電出水面，訕訕地說：「算我沒說過。」

這時，我的一頭紅髮，逐漸又恢復成黑色。

第五章

匿名戌者

過了沒多久，有一天我在九淵圖書室裡無聊地上網。二〇〇四年前後，只要上網，即時通訊軟體QQ是必開的，不像現在很多人半年都不上一次。

隨便看了一下NBA的新聞之後，QQ小喇叭圖示閃現，有了系統消息，點開一看，是個加好友的通知，本來不以爲意，不打算同意的，因爲那時候很多人都是新手，喜歡搜尋陌生人加好友聊天，但當我看到驗證消息時，心頭不禁一驚，因爲內容竟然是——魚鷹監獄。

這四個字可以說是直擊我心，那可是簡清明被關的地方啊，我立刻通過了驗證。那個人的網路暱稱叫作「戌者」。「這什麼鬼名字？」我不由得嘟囔道。

過了片刻，傳來內容：「楊宣，你好。不知你是否注意到最近兩個多月中，美國發生的多起地震？」

「你怎麼知道我的名字，還有QQ帳號？」

戍者：「……這個不是重點。」

「你是什麼人？」我回覆道。

他似乎決意不談自己的身分，自顧自地打下一行字：「從維吉尼亞州開始，自東往西，現在是第四次，已經到了科羅拉多州。你猜，如果繼續下去，最後會到哪裡？」

他不說，那我也沒轍。我回道：「幾次震點幾乎都是沿著一條直線的，如果還保持這個規律，最後肯定到加州了。」

戍者：「哈哈，你很聰明。也許不需要我再提醒了，關押簡清明的魚鷹監獄，就在加州。」

「你是說，地震會震到魚鷹監獄？」

戍者：「……如果你想弄清楚其中的規律，那就查查這幾個地方的共同點吧，比如朗茨市這次陷入天坑中，並且部分消失的——維文國際珠寶公司。」

我發現這個人似乎很喜歡用刪節號，表示自己無言，或者是不願直接回答。當看到維文兩個字時，我稍微驚訝了一下，彷彿有些被點醒一樣。

隨後我立刻再回應，想問清楚，然而他的QQ頭像已經變成灰色，再也沒有回音了。

這下可好，莫名其妙的一個陌生人，短短幾句話就令人坐立不安。我站起來繞著椅子走了幾圈，撓撓頭髮，嘴裡喃喃自語：「維文、Weaving、簡清明。維文這兩個字我好像在哪聽過啊。」

雖然耳熟，但我終究沒能想起來，於是決定去找麥思賢說這件事。湊巧的是，在走廊上正好遇到郭美琪，她手裡拿著一份化驗報告。

其實，戀人、夫妻在同一家公司或者單位共事，是一種略微奇妙的感覺，這種感覺大部分人並沒有體驗過。我那時候每當在這種情況下偶遇郭美琪時，總覺得像上學時在教室外的走廊裡碰到心儀的女孩子，要不是已經熟到開始談婚論嫁了，甚至都讓人有種想寒暄客套的感覺。

邊朝前走，郭美琪邊問：「帥哥，現在要去哪？游泳館？」

「這才幾點鐘？太早了。我去麥思賢那。」

她道：「我也是。有份報告要交給他。」

兩人一起進了麥思賢的書房，郭美琪將手裡的那疊化驗單似的東西放到桌上，說：「教授，基因圖譜出來了，跟您想的一樣。」麥思賢拿起來略微掃了幾眼，點點頭說好的，推回原處，然後問我：「怎麼了，楊宣，有事嗎？」

郭美琪沒走，坐到我旁邊，然後我就把剛才那個網名叫戍者的人的怪事，講了一遍。最後我說：「他的意思似乎是這幾起地震都是有關聯的，關鍵就是維文珠寶。維文這兩個字，我很耳熟，但是想不起來在哪聽過了。」

麥思賢額上的皺紋深了些，思索了片刻後，有些狐疑地說：「維文是個家族，而且以前是有名的採珠世家。你第一次來找我時，我曾經說這個世界上有三個家族擁有貝類毒素提取的技術，其中一個就是這個Weaving。他們最初源於英國，十九世紀左右搬遷到美國。」

我恍然大悟，說：「哦，我想起來了。當時您沒跟我提到具體名稱，維文這個名字是後來在十獄閻殿時，梁丕告訴我的。另外有個日本的什麼川野家族。」

郭美琪奇道：「Weaving？這個公司我在美國好像沒聽說過啊。」

「他們一開始是採珠的，並不是純粹的珠寶商。採珠業務很悠久，直到受人工養殖珍珠的衝擊，才逐漸轉爲珠寶公司，主要做產業上游，也就是專門開採獲取原礦的，特別是鑽石。維文的鑽石儲存量很大，很多中小型的珠寶公司都得從維文進貨，然後再加工銷售。」

郭美琪不解地問：「那這家珠寶公司，跟地震能有什麼關係？這次朗茨市地震的新聞我看了，說是維文公司在那裡的總部大樓全都陷進天坑了，金庫更是直接被震得掉了下去，找不著了。」

麥思賢眼睛看著一排書架，手托著下巴沉思了許久，輕聲說：「這個人知道簡清明的情況，知道他關在哪裡，還知道你的QQ，而且現在還提醒你地震的詭異。」他笑著搖了搖頭，「還眞是怪了。」

三人討論許久，但除了搞清楚了維文公司的來龍去脈之外，沒理出具體頭緒。而看樣子麥教授應該還知道不少別的東西，只是也許尚未徹底想清楚，因此暫時沒有提及更多。不過有一點他很肯定，這條線索絕對不簡單，一定要查證清楚，包括這人是何目的。所以他要我去找一個叫蘇佩的研究員，在九淵負責資訊安全和網路的，看她能不能先將這個成者的位置查出來。

我來到後院一棟青磚黑瓦、復古風格的兩層小樓前，九淵的裝備管理處、資訊中心就在其中。

我平時幾乎很少來這裡，只來領過一次電腦。

這次再進去，一樓沒人，找上二樓，二樓還是沒人，但一排操控台的顯示螢幕都亮著，周圍擺滿了各種各樣的電子儀器和設備。

我走進去，隨便瞄了兩眼，心裡正疑惑著，突然從背後響起一個聲音：「你……你找誰？」我轉身一瞧，發現一個穿著米黃格子襯衫、發白牛仔褲的女生，正站在工作台後，還戴著一副近視眼鏡。

我不得不承認，這個女生穿著打扮有點土，特別是跟郭美琪比起來的話，而且雖然不胖，但給人一種略微嬰兒肥的感覺，像隻肉嘟嘟的企鵝。不過，整體來說不算醜，或許跟著郭美琪學學化妝打扮的話，可能也挺漂亮。

「妳好，我來找蘇佩。」

「我就是。」

我不禁嘴角略微一笑，說：「妳是蘇佩？」

她豎了豎眉毛，眨眼笑著說：「是啊，我爲什麼不能是蘇佩？」臉部表情有些豐富。

其實呢，我當時之所以不由自主問出這句話，是因爲原先想像中，蘇佩這名字對應的女生，應該跟郭美琪這種氣質型高挑美女差不多，哪知是個肉嘟嘟的企鵝，穿著土裡土氣的格子襯衫。不過我發誓，我絕對沒有瞧不起她的意思。傷人自尊的事情，我絕對不做，純粹眞的只是因爲想像和眞人有很大出入。

「我只是隨便問問。」頓了一下後，我將來意簡略說了一遍，然後問：「能查到嗎？」蘇佩走了出來，說：「當然能查到了，查ＩＰ位址是最簡單的事情了。」然後坐到一台電腦前。

我努努嘴，說：「可是他現在已經下線了，而且也不知道還會不會再跟我聯繫，這也能查到？」

蘇佩推了推眼鏡，說：「放心，只要他透過網路跟你聊過天，我就能查到，哪怕是一個月之前。」然後轉身抬頭看著我，「不過，你必須是在博物館裡上的網。」

我點點頭，說：「沒錯，是在博物館裡，用圖書室的電腦跟他聊天。」

蘇佩用滑鼠點開個軟體，然後又打開一個視窗，開始在裡面輸入些指令。我本以爲要等很久，就坐下點上根煙，誰知忙碌一番後，還沒等我抽上半根，她就說：「好了，出來了。」

我雙腳一用力，轉椅滑過去，湊到電腦旁，說：「出來了？這麼快？」

「是啊，我說了，查ＩＰ是最簡單的事情。這個人的ＩＰ顯示來自杭州。」

「杭州？」

蘇佩嗯了一聲，不過接著說：「但他使用了代理，上一級是在韓國。」沒等我說話，又繼續講：「而且用的是三級代理，再上一級是日本，源頭位置是美國加州。」

因爲那時是我第一次接觸什麼代理之類的概念，所以有些困惑，我問：「怎麼冒出這麼多地方？什麼意思啊？這人到底是在哪裡？」

「簡單點說就是，這個人在美國加州上網，然後先訪問日本的一個伺服器，再透過日本的訪問韓國，再透過韓國的訪問杭州，最後透過杭州的伺服器，來跟你聊天。所以，如果你直接查的話，可能只會以爲他在杭州。」

我有點明白了，說：「妳的意思是，這人想隱藏自己的眞實位置，所以七拐八拐，繞了很多彎路。」

「是的，就是這意思。」

「能具體到加州哪裡嗎？」

「斯托克頓市。最多只能查到這裡了。」

我哦了一聲，然後朝後靠到椅背上，喃喃地說：「一個加州斯托克頓市的人，告訴我這些，他到底有什麼目的啊？他又怎麼知道這些的呢？」

「你說什麼？」蘇佩問。

因爲我不確定是否需要，或者是否應該告訴她整件事的來龍去脈，所以暫時說：「沒什麼。」然後問：「妳讓我挺意外的，一般來講，研究ＩＴ或者電子設備之類的，大部分都是男的，妳怎麼會對這些感興趣的？」

蘇佩站起來，整了整衣服，笑時露出金屬牙套，說：「科技改變世界。科技可以打破一切桎梏。這難道，不是很吸引人嗎？」她看起來有點興奮，說話速度很快，但句與句之間會短暫停頓。顯然這是她感興趣的話題，同時多少流露出高材生（或說有些書呆子）的意氣。

我微微點頭，笑著，但不知該接什麼話才好。蘇佩接著說：「女人做ＩＴ這行沒什麼奇怪的，現在護士這個職業不是也有男的嗎？興趣這東西是天生的，我也沒辦法，就是喜歡這些。」

「這點我同意，就好比我天生喜歡游泳，哈哈。每個人天生都有一個興奮點，那就是天賦。」

我總算應付了一句，然後稍微停了會後，就向她告辭：「我暫時沒別的事了，謝謝妳。」

第六章

郯城飛龍

雖然查到了戍者的ＩＰ位址，但僅憑這一點，也推斷不出什麼來，卻令我心裡有些發毛，腦海中隱隱閃現過幾次魚鷹監獄被震塌，簡清明逃走的假設，只是隨即又被自己否定了，因為這是根本不可能的事情嘛。

麥教授那邊也沒有再提供我什麼有價值的線索，我只能自己上網查查維文國際珠寶的消息。

有一天晚上，郭美琪已經睡熟了，而我輾轉反側，難以成眠。乾脆一股腦坐起，披上衣服，到書房打開電腦，再次查找關於維文的消息。

這個公司基本面的情況，我那些天已經查得很清楚，但沒有任何收獲。於是我在電腦前，左思右想了很久，到底還有哪些方面是我疏漏的？

「既然戍者說地震和維文珠寶有關，那著力點應該還是在地震上。」於是我以earthquake和

Weaving爲關鍵字，加上個別附加詞，比如帶上最近地震的州名等，開始嘗試著搜索起來。

最初並沒有發現什麼反常的地方，直到後來我才漸漸地發現，到那時爲止的四次地震中，竟然每一次發生地震的城市裡都有維文珠寶的大樓或倉庫，而且在每一次地震中，全都被震毀，每次都是損傷受災最嚴重的。

當我確認了這個發現時，簡直不敢相信自己的眼睛，我把找到的網頁全都保存下來，又依序看了一遍，確認無誤，這才站起身，點上一根煙，來到陽台上吹吹夜風，好冷靜一下。

「這他媽的也太巧了吧？」我既興奮又驚奇地自言自語道，「或許根本就不是巧合？一定不是巧合，或者提醒我的線索，一定就是指這個。」

這時，郭美琪醒了，穿著睡衣走到陽台上，從後面摟住我，頭靠在我肩膀上，邊打著哈欠，邊問：「你怎麼不睡覺啊？」

我正好心裡驚奇著，於是連忙把她拉到電腦前，將剛剛發現的情況告訴她。一番話講下來，她似乎也很吃驚，但始終還是想往正軌上靠，說：「說不定是巧合呢？KFC在這幾個城市也都有店啊。」

人在做判斷的時候，潛意識會起很大作用，除非是大腦極爲客觀理性的人，否則得出的結論，往往都會不由自主地有所偏向，但自己未必能察覺。

比如郭美琪之所以更願意相信是巧合，並舉出KFC或者星巴克在這幾個城市也有門市的反證，內在的原因是，如果這不是巧合的話，那就必然得到一個結論——這幾次地震是有選擇的，特意發生在這幾座城市，而且是爲了特意震毀維文的大樓或者倉庫。再簡單點說就是，這些地震不是自然發生的，地震是受某種力量導向的。

而這個結論，對於郭美琪這樣一個科學研究員，以及其自幼接受的教育理論體系和常識而言，是根本無法接受的，所以她會傾向於做出是巧合的判定。

但我從前陣子看新聞開始就覺得奇怪，再到現在發現這麼驚人的巧合，自然跟她的想法相反，我認為這些地震是人為的，或者更語出驚人一點——有人能控制地震！

我反駁道：「這幾座城市是都有肯德基不假，但地震中沒一家倒的。而所有的維文珠寶店全都塌了，尤其是最近的這起，整個地下金庫都無影無蹤了。」想了想，我繼續道：「而且維文珠寶店和肯德基相比，數量要少太多，因為它幾乎是沒有門市的，在數量很少的情況下，還能遇上每座地震的城市都有一家，這機率該有多低啊？」

就在我們討論的時候，手機響了，螢幕上來電顯示是麥思賢。這令我很詫異，因為他平時很少主動打電話，尤其當時還是凌晨四點左右。

接通後，我說：「喂，麥教授。」

「楊宣，你最好現在過來一趟。」

「好，沒問題。」頓了下，我接著問：「是不是出什麼事了？」

「魚鷹監獄地震了，簡清明在失蹤囚犯名單上。」

聽到這個消息，我有些恍惚，說：「我馬上去。」然後茫然若失地掛了電話。如果不是之前那陣子就一直在思考地震的怪事，再加上戌者的提醒，我恐怕會當場驚呆。

郭美琪問：「怎麼了？麥教授要你去博物館？」

我轉頭看著她，說：「美國今天第五次地震，加州，魚鷹監獄，簡清明失蹤了。」

她受到的震驚顯然比我大，頃刻間說不出話來。過了好一會，才趕緊朝臥室走去，說：「我換個衣服，跟你一起去。」

當我們兩人趕到博物館時，麥思賢正獨自一人背手在書房裡來回踱著步子，辦公桌上的電腦開著。見我們進來，他立刻遞過來一份列印好的資料，說：「看看吧。」

我和郭美琪看完，都驚訝得合不攏嘴。因爲這次地震的規模和出現的情況，遠遠超乎想像，不但幾乎將建築完全摧毀，還出現了一群類翼龍生物，血洗魚鷹監獄，失蹤死亡人數眾多，光是失蹤人員的名單，就有幾頁紙，而簡清明的英文名James Kan和照片，赫然列於其中一欄。

我闔上資料問：「這……這是什麼時候的事情？」

「昨天。因爲不僅是普通的地震，特別是這麼多的人員傷亡，還出現了最爲詭異的龍形生物，所以美國政府那邊盡量拖住了消息。直到幾個小時前，被幾家媒體曝光，官方不得已才公布出來。」

郭美琪說：「那您怎麼這麼快就得到消息了呢？是誰通知您的嗎？」麥思賢坐下來，聲音低沉地說：「自從前陣子冒出那個戍者後，雖然我沒有找你談太多，但其實一直在仔細思考，而且讓蘇佩在網上盯著美國那邊的消息。所以我幾乎是第一時間，就知道了這事。」

郭美琪問：「蘇佩？裝備處的那個？」

「是啊。她現在在會議室準備資料呢，我們等一會再過去。」

我說：「看來，教授您也認爲，這些地震是非自然的？」

本以爲這次郭美琪沒話講了，誰知她一邊重新翻起那幾頁紙，一邊插話道：「可是這次地震中，沒有維文珠寶的大樓或者倉庫等建築倒塌呀。」我聽後，頓時心裡有些惱火，這麼明顯的事情，她非要跟我對著來。這妮子，人是挺漂亮，但有時脾氣眞是倔，不肯輕易服輸。

麥思賢合攏雙手，說：「是不是自然發生的地震，我暫時還沒有確鑿證據。雖然我個人幾乎肯定，這件事確實是十分古怪，但現在最關鍵的不是地震，而是龍。爲什麼你們沒人注意到這點呢？」

「龍？」我嘴裡念著，又看了一遍資料上寫的，「這上面只出現了一句描述啊，說是從地面的巨大裂縫中，飛出來的一群……一群類翼龍生物。」頓了頓，「類翼龍生物。這是什麼龍？」

麥思賢抬腕看了看錶，說：「我們去三樓吧，時間差不多了，到了那裡再說。」

進了會議室後，蘇佩果然在那裡，站在演講台旁邊的一台電腦前。

看見我們進來，向我擺擺手，打了個招呼。我也朝她笑了笑。

郭美琪和我在屋子中間的虛擬顯像台旁坐定，麥教授則先是走到蘇佩身邊，手指點著電腦螢幕說了些什麼話，然後走下台，來到我們旁邊坐下，打了個響指。蘇佩便開始播放投影機，布幕上顯示出幾張照片。

「這些照片是這次魚鷹監獄事件中，周圍居民拍攝到的畫面，就是報導上所說的——類翼龍生物。」

我瞪大眼睛看了許久，遲疑道：「這是龍？」郭美琪跟著說：「不像龍，倒有點像史前那種會飛的龍。」

蘇佩在台上對郭美琪說：「翼龍，妳說的那叫翼龍，存在於三疊紀到白堊紀。不過這個不是，只是有點相似。」然後她點了一下滑鼠，布幕上又換上一組圖。但這次的不是照片了，而是手繪的圖片，以及洞穴山岩上的古代壁畫。

麥教授說：「你們再看看這些是什麼。」

郭美琪嘖嘖著說：「有點像西方傳說中的龍。」我點頭嗯了幾聲，表示同意。

麥思賢道：「正確，但是不精確。這些確實是西方歐洲傳說中的龍的樣子，大部分還都會噴火，有翅膀。不過據我研究發現，其實這些龍，不僅存在於西方，東方也是自古存在的。」

話說到這裡，我明白了，說：「啊，我懂了，麥教授您的意思是，這次從魚鷹監獄地面裂縫中飛出來的，是這種西方傳說中的龍？」

「最精準的說法不是西方的龍，而應該叫地龍，因爲我剛才說過，地龍不僅西方有，東方一樣也有。」

郭美琪皺著眉頭說：「既然東方也有，那爲什麼中國自古以來的龍都是螭龍、蛟龍、虬龍、應龍、龍王的模樣？」她指著布幕：「從來也沒人畫過這種龍啊！」

麥思賢到了會議室似乎就想喝酒，他照例走到牆角的櫃子前，打開一瓶威士忌，往杯子裡倒了一些，說：「在中國古籍中確實從未出現過對這種龍的形象性描述或者繪圖，但我可以很負責任地講，實際中一定出現過，因爲我有可靠的證據。」

蘇佩一邊換圖，一邊說：「比如郯城大地震。」

我奇道：「ㄊㄢˊ城地震？什麼ㄊㄢˊ城？」

蘇佩說：「郯，左邊上下兩個火，右邊耳刀旁。在山東。這些圖是在實地考察時拍攝的當年郯城大地震的遺址。」

「當年？具體是哪一年？」郭美琪問道。

麥思賢說：「康熙七年六月十七日戌時，山東郯城，芮氏規模八點五級地震，極震區烈度XII度❖，傷亡五萬人，有感區域面積達一百萬平方公里，輻射範圍遠至日本。郯城大地震是有史以來，中國東部破壞最爲強烈的地震。」

這時，蘇佩翻到兩張對比圖，麥思賢指著照片說：「左邊這張，就是這次魚鷹監獄南方地面出現的裂縫，地龍即從其中飛出；而右邊這張，是我前些年沿著郯廬斷層帶考察時，發現的一處很隱密的地表裂縫，當地人叫天坑，也有人稱爲裂谷。叫什麼無所謂，你們跟美國的這張對比一下，是不是驚人地相似？」

我問：「郯廬斷層帶是什麼？」

麥思賢說：「這條斷層帶名稱眾多，比較廣泛的說法是一九五九年命名的郯城——廬江斷層帶，不過這條斷層結構，其實距離遠遠不止從郯城到廬江，而是貫穿東中國，在地下綿延兩千四百多公里。東部的地震，幾乎都位於這條斷層上或附近。」

我點點頭，大致聽懂了，然後又問：「可是，這跟您說的地龍有什麼關係？地表裂縫相似，但我們這裡不見得也會有龍從裡面飛出來啊。」

麥思賢笑笑，抿了口酒，放下杯子說：「我是那種隨便亂說的人嗎？其實關於郯廬斷層帶上的裂縫，與地龍的考察資料，是梁丕轉交給我的。原先都在新海灣B座一一〇七那間實驗室裡，其中很大一部分資料上標注的記錄人還是你爺爺楊子衿。」說著，他走到演講台上，拿了厚厚一疊舊本子，遞給我：「這些就是你爺爺當年實地考察的採訪筆錄，你回去後可以看看，看看上面記錄的當地山民的傳說。」

我隨手翻開一頁，紙張已經有些泛黃，中間有幾個用紅筆劃浪線的句子，我讀道：「龍嶺村四組，李良，八十七歲，口述：祖輩流傳，村西谷中的大裂縫，是康熙年間地震時出現的，那時候龍嶺山崩，有無數小龍從縫中地下飛出，且在村東面打穀場聚集。大的有十幾公尺，小的只有幾公尺，跟傳說中的龍迥然不同，所以當地人都叫牠們地龍。」旁邊還有爺爺的附注：「此處康熙年間地震，應指郯城大地震；地龍，意爲地下之龍，實與眞龍截然不同，似與西方傳說中之惡龍更爲接近。」

❖ 烈度：中國用來評定地震震度的標準，用來量化地震對某一特定地點所受到的影響。由地震時地面建築物受破壞的程度、地形地貌改變、人的感覺等宏觀現象來判定。

再隨手翻翻，類似記錄不勝枚舉。

我驚訝地闔上本子，看著麥思賢說：「竟然有這麼多記錄啊?!」

「你以爲呢，呵呵。不過你仔細看一下時間的話，就會發現，這些大小不一、零星分散的裂縫，以及地龍從其中飛出來的記錄，全都發生在郯城大地震時，無一例外。」麥教授轉了個圈，「也就是說整個中國這麼久的歷史，除了那次郯城大地震以外，幾乎沒有關於這種地龍的記錄。而且，這些記錄還都不見於正史，只在出現了地表裂縫附近的村子的當地村民間流傳。」

郭美琪說：「這就不奇怪了，中國地龍極少出現，人們通常觀察到的都是螭、蛟、虬之類的龍，所以流傳下來的畫像上都是同一種。」

麥思賢坐下來，雙掌交叉，說：「你們知道我有什麼感覺嗎？我覺得，郯城大地震那次，是中國的地龍集體從地下出逃。本來就少，還都集中在那次全逃掉了，所以一直以來，人們都覺得那些是西方的龍，跟中國東方的龍是不同的。」

我靠到椅背上，手臂抱於胸前，說：「哇，教授，這個結論太驚人了吧？出逃？地龍還要出逃？這沒道理啊，難道牠們要渡劫？或者有天敵？」

「具體什麼原因，我還不清楚。但若非如此，要怎麼解釋爲什麼東西方的龍不同呢？爲什麼中國明明也有西方那種龍，卻只在康熙七年出現過，而且出現了一次之後，就再也沒有了呢？」

郭美琪說：「可是這麼大的事，怎麼可能不見於史書？我的意思是，既然民間這麼多地方都有流傳，地震時從地下飛出來很多龍，那爲什麼史書沒有記載？」

蘇佩站起身，走下台階，說：「史書上沒有記載的東西那可多了，順治出家、雍正無頭、海甯陳氏換太子，這些不都沒記載嗎？但妳能肯定都是假的嗎？」

談論中國歷史，郭美琪自然不是這些人的對手，畢竟是在美國出生成長的，儘管她很想跟我結婚之後，隨我入中國國籍。否則，九淵現在的很多項目，她都沒有參與資格，即便是麥思賢教授，也幫不了她。最簡單的例子，蘇佩現在兼任的助理職位，原先可是郭美琪擔任的。

麥教授踱過來，說：「還有一種可能，有人故意濾去了這段歷史。爲什麼我這麼判斷？因爲這事連野史中都幾乎沒有記載，想來應該極爲隱密而且重要。」

「什麼人要操這份心啊？這又有什麼可隱瞞的？」我喃喃地說道，心中疑惑不解。

第七章 赫爾比亞

不管怎麼說，無論內幕眞相如何，簡清明都已從魚鷹監獄失蹤。活不見人，死不見屍，再加上那個匿名的戊者不知出於何種目的發來的線索——維文珠寶，令我們陷入極度疑慮中，特別是我。

我回憶起簡清明被遣送回美國時，在機場的那鬼魅一笑，以及一聲「再見」，頓覺寒從脊發，莫非，那時他就已料到，監獄是關不住他的嗎？

在將這件事通報給梁丕、趙金生以及杜志發後，阿發不用說，他不會也不願往深一層考慮；趙金生愛莫能助，因爲簡清明是美國人，而且人也在美國，他管不了。

我將最後的希望留給了梁丕，因爲老梁在我心中，是一種超然的存在。總能在最關鍵的時刻，起死回生，而且身上閃耀著超凡脫俗的智者光芒，儘管他是生意人，儘管頭髮日漸稀疏。

與麥思賢相比，在某種程度上，我更信任梁丕。麥思賢教授就像一個黑洞，沒有光可以穿透他，始終籠罩在一片陰影當中，令人捉摸不透，又讓人覺得可怕。
那天老梁跟我約在他的鄉間盆景園見面。我進去時，他手裡正拿著把修枝剪，替一盆對節白蠟盆景修枝。
因爲事情棘手，焦躁心煩，所以我走過去，直接開門見山地說：「老梁，這事你怎麼看？」
梁丕回頭看看我，笑了一下，說：「看你急的。」然後拿著剪刀走到一個石質茶几邊，坐下後點起一根雪茄，蹺起二郎腿，說：「這件事很明顯，前四次的地震，絕對不是自然發生的。」
「地震難道眞能人爲導向？」
「美國有個科學家叫尼古拉．特斯拉（Nikola Tesla），你聽說過嗎？跟愛迪生同一個時期的。」
我搖搖頭，說：「沒有。」
梁丕豎起手指，點著說：「這個特斯拉，就曾經研究過人造地震。他可是一九〇〇年前後的人啊，那個時候就有這種想法了，據說還研究成功了。不管眞假，現在已經過了一百多年，什麼不可能發生？」他吸了口雪茄，「而且這次的事情是明擺著的，你不懷疑都不行。」
「但 Maggie 總是跟我抬槓，說也存在巧合的可能。」
梁丕笑笑，說：「你都說了是抬槓囉，呵呵。」頓了一下之後，「美琪這女生，就是脾氣倔，不肯輕易認輸，要她改變自己的想法，承認自己錯了，不是那麼容易的。你不用理會。再說了，她爲什麼相信你可以呼風喚雨，可以水下呼吸，卻不相信有人能製造地震呢？」
「我……畢竟是她親眼看到的嘛。」

「是囉，有些人就是必須親眼見到才信。其他的，不管事實有多明顯，只要與其先前的理念不同，她就選擇不信。但如果等她眞的親眼見到時，通常爲時已晚。」他盯著我努了一下嘴，「這就是普通人與聰明人的區別。」

我點點頭，咂了下嘴，說：「不過水下呼吸，只有我小時候在水裡撞暈時，發生過一次，至今再也沒有發生過。我試過無數次了，就是不行。」

「這個不急。」梁丕朝遠處看了看，繼續道，「最近第五次的魚鷹監獄地震，雖然與前四次不同，但同樣是非自然的，所以簡清明一定不是失蹤，而是被人救走了。」

我問：「爲什麼這次地震沒有波及維文珠寶？」

「你想像一下，有沒有這種可能——某人，姑且定爲簡清明的營救者，他從東海岸城市開始，向西海岸的加州前進，因爲某種我們現在不知道的原因，一路透過地震，將沿途各州的維文大樓摧毀，也許目標是鑽石，也許是別的；最終到了加州後，透過製造這次地震，營救簡清明。所以前四次的目的是維文珠寶和鑽石，第五次的目的是救人，路徑是從東海岸出發，到西海岸而止。這不就很合理了嗎？」

我有一種茅塞頓開的感覺，說：「啊，是啊，你這麼一說倒眞是有點像。麥教授怎麼沒分析出來呢？他一直把目光聚焦在從地下飛出來的龍身上。」

梁丕低頭笑了笑，說：「他建立九淵，就是爲了研究龍的嘛，不像我，什麼都研究。除了龍和異珠以外的事情，沒有什麼可以占據他的大腦的。」他朝我看看，「現在，你應該有點明白爲什麼我不會跟他合作了吧？」

我眨眨眼，回味著他說的話，問：「那……那個匿名的叫戍者的人呢？他提醒我維文珠寶是線索的目的何在？」

「目的簡單，他就是想讓你知道，簡清明是被人或者將被人救走，而且如果你想尋找簡清明及其營救者的話，得從維文珠寶入手調查。這就是他的直接目的。至於隱藏在直接目的後面更深一層的意圖，我現在也沒辦法知道，但憑直覺，我認爲背後的水極深。」

我左思右想，點上一根煙，抽了幾口，最後攥起拳頭砸了下石几台面，說：「我得去美國，查查這個維文，然後揪出簡清明。」

梁丕喝了口茶，道：「我知道勸你不去是沒用的，但無論如何，都要萬分小心。因爲如此一來，你就遂了那個戍者的願，而我們不知道他到底在打什麼算盤。」

我沉重地嗯了一聲，過了會，問：「你知道關於地龍的情況嗎？」

「地龍？」梁丕斜著看了我一眼，「我當然知道，中國境內研究地龍的第一人，可是你爺爺。不過這些資料，我全扔給麥思賢了。」

「那你說，爲什麼魚鷹監獄地裂時，會有地龍飛出？」

「這個很好理解，西方傳說中，那些居於地下岩穴、山洞裡的，會噴火、帶翅膀的龍，就是地龍。地面開裂時，牠們就可能會出來。」

「會噴火？」

「這個，噴不噴火，我沒有實證。不過我對傳說的態度是，傳說都是以當時的事實爲基礎流傳下來的，只不過在傳播過程中，可能產生了一些不可避免的訛傳，但大體上應該都是對的。所以既然西方廣爲流傳，地下惡龍會噴火，那我傾向於認可這點。雖然這次魚鷹監獄事件中，那些龍只是翼龍，會飛，似乎沒有出現噴火的現象。」

我若有所思地點點頭。梁丕想了想，又繼續說：「不過這也不能證明什麼，我們中國的海龍，分爲螭龍、蛟龍、虯龍、應龍和龍王，那麼地龍想必也不止一種，這次的那些翼龍，可能只是其中一類而已。」

「其他你還知道什麼？」

梁丕換了個姿勢，開始不由自主地抖起腿來，磨蹭了一會，說：「看在我們生死之交的分上，告訴你個祕密，麥思賢都不知道的。」

我驚訝地盯著他，說：「好。」

梁丕湊近了些，神神道道地說：「水精爲珠，地精爲玉，珠聯、璧合！」

「什麼意思？」

「中國古代最珍貴的，一是珍珠，二是寶玉，合起來就叫珠玉。珠聯璧合、珠玉在側、琳琅珠玉……所以，珍珠和寶玉，天生一對。而海龍有異珠，那麼，地龍便有奇玉。」

聽到這裡，我不禁瞪大了眼睛，半晌後問道：「眞的假的？」

梁丕將身子往後靠回椅子，重新拿起茶盞，說：「地龍在中國知道的人甚少，也極爲罕見，不知爲何，西方卻與我們恰恰相反，地龍常見。在我們中國的傳說中，海龍大部分都是好的，幫助人類的，四海龍王司掌雨水，保民風調雨順；而西方傳說中的地下惡龍，都是邪惡的，噴火的，吃人的，卻極少見我們的海龍。你不覺得奇怪嗎？」

「麥思賢也提到過這個，說感覺郯城大地震那次，是中國的地龍集體出逃。」

「得加個形容詞，中國最後一批地龍，集體出逃。按照你爺爺和我當年的研究，地龍從中國出逃已經很久了，可不是康熙年間才有的事情。」

「我×。」我覺得有些不可思議，如同在聽天書，「照你的意思，地龍和海龍千百年來，一直都在爭鬥不休，但地龍不敵，全逃往了西方，留在東方的，都是海龍，也就是十獄閻殿青龍那樣的？」

「推測，這一切都是我和楊老師的推測，因爲沒有明確的證據支撐我們的觀點，只是根據現象加以推測的。但是奇玉，可不是我的推測，那是有證據的。想看嗎？」

「當然。」

梁丕站起身，朝屋裡走去，我隨後跟上。來到一間專門的藏書室，那間屋子是特意爲收藏古籍而建的，溫度、濕度和光線，全都是智慧調控。爲什麼藏書？因爲梁丕曾經多次跟我提過，他之所以號稱圖靈——古墓線索全知道、祕境通道都知曉、奇花異木尋得著、神獸寶藏躲不了，大部分都歸功於古籍上的線索，有時哪怕只是一句話。所以，大規模的藏書，尤其是蒐集古籍和罕見的圖書，是梁丕最爲熱衷的一件事情。

不但收藏中國的，每年他從海外購進的外國珍籍和稀有圖書的費用，都在一百萬美元左右。

梁丕帶著我來到其中一處，說：「你面前的這幾列架子上的書，全都是西方關於地龍的研究著作，當然，『地龍』是我和你爺爺取的名字，西方直接就叫作Dragon，同時也把我們的龍翻譯成Dragon，這是完全錯誤的。因爲我們的龍跟他們的龍，是兩種迥然不同的生物。」說著，他戴上手套，走到中間一列書架前，抽出一本薄薄的泛黃冊子，翻到其中一頁，遞到我面前，指著其中一段文字：「你看這裡。」

我湊過去，看了看，說：「我英語不好，看不太明白。」

梁丕拿著書，說：「這不是英文，是拉丁文。」我聽後一陣冒汗。

他接著說：「這本書叫《地龍的寶藏》，全球目前僅存一本，眞正的孤本，於一五五四年在英國倫敦出版。」說著，他開始翻動書頁，裡面出現一幅幅細緻到令人驚嘆的插圖，上面有的是岩穴，有的是礦石，有的是地下惡龍，還有很多別的東西，不勝枚舉。

「知道是誰寫的嗎？」梁丕問。

「我哪知道啊，眞是的。老梁，你別賣關子了，趕緊說啊。」

「署名是赫爾比亞（Harpyia），但我猜是個化名，因爲赫爾比亞是西方傳說中的一種女妖，半人半鳥，長有翅膀，是冥王的傳令者與勾魂者。」

「聽著有點嚇人啊。」

「所以我猜應該沒有人會替自己取這樣的名字，八成是個化名。書裡一共有九十六張插圖，每張都細緻、精美無比。」闔上書，梁丕兩眼放光，「而且不斷提到一種物質，直譯過來就是——奇玉，作者說奇玉是岩穴當中惡龍的能量源泉。要斬殺惡龍，只有先破壞奇玉，才能將其斬殺。如果沒有奇玉，地龍連火都噴不出來。」

我仰了仰頭，說：「他媽的，人家越活越明白，我是越活越不認識這個世界，怎麼這麼多不知道的玩意。」

梁丕兩眼閃爍著光芒，說：「這才有意思啊，如果什麼東西都探索完了，那活著還有什麼勁？你聽聽，這關於奇玉和地龍的說法，是不是跟我們的異珠和海龍，非常相似？」

我問：「那有沒有說除了能噴火以外，奇玉還有別的什麼功能？」

「這倒沒了，我收藏的書裡，提到奇玉的，只有這麼一本，也沒說更多。」

「那不就結了，比異珠差遠了。噴個火怕什麼？我隨便下點雨也把他澆滅了。」

梁丕笑了起來，搖著頭說：「我有一種在和龍王聊天的感覺，哈哈哈哈。」他將書放回去後，說：「不過，人永遠不要太大意，陰溝裡翻船是常有的事。」

第八章

四海異珠

大概是因爲從小吃穿不愁，家庭環境不錯，所以我那時沒有什麼遠大理想，最希望的生活就是——能夠跟相愛的人一起生活。找個南方的海濱城市，我做潛水教練，她在海邊開家小酒吧飲料店，每天無憂無慮，此生足矣！

我這個想法被父母狠批過，特別是父親，他說一個人如果只想考六十分，那麼最終一定考不到六十分。只要有機會，他便會引導我——男人要有野心，要有狼性，要對權力和金錢有渴望。唯有欲望，才能讓人進步！

然而我在被他們嗤爲小富即安的小農思想指引下，現在竟然擁有了呼風喚雨的魔力，而且這一切都不是我刻意去追求的，卻成了現實，想放棄都扔不掉。我不知道這樣算不算進步，如果算，那我也只能說是在沒有欲望的情況下，達成了這一步，這一步，卻是某些人朝思暮想都達不到的，比如爲此耗盡畢生心血的麥思賢。

我不知道我的父親，應該如何用他「唯有欲望，才能讓人進步」的觀點，來解釋我身上所發生的事情。

雖然我沒什麼遠大理想，但有一點是自小就有的，那便是——執著。

當時我對爺爺的死有疑問，在所有人，包括父親都不願意相信的情況下，因爲執著，獨自一人開始了調查，進而走上了現在的路；因爲執著，在查到南珠世家簡清明後，我義無反顧潛下了黃泉洞；因爲執著，我最後送簡清明進了監獄，並揪出了田沛。

最重要的是，因爲執著，我遇到了郭美琪——這個不需要說，不需要做，只是站在那裡，莞爾一笑，就能如一縷陽光般驅散我心頭舊日陰霾，將我拉出陰影的天使。

如果沒有執著，也就沒有今天的一切。

現在發生這種事情，遠在地球另一面的美國，一連串的詭異地震，最後驚現地龍，而這一切都指向簡清明，最令人難以忍受的是，他竟然失蹤了，並且極有可能是被人劫獄救走的。那麼在有人明說線索——維文珠寶的情況下，以我執著的個性，怎麼可能不去查清楚呢？

所以，儘管梁丕不斷勸誡，去美國可能有很大風險，特別是按照他的分析，那個戉者之所以聯繫我、提點我，就是想讓我去美國親自調查。他的最終目的何在，沒人知道，但我心裡明白，北美之行，我是必須要去的。

恰好在前一陣子，我和郭美琪還商量過，什麼時候去美國見見他的父母，現在正好，兩件事情湊在一起了。

說眞的，如果不是迫不得已，我還眞不願意辦簽證，又是塡表，又是去領事館面簽。在等簽證下來的那陣子，有一天我正在九淵圖書室裡上網查資料，正聚精會神盯著電腦螢幕，忽然後面響起個聲音：「嘿，宣哥。」

我回頭一看，是杜志發，於是笑著說：「我×，難得啊兄弟，你怎麼來了？」

杜志發還是一頭經過創新的雷鬼辮子，耳釘閃閃發亮，拍著我肩膀說：「嘿，你這話說的，好像哥們把你忘了似的。」

「難道不是嗎？」

杜志發拉開一把椅子，坐到我旁邊，蹺起二郎腿，盯著電腦看了片刻，說：「喲，這什麼龍啊？不得了，宣哥，你現在都看英文網頁了？」

「主要是有些資料，國內網站沒有啊。看得我腦袋都暈了。」我扭了扭脖子，轉向他，「你來有什麼事？」

「沒事我就不能來看看兄弟嗎？」

我笑笑，點著頭說：「當然能。你來看我當然最好。」

「我聽老梁說，你和Maggie姐最近要去美國了？」

「是啊，正在等簽證。」

杜志發點上根煙，問：「要不要兄弟陪你去？」

「你不早說，明天我的簽證說不定就到了。另外呢，這次去還得見見Maggie的父母，到她家去，我怕你跟著，不太自在。」

「得，那就別怪兄弟我不夠意思，讓你一人獨闖龍潭虎穴了啊。」

我聽杜志發這話接得這麼快，心裡不禁暗罵，這小子故意說客套話要陪我去的吧？

這時，蘇佩進來了，應該是原本沒料到會有外人，所以突然放慢了腳步，緩緩走到我旁邊。杜志發大大咧咧，沒等我開口，就裝熟說：「哇，美女，妳找誰？」

蘇佩顯然被嚇了一跳，同時也不知是不是被杜志發那麼大聲地稱呼為美女，有些不好意思，反正臉頰上現出一抹紅暈，推了一下眼鏡，朝我指指，說：「我找楊宣。」然後對我說：「我有一些新的發現。」

「什麼發現？」我感到有點奇怪。

「關於那個成者的。他的ＱＱ是新申請的，只有跟你聊天的那一次用過，之後再也沒上線過，用完即廢。雖然只知道帳號是在斯托克頓市登錄的，但我後來發現，申請地點不是在美國，而是在南京，時間是跟你聊天的前一天。也就是說，前一天有人在南京申請了這個帳號，後一天這帳號就在美國加州登錄了。」

杜志發有點發愣，問：「這些東西，妳怎麼會知道？妳是警察？」

我說：「你又不是壞人，怎麼看誰都像警察？」

「當時你能看出趙金生是警察嗎？」

蘇佩靦腆而又不自然地笑一笑，推著古板樣式的黑框眼鏡說：「我……我不是警察，但我有辦法知道。我駭客技術還可以的。」

「乖乖，駭客？美女駭客？」杜志發故意大驚小怪。

蘇佩的臉漲得通紅。

我皺眉想了一會，說：「妳的意思是，這個戌者，他跟我們一樣是中國人？前陣子才去美國？」

「有可能，即使這帳號不是他本人申請的，那至少也說明他跟國內聯繫很密切。」我撐著下巴點點頭，仔細想著。蘇佩看看我，又轉頭看看杜志發，說：「那我先走了。」

我連忙站起身，說：「好，好，非常感謝。」

「沒事。拜拜。」她跟我打了個招呼，經過杜志發身邊時，也伸手朝他微微做了個手勢，極小聲地對阿發說：「拜拜。」

等她完全出了大門，杜志發渾身來勁地說：「嘿，她對我有意思。」

我一口水差點沒笑噴掉：「你說什麼？」

「這小妞對我有意思。」

「得了吧你，人家第一次見到你，就說人家對你有意思？你這自我感覺也太良好了。」

杜志發湊近身子，說：「你沒發現她有點緊張嗎？特別是從我旁邊走過去，跟我說拜拜的時候，我都能聽到她的心在撲通撲通直跳。」

「那是被你嚇的。」我把椅子朝杜志發轉過去，指著他的衣服，「瞧你這身打扮，活脫脫一個古惑仔，人家小女生見到你不害怕嗎？」

「好，好，我講不過你。」他嘴剛閉上沒一會，又咂咂嘴說：「可惜，就是土了點。」

我搖著頭說：「眞受不了你，還在想呢？土怕什麼，打扮打扮不就洋氣了？」

「可氣質改不了啊。像Maggie姐那樣的，只消一雙高跟鞋配短裙，外面就算套舊棉襖，都顯高貴。那小妮子，長得跟……跟六十年代的知識分子似的。」杜志發撇了撇嘴，「不行，不行，這我受不了。」

其實客觀來講，杜志發描述得還是挺確切的，上次去找蘇佩，聽她張口說了一句：「科技改變世界。科技可以打破一切桎梏。」當時我就震驚了，可是出於尊重，我硬生生憋在心裡，沒露出絲毫，但平心而論，蘇佩確實給人一種很怪異的感覺，說難聽點，顯得有那麼一點點神經質，似乎不屬於這個年代，又或者沉浸在她自己的世界中。

而杜志發口中說的蘇佩的緊張，照我看來，與其說是緊張，不如說是潛伏在內心深處的一絲自卑。至於爲什麼是自卑，爲什麼會自卑，我也不清楚，直覺如此罷了。

過了一會，杜志發長長嘆了口氣，我問：「怎麼了？」

「生活沒著落，手頭緊啊。」

我一聽頭就大了：「阿發，我就不明白了，你錢都怎麼花的啊？三天兩頭哭窮。實在不行就把車賣了，沒錢還開個悍馬幹什麼？換輛便宜的就可以了。」

「哎，那不行，悍馬不能賣，那是面子啊。在社會上混的，什麼都可以沒有，就是不能沒面子。」

「混？哼。還真把自己當古惑仔了。我跟你說，趁現在年輕，找個工作好好做，不要再混了。你要是上次賣小夜明珠的錢沒亂花，以後再存一點，到時買個大房子，結婚生子，小日子過得不是很舒服嗎？」

杜志發豎起手指點點我，說：「宣哥，你錯了。如果論理想，你還真比不上我。雖然我沒什麼本事，但好歹胸懷凌雲之志。哪像你，年紀輕輕的總想男耕女織，過太平日子。這不行。」

我看他那副混混卻又胸懷理想的樣子，笑了，問：「那你有什麼青雲之志啊？說說。」

「我已經認定了採珠這行。從十獄閻殿回來後，有一天我突然覺得，我天生就該幹這行。以前在澳大利亞當珍珠潛水夫，回國後立刻又去採鬼雨異珠。從小玩水，單論潛水技術的話，你也不一定比我好。所以，天底下除了簡清明那世家以外，比我強的恐怕實在不多。現在回想，難道這一切不是天意嗎？是老天指引我幹這行的。」

這話倒是令人若有所思，我問：「所以你是想當游蜂採異珠囉？」

杜志發笑著舔舔嘴唇，遞來一張名片，我接過一看，好傢伙，上面印著「四海異珠（Four Seas Rare Pearl）董事長兼總經理——杜志發」。

這下倒真讓我有點刮目相看了，姑且不論這職位水分含量有多大，哪怕就是一人公司，但至少看起來像回事，說明他還真是有點事業心的。

「那我現在是不是該喊你杜總了？」

杜志發笑著拍了下我肩膀，說：「宣哥，你這不是罵人嗎？你要喊我杜總，可別怪兄弟沒得做啊。要不是你送我的小夜明珠，這公司也開不起來。你對兄弟的義氣，阿發永遠忘不了。」他準備再說點什麼，但又閉了口，站起身來，「好了，我先走了。」

「喂，想說什麼就說嘛。」

杜志發轉過身，支吾了片刻後說：「宣哥，能不能跟我一起採珠？這事如果沒有你，兄弟一個人幹不了啊。」

我笑了笑，拍拍他的肩膀，說：「不是哥們不夠意思啊，你也知道的，我從來就不是衝著採珠去的，我也不願意逼自己做不喜歡的事情。」見他失落的表情，我勸道：「眞心建議，阿發你也別做了，實在太危險。做點別的什麼不好嗎？」

杜志發站起身，嘆了口氣，說：「算鳥（算了），算鳥，這件事明裡暗裡跟你提了不下五回了，看來你是眞的不願做。唉，那我只能自己想辦法了。」他也拍拍我的肩膀：「祝宣哥你去美國一路順風！」

「行，謝謝了。」我捶了下他的胸脯，兩人走到門口，阿發下樓前回頭說：「有時別那麼較眞，別那麼執著，鑽牛角尖很危險；睜一隻眼閉一隻眼，說不定就會輕鬆許多。」

外人可能不明白他這句話的意思，但我懂，他的潛台詞就是要我別對簡清明的事情追查得太狠，畢竟有個成語叫作「窮寇莫追」。我知道這話是出於好意，可杜志發大概忘了，簡清明不是一般人，他可是殺我爺爺的人啊。這輩子要是不把他給徹底收了，即使我進了棺材，只要想到這件事，說不定都能給氣得坐起來。所以我立刻有些不高興地回了一句：「鴕鳥才那樣啊。」

「什麼意思？」

「自欺欺人。」

第九章

孤入北美

簽證辦下來之後，我跟家裡打了招呼，讓父母放心，說是跟郭美琪去美國旅遊，順便到她家看看。這件事他們沒有阻攔，因爲談戀愛總得見雙方家長吧？她來我家了，我肯定也得去她家才行啊。所以，我和郭美琪就這樣出發了，經過十幾個小時的航行，飛機降落在紐約市的甘迺迪機場。郭家在波士頓，離紐約市有四五個小時的車程，所以我們準備先去她家，見完她家人後，再去第一場地震的事發地——維吉尼亞州的首府里奇蒙（Richmond），開始調查。從源頭查起，如果沒有線索或者沒有足夠的線索，那就沿著五次地震的軌跡，一路向西，最終到加州的魚鷹監獄。

郭美琪帶著我上了去波士頓的巴士，聽她說，這裡的華人巴士很便宜，從紐約市到波士頓，往返才三十美元，比灰狗❖還要便宜，所以，不僅僅是華人，很多當地人也選擇坐華人經營的巴士。

❖灰狗：是美國一家長途客運公司。

當時我還挺納悶，這麼一位富家千金，竟然對大眾運輸工具也挺熟悉。

她說她開車都開膩了，看到滿城、滿街道堵塞著的汽車就想吐，有時突發奇想，恨不得全世界都只有大眾運輸，全面禁止私家車，私人只准騎馬、坐馬車。然後大家把平時花在私家車上的錢，全都捐獻到大眾運輸建設上去，保證每人家門口不遠處，要麼有地鐵月台，要麼有公車站，要麼有火車站，要麼有機場專線，並且二十四小時經營，十五分鐘一趟。也就是說，大眾運輸超級發達，有急事可以隨去隨坐，方便快捷；軍警救護之類的，可以照常使用車輛；但如果是私人，就只准騎馬、乘馬車之類。

我聽了差點沒暈過去，笑得肚子疼，說：「妳腦袋裡的想法，實在太奇葩了，根本不現實。那些大城市，那麼多人，全都去擠大眾運輸工具，怎麼可能？」

郭美琪打了我一拳，說：「有點想像力好不好？未來難道就只有公車巴士？就不能出些飛艇之類的？」然後繼續說：「紐約是美國人口最多的城市，但你看坐這巴士又方便又快又省錢，不然要麼得自己租車開過去，要麼讓家裡派人過來接，怎麼做都不方便。你說幹嘛非得死要面子活受罪，我們是誰啊？」

我一聽，樂了，說：「是啊，我們是誰啊？哈哈。」

她家在波士頓市區的週邊，一個叫作韋斯頓的地方。當我下了計程車，站在她家房子前，說眞的，儘管我家也做房地產生意，但當時還是有些愣住了。整棟別墅呈環形，中間的部分是三層，兩側的是兩層，所用建築石料和立柱等，使得整棟房子十分莊嚴。左前側是個很大的游泳池，右前側和後面是花園。在主體建築東側，還有數棟小房子，大概是工具間之類。而整個別墅週邊，則是草地以及不疏不密的樹林。

可能叫別墅已經有些不太合適了，似乎應該叫莊園，一派歐洲貴族古堡的氣勢。

我不禁問：「這裡就你一家人住嗎？」

「是啊，外加我爺爺。」

「妳爺爺就妳爸一個孩子？」

「不是，有三個。我爸是老大，我還有兩個姑姑。不過我爺爺有標準的華人傳統觀念，跟兒子住嘛。」

我點頭哦了一聲，然後問：「那妳爸是在美國出生，然後長大的囉？」

「不是，我爸只能算半個美裔華人。因爲我爺爺從英國畢業後先是去台灣，在那裡結婚生子，三十幾歲時，爺爺又從台灣到美國來，打拼了四五年，站穩腳跟後，才將我奶奶和三個孩子接過來。那時，我父親已經十五歲了。」

兩個穿黑色西裝、白襯衫，打領結的白人男子，這時從側面走了過來，朝郭美琪打了聲招呼後，便將我們的行李取走了，弄得我有些不太適應。等他們走遠，我輕聲問道：「他們是什麼人啊？」

郭美琪笑笑說：「傭人啊！」

頓時我腦門出了一層汗，尷尬地說：「哦，也是。這麼大地方，要是沒傭人，光打掃清潔都受不了。要是就只有一家人住，到了夜裡還挺嚇人的呢。」

說完我瞥見西邊的一棵大樹下，有位老人正坐在一把白色的椅子上，低頭看著報紙。

郭美琪喊了一聲：「爺爺！」

那人抬起頭，循聲看過來。他頭髮已經花白，模樣讓人過目不忘，因爲長得很像愛因斯坦。年紀雖然看起來跟麥教授差不多大，但完全是兩種風格，麥教授是那種看起來很精明矍鑠，帶著股霸道的感覺；眼前的這位，是科學怪咖類型的。

郭美琪向他揮揮手，拉著我走過去。我們來到樹下，郭美琪說：「爺爺，我回來了。」

那老者笑著說：「哈哈，好。在麥思賢那裡怎麼樣？」

「還可以，這些以後再跟您說吧。」接著郭美琪介紹道，「這是楊宣。楊宣，這是我爺爺，郭品海。」

我邊伸出手，邊說：「爺爺，您好。」郭品海伸手跟我握了握，說：「Maggie和你的事，我們都知道了，眞不曉得該怎麼感謝你。」

「這沒什麼要感謝的，應該的。」我笑著說。

郭品海招呼我們坐下，然後從桌上的壺裡給自己倒了些咖啡，問我要不要，我搖頭說：「我不喝咖啡，我喝茶。」於是他喊來旁邊不遠處的女傭，用英語吩咐了幾句，我不大能聽懂。他吩咐完後對我說：「茶馬上送過來，在這裡不要客氣，當自己家一樣。」這話我聽著舒服。

他接著說：「其實，我們很不放心Maggie一個人去那麼遠的地方，雖說那邊有分公司。」他抿了一口咖啡，嘆了口氣，「但沒辦法啊，我這孫女，脾氣倔得很，又沒什麼生活壓力，從小慣到大，只能由著她去做自己喜歡的事情。而要研究奇貝異螺、異珠，甚至是龍，肯定得去找麥思賢。」然後他看著我，笑著說：「但現在好了，有你，我們就放心了。」

郭品海這話裡似乎別有深意，我心裡很高興。郭美琪似乎也聽出了點意思，有些不好意思，又略帶撒嬌地說：「爺爺，我能照顧好自己的！」

「好，好，好。」郭品海轉向我，繼續問，「楊宣啊，我從上大學開始學的科系就是水生生物，後來到台灣，及至來美國，也一直在大學裡做水生生物研究。」他抬起頭，略微眯起眼睛：「我最感興趣的是，聽Maggie講，你體內流淌的是一種龍的萬能抗性血，最後麥思賢透過一種叫作九淵儀的設備，將異珠和龍牙的能量，全部置換到了你體內，讓人體具備了異珠的魔力，是這樣嗎？」

郭美琪急道：「爺爺，這些事情我不是已經跟你們說過了嗎？怎麼還問？好像我騙你們一樣。」

「不是不相信，只不過還是想親眼見識一下，那我們把妳交給楊宣，就是眞放心了。」

說眞的，從郭品海的語氣中，我能感到，他們一家子對我和郭美琪之間的戀愛關係，不但不反對，反而是非常支持。我來之前還暗暗擔心過好久，這下好了，一切都不成問題，頓時覺得精神振奮。於是我站起身，先朝左右看看沒有外人，然後攤開雙掌，頭髮開始變紅，接著兩臂猛地畫個圈，交叉到胸前，與此同時，晴天一道霹靂，砸向面前的一棵樹，片刻之後，那樹上全部焦黑，粗壯的樹幹根部位置，突然折斷，整棵樹朝右邊倒了下去，一接觸地面，大部分摔成碎炭。

郭品海見到這番景象，不禁站起來，身子前傾，瞪大眼睛看著那棵倒下的樹，臉上充滿了驚喜，回頭朝我說：「如果被普通人見到的話，他們會把你當作神！」

我不知該如何回答他，只好聳肩笑笑。但講眞的，我內心並不覺得有什麼特別之處，那感覺就好像是，自己掌握了一個比較高級的魔術而已。我甚至很不願意讓人知道，因爲我討厭引人注目，那些眼光似乎是在看猴子，一隻會呼風喚雨、召喚雷電的猴子。

不過，後來發生了一件很嚴重的事情，徹底改變了我的這種性格。原先的我沒有什麼大理想，或者可以說根本就沒有理想，用杜志發形容我的話就是——只想過小富即安、男耕女織的太平日子。因爲當時我想，世界很美好，生活很美好，一切都很好，我爲什麼要追這個逐那個呢？我爲什麼非要讓自己不平凡呢？做個普通人，混在人群中，沒人打擾、沒人來煩，想潛水就潛水，想旅遊就旅遊，不知多逍遙。

雖然當時的我已經殺死了一條眞龍，這件事放在任何時候都是不得了的大事，可是有多少人知道我？又有多少人記得我？極少數。但我們還是先把郭家這邊的事情講完，然後，你們會慢慢知道我是爲何，又如何，開始蛻變的。

第十章
林業帝國

到了晚上，先是郭美琪的父母回來了，幾乎前後腳，她哥哥的車也開到了家。郭美琪在窗前看見後，便直接帶我先到了餐廳，說在那裡等他們。

我本以爲這麼一大家子華人，肯定會吃中餐，誰知大餐桌上擺的全是刀叉、盤碟，沒有碗筷。我問：「你們家不吃中餐的嗎？」

郭美琪嘆了一口氣，說：「我爸堅持入境隨俗。他說到了一個地方就得融入當地，否則會被人孤立排斥，不被理解，永遠進入不了主流社會，以他天生要強的性格，這是不能接受的。所以房子呢，他要住這歐式的。吃飯呢，去中國出差時，他就只吃中餐；但在美國時，他就只吃西餐。」

這時，郭家的人陸續走了進來。他的父親名叫郭應鈞，英文名Felix Kwok（菲力克斯・郭），身體偏瘦，身高目測在一百八十公分左右。雖然臉上帶著一點微笑，但我覺得是那種商人特有的習慣性笑容，換句話說，就是笑得有點假，一雙炯炯有神的眼睛中，又摻雜著一點邪詐、狡猾的感覺。

郭美琪先是喊了他一聲，然後拉著我走了過去，我跟他握了握手，叫了聲伯父好。本以爲他那種長相的人，應該是不苟言笑的類型，但見到我後，笑容滿面，打過招呼後伸手朝位子上示意了一下，說：「請坐。」

後面是郭美琪的母親，我也微笑著點頭叫聲伯母。孩子畢竟跟媽親，郭美琪沒跟她爸多說幾句，徑直就朝母親那邊走去，兩人在餐桌另一側說笑起來。過了一下子，郭美琪的哥哥Andy也進了餐廳，看起來身強力壯，個頭與他爸差不多。他朝我笑了一下，過來禮貌性地握了個手，便加入郭美琪和她母親的談笑中。Andy已經結婚了，不過他老婆有事，沒回家吃飯。

等郭品海最後進來坐下後，傭人開始上菜，郭美琪叮叮敲了敲盤子，調皮地笑著說：「吃飯前我說幾句啊，楊宣和我呢，明天要去Richmond，之後可能還要去好些地方，也許一時半會回不來。你們有什麼要說的，趕在今天飯桌上都講完，過時不候啊。好了，大家吃吧。」

Andy喝了口紅酒，立刻問：「楊宣，Maggie說你能呼風喚雨，召喚閃電，這是眞的嗎？」他的中文講得很差，聽起來彆扭得很，跟郭美琪完全不能比。

我覺得有點頭大，雖然合情合理，好比一個大魔術師去別人家做客，話題肯定總是離不開魔術，但要是每個人見了我，都問上一遍，然後我再表演一次，那恐怕就讓人覺得有點厭煩了。但好歹這是郭美琪的家人，而且我當時也沒有特別反感，所以努了努嘴，說：「是的，這是眞的。」

郭品海說：「你們不要再問這個了，下午的時候，我已經親眼見識過了。而且對外也不要提，特別是Andy，管好你那張嘴，你說給外人聽，人家會以爲你是瘋子。至於Maggie，有楊宣陪著，我很放心。」

郭應鈞吃著東西，說：「父親，你這調子一定，那就沒我們什麼事了。」說完，朝郭美琪的母親一笑。她也笑著說：「我們不放心有用嗎？Maggie從小認定的事，誰也拿她沒辦法，都是您給慣的。」

郭美琪故意朝我拋個媚眼，然後對他們以開玩笑的口吻說：「嗯，你們知道就好。」

過了一會，郭應鈞問：「楊宣，有興趣來美國發展嗎？」

「呃，這個……」

「沒事，你不用有顧慮，我只是隨便問問。」

既然他這麼講，那我就實話實說了：「說真的，我還沒有考慮過來美國。而且實際上，Maggie有些想……想以後跟我留在中國。」

郭應鈞朝郭美琪母親看看，然後回頭跟我說：「那也不錯。現在中國市場越來越大，Andy還想抽時間多去熟悉熟悉呢。有個妹妹在那裡，也好。」

聽到他這話，我抒了一口氣，連忙喝了一口酒壓驚，慶幸遇上了這麼一位開明的準岳父。不管他是出於生意，還是別的什麼，我此行的目的之一，不就是要他們這種表態嗎？我越想越高興，胃口大開。

郭美琪說：「爺爺說話是三句不離本行，你考慮事情全是繞著生意，怎麼就沒人從我的角度想想呢？」她露出有些不開心的樣子。

她母親說：「妳爸和妳爺爺都同意讓妳待在中國，妳還有什麼不滿意的？別身在福中不知福了。」我聽她雖然說的是普通話，但口音不像大陸人，便問：「伯母啊，您是在美國出生的嗎？」

「不是啦，我從台灣來的。她爸爸也是。不過說起來我們在台灣時就已經認識了。」

Andy用一口彆腳的中文說：「他們是青梅竹馬，Daddy先來美國，幾年後Mammy也過來這邊念大學，再接著就get married（結婚）。」

「Maggie中文那麼好，你怎麼似乎不太會講中文？」我有些奇怪地問Andy。

郭品海說：「Maggie從小跟Felix去中國很多次，她爸幾乎是改革開放後第一批去做生意的外國人。而Andy呢，基本上一直在美國，如果不是我們在家說中文，不要說講了，恐怕他連聽都聽不懂。」郭品海的普通話算不錯的，不過帶著南京腔。所以吃飯的這些人裡，有兩個說台灣腔的普通話；一個講著彆腳至極的中文；一個南京腔；一個說純正普通話的是郭美琪；還有我，略微帶一點點粵語腔。

吃完飯，郭應鈞將我喊到一間書房，看樣子同時還是會客室兼雪茄屋，牆上掛著他跟美國各界人物的合影。當然我認識的沒幾個。

頓時我覺得很奇怪，因爲郭品海在美國，曾經主導過什麼關於北海巨妖Kraken的調查，還爲此帶隊去了挪威海；而這裡又有他兒子郭應鈞與美國各界人物的合影。這一家人似乎在美國混得很好，用郭應鈞的話說就是：「在一個異域外邦，在一個白人主導的社會，進入了主流社會。」

這對於一般人而言，是極爲困難的，如果沒有特別原因，幾乎不可能。

所以我對他們的生意產生了興趣，便問：「伯父啊，我聽Maggie講，你們主要是做木材和香料生意的。這兩個行業目前市場大嗎？」

他打開雪松木煙盒，取出一根雪茄，然後將盒子推到我面前，我看了看，拿了一根。郭應鈞切開雪茄頭，叼進嘴裡，用火柴點上後，說：「林業是個傳統行業，而傳統的東西雖然有時會停滯，卻勝在生命力頑強，永遠不可或缺。

我致力於將我的公司打造爲世界林業巨頭，創建一個完整的林業帝國。從原木、建材、纖維包裝材料，到傢俱、造紙，再到香料、固態生物燃料、可再生產品……」說到這裡，他笑了笑：「可能對你講這些太過專業，其實我只要告訴你幾個資訊，你就明白了。我們公司在全球擁有五萬一千名員工，一百八十五家加工廠，在加拿大、紐西蘭、澳大利亞、北歐、印度、東南亞和中國等地，全都有我們的林場或者合資林場項目；去年我們在全球的銷售額達到二百一十億美元，其中純利潤也有十七億美元。」他看著我的眼睛：「而J.P.MORGAN❖去年的利潤也不過才十六億美元，比我們還少一點。」

這著實令我很驚訝，要知道，那時候才是二〇〇三年，一年十幾億美元的利潤，不敢想像。

❖ J.P.MORGAN：摩根大通集團，業務遍及五十多個國家，包括投資銀行、金融交易處理、投資管理、商業金融服務、個人銀行等。

見我有些發愣，郭應鈞說：「聽Maggie說，你家在中國也是做生意的？」

我吸了口雪茄，笑著說：「是的，我家最初做外貿生意，現在逐漸轉向房地產。」我努了努嘴：「不過跟您的生意相比，根本算不了什麼。」

「哎，誰不是由小做大的？哪個大人不是從小孩開始成長起來的？規模大小無所謂，最重要的是，要尋找到自己的事業歸屬感。」

我原本對他們家爲什麼能在美國混得這麼好，能夠進入所謂的上流社會，還心存疑慮，不過這時候，疑慮被打消了一大半，沒辦法，那裡是個認錢的社會。

這時郭應鈞蹺起二郎腿，爲我倒了杯威士忌，說：「本來有些話不應該說這麼早的，但Maggie呢，從小被我和她爺爺寵壞了，性子倔得很，好不容易才回家一趟，明天又要跟你走。這一走，又不知道什麼時候才能再見。所以，我把你請到這裡來，說幾句推心置腹的話。」

「您儘管說。」

「Maggie是個很獨立的孩子，所以她的事情，只要是自己認定的，我們都干涉不了。如果她眞的決定以後要跟你留在中國，那她一定就會，所以，我這個做父親的呢，唯一能做的只是支持她。錢不錢的，我們不在乎，重要的是楊宣你是個……是個不平凡的人。」說到這裡，他笑了幾聲，「她爺爺說已經見識過了。所以我們不擔心你能否保護她，我只希望你們能愼重對待感情，不要兒戲，那就夠了。」

我沒想到她父親和我初次見面，就會把話說得這麼直接，不禁有些許臉紅，喝了口酒後說：

「我爲了救Maggie，連自己的命都捨得豁出去。我不會對不起她的，我不是那種人。」

郭應鈞若有所思地點點頭，舉起酒杯，我們碰杯後，一飲而盡。

第十一章

初顯身手

也許是喝多了酒，再加上心情不錯，那一夜我與Maggie相擁著很快便進入了夢鄉，全然不覺半夜時分下起的暴雨，以及撕裂夜空的電閃雷鳴。狂風灌進屋裡，捲起月光下的窗簾。

此時一陣陣輕微的吟嘯，不知從何處傳來，那聲音像極了龍吟。儘管我在睡夢中不曾被狂風暴雨驚醒，但似乎感受到了這龍吟，大腦被潛意識操控，眼珠在閉著的眼皮下，不斷轉動著，最後終於醒了過來。

我將Maggie的手從我肩膀上拿開，略微撐起身，側耳傾聽了片刻，當確定那是龍吟時，不禁有些發毛，因爲青龍最後在軍艦甲板上，曾經發出過類似的聲音。

我赤腳下了床，來到被狂風捲動的窗簾邊，準備關上窗戶，因爲風雨太大了，我無意中朝外看了一眼，那場景卻令我心驚膽戰——莊園的景致消失不見了，四周取而代之的是洶湧的波濤，在閃電的照耀下，不斷翻滾著。而且水的上漲速度極快，此刻已接近窗台，要知道，我們的房間可是在二樓。

從窗戶看出去，那感覺簡直就像是從輪船的房間裡，朝外看著風暴中的大海。

「這到底怎麼回事？難不成是洪水暴發了？」這是我當時唯一能夠想到的。我連忙猛搖郭美琪，想把她喊醒，可她像吃了過量安眠藥一樣，怎麼搖都醒不過來。

「Maggie！Maggie！」我狂喊著，依舊沒用。這時房門外響起拍打聲，龍吟的聲音越來越近，似乎就在走廊裡。我瞪大眼睛，慢慢走過去，將手握在門把上，喘了幾口氣後猛地將房門打開。

接著突然發生的一幕讓人驚得魂飛魄散，走廊裡從上到下全被水充斥。整棟別墅就像是一艘沉入深海裡的船，而我們所在的房間是唯一一間沒有進水的。

此刻房門打開後，滔天巨浪直接湧了進來，將我沖退擊倒在地。

眨眼的工夫，房間已經全都被水淹沒，窗外也早已全都是水，我們彷彿置身於沉船內部。郭美琪詭異地始終都沒能醒過來，穿著睡衣漂浮在水中，我連忙潛游過去，反托其腋下，費力地朝窗外游去。

我們從窗戶游到了外面，水已經瘋狂地淹到了屋簷，等我拉著Maggie浮到水面時，周圍哪裡還有一點點莊園或者小鎮的模樣，與遭遇海難的人漂浮在波濤洶湧海面上的場景，幾無二致。

暴雨仍舊下著，砸在臉上生疼。我全然不知到底發生了什麼，驚魂未定地觀察著四周，同時將不知生死的郭美琪竭力托在水面上。

此時借著月光，一個巨大的黑影似乎從遠處游來，雖看不真切，但似乎能感受到。當水面下的黑影到了我們眼前時，突然停止，片刻後，一條巨大的龍猛然躍出水面。

深藍與淺藍色相間的鱗甲，在狂風暴雨中透出寒氣，半個身子立於水面之上，在停頓了不過兩三秒後，陡然張嘴狂嘯，龍鬚如劍戟般矗立，直直撲向我們。雖然我可以召喚雷電，但一切已來不及了。

當碩大的龍嘴將我們直接吞沒時，我驚得渾身一顫，再看四周時，卻發現自己正坐在床上，而郭美琪仍舊甜甜地躺在我的身旁。一縷陽光透過窗紗，射進屋內，莊園裡傳來嚶嚶鳥語，我額頭仍掛著汗珠，立刻下床跑到窗戶邊，看見外面的花園裡，正籠罩著裊裊霧氣，一派清晨的美景，不禁晃晃腦袋，不敢相信剛才的一切，竟然只是夢境。

郭美琪被我下床的動作吵醒，慵懶地換了個睡姿，側身將右手墊在臉頰下面，問：「怎麼了？」

我皺著眉頭，驚魂未定地回到床沿坐下，撫摩著她的臉龐，說：「我做了個噩夢，夢見這裡全都被淹進水裡，我怎麼也喊不醒妳。最後，還有一條藍色的龍，有深藍色與淺藍色相間的龍鱗……」

她坐起來，摟住我的脖子，用鼻子在我臉上親昵地摩挲著，最後輕輕咬住我的耳垂，說：「這裡沒有龍，只有我。」說著，扣著我的脖子，將我拉了下去。

按照原定計劃，我們在她家裡吃完早餐，便簡單收拾了些隨身物品，開車上了路。看著美國東海岸公路的景色，我不禁想起和郭美琪初次見面時，兩人開車從南京去上海那次的情景。

回想起從那以後經歷的種種，我覺得有些不可思議，只不過是一年多的時間，竟然發生了如此翻天覆地的變化，如果再過五年、十年呢？真不敢想像那時候的世界，會變成什麼模樣。

我感嘆於公路兩旁的美景，說：「要不是還有正事，我都想一直在這路上開下去。」

郭美琪朝外面看看，說：「人少車少地方大，其實只要一個地方人不多，通常都挺美。」

綢緞般的公路，蜿蜒到遠處天際線，目力所及範圍內沒有別的車輛，似乎就只有我倆在天地間穿行。正當我們陶醉於周邊景色時，猝不及防，車的正前方，猛然出現一條滿是釘刺的鐵鍊，橫跨過公路。

我猛踩剎車，可是已經晚了，車胎軋了過去，毫無疑問爆了胎，車身不受控制地撞向公路外，衝進野地裡。不過幸運的是，這裡並沒有馬路護欄，旁邊也不是溝壑，而是長滿野花野草的平地荒原。

我和郭美琪下了車，檢查了車胎後發現竟然前後三個輪胎都被戳破了，備用輪胎只有一個，換上也無濟於事。我走上公路，蹲下來撿起那條刺鏈，說：「這他媽誰搞的啊？簡直謀財害命嘛。」

郭美琪站起身，前後看看，說：「這下麻煩了，前不著村，後不著店的，連個過路車都沒。」

誰知她話剛說完，從前方小山後面，拐過來一前一後兩輛車，郭美琪朝前走了幾步，正準備招手攔車，我用手擋住了她，說：「先別急。」

「怎麼了？」郭美琪問道。

「這刺鏈肯定是有人放的，爲什麼這麼湊巧，前面都沒有車軋上，就我們軋上？」

我這話一說，郭美琪不由得退後了半步，我們站在公路一側，注視著前方開來的車輛。

那兩輛SUV在離我們五、六公尺的地方，竟然主動停了下來，這反而讓人更加不安，而與此同時，我的頭髮開始慢慢變紅。

前面一輛車的車門打開，下來四個戴著墨鏡的。其中兩個梳著雷鬼辮子，一個頭上有一道疤，打頭的是一個華人，小平頭，身高中上，非常精幹。郭美琪看到這架勢，想必有些緊張，往我身邊靠了靠。而我心裡已經基本肯定，一定是這群人設置了這道路障。

但他們是怎麼知道我們的身分的？怎麼知道我們今天的路線的？他們截住我們的目的何在？難道他們就是那個名叫戍者的人派來的？

一切都是未知。

小平頭帶人走到我們面前，開口說：「有人想請你們走一趟。」同時將西裝外套往旁邊掀開，露出腰間別著的手槍，繼續說：「最好不要動粗，否則擦槍走火，就不好了。」

而後面的三人，手都放在西裝外套裡面，看架勢應該都是握著槍，情況一旦生變，馬上就會掏出來。第二輛車上的人則沒有下來，隨時待命。

我皺眉道：「是戍者要我們去嗎？」

小平頭似乎有些疑惑，問：「戍者？戍者是誰？」他朝公路兩邊看了看，湊近一些：「不要輕舉妄動，頭髮變紅了也沒用，難道你覺得八個人的槍，都沒有你的閃電快嗎？」

這話確實出乎我意料，他不但知道我可以掌握五雷，連頭髮變紅的標誌，都一清二楚。

郭美琪這時湊到我耳邊說：「後面有輛過路車。」我轉頭朝後面看了看。小平頭也瞧見了，有些著急，腦袋神經質般地輕微抖動，說：「我再給你們五秒鐘考慮，要麼上車跟我們走，要麼死在這裡。」

雖然要解決兩輛車八個人，並非難事，但難在他們知根知底，都有防備，所以後面一輛車上的人始終沒下來。我即使能同時將眼前四人電倒，但只要後面有一人開槍，就難保我和郭美琪不會被傷到。

這時，那輛過路車開近了，最後出乎意料遠遠地也停了下來，司機半跨出車門，喊道：「嘿，出什麼事了？」竟然是一口普通話。

眼前幾人目光朝那人看去，大概正準備張嘴讓那人少管閒事趕緊走，我恰好抓住這個時機，一頭紅髮如烈焰般燃燒，跟著凝眉怒視前方，先是晴朗的天空幾乎瞬間變暗，一道霹靂直接擊中後一輛車；然後雙臂甩動，在胸前交叉，掌中奔雷如四條紫龍竄向面前四人。

這四人連一聲喊叫都沒有，直挺挺便躺倒。我擔心後面那輛車中還有人沒事，因此目光掃去，又是一道霹靂，隨後那車徹底報廢，車門散開，輪胎不僅僅是爆裂，而是連同輪框一起燒成了黑色。裡面的人全都癱倒在座位上，不知是暈了，還是死了。

這時，過路車的司機慢慢走了過來，站在我們身邊，看著眼前的景象，嘴巴張開半晌闔不攏，反覆朝前看看，又朝我看看，用顫抖的聲音說：「你……你是什麼人？」

我胸口仍舊在喘著粗氣，不知道什麼原因，每次使用魔力時，總是覺得怒氣充斥全身，如同頭髮變紅一樣，頭髮越紅，怒氣越盛，因此暫時沒有理那個人。

郭美琪奇怪地問：「你怎麼說中文？」

「我不會講英文，當然說中文囉。」這時，天空並沒有恢復原本的晴朗，反而是下起雨來。那人抬頭看看天，抹了一把臉，「見鬼，怎麼下雨了？」因為下起雨的緣故，他來不及多問什麼，朝自己的車那邊跑去。

第十二章 游蜂後繼

1.

南京中山東路的一家門店，掛著「四海異珠」的簇新招牌，店裡裝潢得像是很高級的珠寶店，可是各個玻璃櫥櫃裡全都空空如也。

杜志發坐在一角的老闆椅上，抽著煙，滿臉愁容地看著店裡的一切。他旁邊的沙發上，還坐著一個人，看起來人高馬大，手裡也夾著根煙，說：「發哥，你可是跟我媽說好了的，說跟你來南京做生意，每個月付我五千塊工資，可來了都快三個月了，一分錢也沒給我。」

「做生意要有點耐心，我這不是拿不到貨嗎，等貨一到手，別說一個月五千，五萬都付得起啊。」說著，杜志發指指店外停著的悍馬，「瞧瞧，要是這行賺不到錢，那車哥怎麼買的？」

「你別動不動就說車啊，誰知道是你偷的還是騙的。」大個子輕聲發著牢騷。

杜志發急了，說：「哎，你這小子，要不是看舅舅去世得早，你媽養你長大不容易，我才懶得讓你過來呢，好心當成驢肝肺啊你。」

「得了吧，沒錢說什麼都是白搭。」

「哥好歹照顧你一天三頓飯了吧？你在家還不是吃舅媽的，穿舅媽的，用舅媽的。」說著，手裡扔了一個紙團朝著大個子砸過去，「你他媽好意思嗎你！」

大個子被砸，也沒發火，反而沒之前生氣了。杜志發接著說：「最後再說一遍，想發大財就留下，跟著哥好好幹，到時候少不了你的。」

「我是想發財啊。」大個子手一攤，指指店裡，「可每天光守著沒貨的店，上哪發財去？」

杜志發掐滅煙頭，站起身，說：「跟哥走。」

「上哪去？」

「我們是做異珠生意的，之所以沒貨，是我暫時不知道去哪裡找。原本想等楊宣，現在我發現那哥們跟我們就不是一路的，那只能靠自己了。」他拍拍大個子的肩膀，「鋼子啊，你放心，哥有門路。」

2.

鮮黃色的悍馬，停在九淵博物館外。杜志發帶著他表弟鋼子，兩人朝裡走去。來到前台接待處，將他的鱷魚皮手包往上一放，俯下身子勾搭道：「美女，麥教授在嗎？」

那女的抬頭一看，笑道：「喲，發哥。你找麥教授不都是直接跟他聯繫的嗎？」

「這不是特地跟妳打個招呼嗎?上去了啊。」

在樓梯上，鋼子問:「哎，發哥，你對這怎麼這麼熟啊?」

「廢話，這麥教授是個異珠收藏家，大買主，當然要熟絡了。再說了，老子的龍興之地就是這裡。」

「什麼意思?」

「我第一筆生意就是在這做的啊，夜光珠，賣給了這博物館，等等帶你去看看。」他們上了三樓，「見了麥教授，你什麼也別說，聽我講就行，學著點。」

「可你不是說要找異珠嗎?這裡是收藏異珠的，不是反了嗎?」

「閉嘴，你懂個屁。」

杜志發敲門進了書房，笑呵呵地打招呼:「麥教授。」

「阿發，呵呵，來，坐。」麥思賢指著後面的大個子，「這是?」

「這是我表弟，鋼子，從老家過來投靠我的。」

麥思賢笑了起來，拿出三個杯子，邊倒酒邊說:「找我有什麼事?」

杜志發接過酒杯，說:「麥教授，跟您我就直接開門見山了。從十獄閻殿回來之後，雖然九死一生，但我覺得找到了自己的人生事業，那就是採珠。仔細想想，我天生就是幹這行的料啊。本來想找楊宣入夥，可人家現在天賦魔力，本身家裡環境又好，不屑做這個，不跟我幹。」

麥思賢抿了一口酒，說:「所以，你想自己做?」

杜志發一拍大腿，說:「是啊，那有什麼辦法呢。這不把我表弟從老家拉過來了，別看他傻大個兒，水性好著呢，一頭鑽進水裡，兩根煙的工夫才出來。」
「那好啊，你們做，有了異珠，如果品質確實不錯，我可以收。」
「我哥他找不到異珠，我來南京三個月，他沒做成一單買賣。」鋼子忍不住說了話。
杜志發兩眼朝他一瞪，然後轉過來笑著說：「您這邊我是知道的，可現在問題是，自從上次賣了小夜光給您，到現在，我都沒開張，不知道去哪找異珠。天底下江河湖海太多了，可沒頭蒼蠅，撞不上啊！」
麥思賢看著杯子裡琥珀色的酒，搖了搖，笑笑，但沒有說話。杜志發點上根煙，接著說：「要不這樣，麥老您要是知道地方，就告訴我，然後我們兄弟倆去採，採完回來給您打五折，行不行？」
麥思賢放下酒杯，靠著椅背左右稍微轉了轉，說：「錢倒不是問題，你也知道，我這人不在乎錢的。重點是異珠的尋找確定，向來是游蜂們的祕傳，叫相水術，外人是很難知道的，我要是掌握了，也犯不著建那個模型來推斷了。」
「相水術、望氣術，我明白，就是南珠王家，簡清明他們的嘛。我是在想，簡清明他們的學不到，那還有沒有別的採珠人，我可以去試試。」
麥思賢還是笑著搖搖頭，說：「我到哪裡去找給你？」
「教授啊，你收藏異珠這麼多年，那些採珠的啊，游蜂啊，肯定熟得很，介紹一家，我去學。要不然，就像上次十獄閻殿似的，您指條路，我去闖，也成。」
麥教授站起身，踱到落地窗邊，看了看外面，然後回頭說：「有倒是有這麼一個人。」這話一說，杜志發和鋼子兩人激動地對視一眼。接著麥思賢搖搖頭，說：「但人家肯定不會傳你。」

杜志發也站了起來，走過去，說：「那不一定。我打小就招人喜歡，那時候我和楊宣兩人蹺課被抓，但老師就光罵楊宣，不罵我。您說來聽聽。」

「蘇佩你認識嗎？」

杜志發眉頭稍微一皺，說：「蘇佩？就是您的助理，負責電腦的那個女生？」

麥思賢點點頭，說：「嗯。蘇佩的父親是游蜂，但後來採珠時遇到怪事，便收手不幹了。蘇佩又是個女孩，所以他家的手藝，就此絕了。」

杜志發在心裡掂量一番，問：「那他爸，當年遇了什麼怪事？」

「這你得自己去問了。」

杜志發似乎有些動心，他表弟在一旁說：「發哥，我們要學就學厲害的呀，南珠王不行，學個東珠王、北珠王的也可以啊。這什麼人，也沒點名氣，別白費功夫。」

「閉嘴。」杜志發輕聲啐了鋼子一句。

麥思賢聽這話也有點意見，說：「真人不露相，高手在民間。南珠王名氣是大，但未必天底下就無人可比。要知道真正的高人異士，往往不願出名，更想隱姓埋名。」

杜志發手指一點，說：「麥教授您這話有道理。」然後雙手握在一起，在屋裡轉著圈，兩眼都快放光了，說：「那我就去試試？」

麥思賢坐回椅子上，說：「我該說的都說了，該指點的也指點了，剩下的你自己看著辦吧。」

杜志發走上前去，深情地握住麥思賢的手，說：「實在太謝謝麥教授了。不管最後學不學得成，只要有事情，您老儘管吩咐，我阿發這輩子都會記得您。」

「哎，言重了。我老頭子一個，無家無室，大半個身子已經在土裡的人，還有什麼可圖的？說實話，別的什麼我都不在乎，只希望你能做到一條……」

「您說。」

「如果你透過蘇佩家裡，得到了異珠，或者任何與龍或異珠相關的東西，必須第一時間送到我這裡來。你可聽清楚了，是任何。只要我認爲有價値的，絕不會虧待你。我不需要的，你才可以賣給別人。」麥思賢盯著阿發的眼睛，停頓了片刻，「做得到嗎？」

杜志發點點頭，用力地嗯了一聲，說：「您老放心，一定做到。」

麥思賢將杜志發拉到跟前，低聲說：「最後呢，你跟蘇佩以及她家裡人，千萬不要提到是我介紹你過去學什麼游蜂的，不要提我的名字。一大把年紀了，我可不想被人說成長舌婦。」

「我懂，我懂。」

3.

「蘇大美女。」

蘇佩被這突然的一聲嚇了一跳，從電腦螢幕後猛地抬起頭，當看到杜志發出現在自己面前時，臉微微泛紅，推了推古板的黑框眼鏡，說：「你……你怎麼來了？」

大概是嫌鋼子礙事，所以讓他回車上等了。杜志發從麥思賢的書房出來後，就到了這幢二層民國小樓。他捋了捋小辮子，笑著說：「我爲什麼不能來？」

「你不知道嗎？楊宣去美國了。」

杜志發走了進來，坐到一把椅子上，說：「我又不是來找楊宣的。麥教授約我談筆生意，談完後，我就順便過來看看妳。」

蘇佩不由得低下了頭，臉更紅了，轉頭盯著螢幕，片刻後神情恍惚，似乎喃喃自語：「你以前要是這樣就好了。」

杜志發耳朵好，聽到這話有點疑惑，同時又感覺背脊有些發冷，問道：「我們……我們以前認識嗎？」

蘇佩怔了一下，連忙說：「不認識，我們老家都不是同一個地方，怎麼可能認識。」

「那妳剛才說什麼？」

蘇佩指著螢幕說：「這是我剛設計的演算法，我說以前要是能知道這演算法就好了。」

第十三章

高嶺大廈

1.

天空仍在下雨，我和郭美琪跟著那人跑進他車裡，趕緊駛離事發地。因爲如果美國警察到場，恐怕我一時半會解釋不清，光是解釋那輛車爲什麼從裡到外，全被燒焦報廢，就夠讓人頭痛的了，說什麼人家都不會信。

所以最好的辦法，還是三十六計走爲上計。

原本擔心這人怕惹麻煩，不會同意載我們走，但也不知是他熱心，還是親眼看到那一幕之後，心生恐懼，又或者是異鄉遇國人，最後同意了。拐過前面一個山頭後，那八個倒楣鬼徹底離開了我們的視線。

雨刷不停刮著玻璃，那人問：「你們要去哪？」

郭美琪說：「Richmond（里奇蒙），你呢？」

那人苦笑道：「我現在身上快沒錢了，簽證也已經過期了，原本想去亞特蘭大看看，現在既然你們去里奇蒙，那我也去那裡吧。」說著，他晃了一下腦袋，「咳，去哪都好啊！」

我這才有時間仔細打量起他來——頭髮蓬鬆，有不少明顯的白髮；因爲滿臉的落腮鬍，所以不太容易猜到年齡，大鬍子通常會使人顯得滄桑，顯老，但他也絕不年輕，怎麼也有四十歲以上了吧；戴一副眼鏡，讓他那一身廉價衣褲，多少添了點斯文氣質。總體來說，一副落魄潦倒相。

聽他這番話，我覺得很奇怪，問：「簽證過期了，那怎麼不回國啊？而且你又不會說英文，留在這裡幹嘛？」

他先是沉默了片刻，一會後才說：「我原先是廣東一間工廠裡的推銷員，雖然不富裕，但小日子還算不錯。後來我老婆中了邪似的，成天想著移民，你說我一個小推銷員，哪有能力移民啊？後來工廠裡突然有個機會，派我來美國，但不是常駐那種，只是短期的考察市場和推銷，辦的是商務簽證。我老婆立刻就說，這是個好機會，用商務簽證入境後，直接就留在美國，不回國了，到時花錢跟美國人假結婚，或者等政府大赦，混到身分。」

郭美琪大概聽明白了，搖搖頭說：「說起來簡單，假結婚哪有那麼容易啊。再說，移民局也不是吃乾飯的，這樣很容易被查出來的。」

「是啊，我是擔心被抓到，遣返。可我老婆說，美國有一兩千萬非法移民，只要不犯法，猴年馬月都抓不到，而且美國的警察無權查你的身分，所以才有那麼多黑戶。」

我說：「當黑戶的滋味可不好受，你眞信她啊？」

這人說：「我老婆比較強勢，我呢，性格比較軟弱。所以最後拗不過她，過來了。先按她的意思，委託代理人，跟她在國內透過法院把婚離了。然後花了幾萬美元，好不容易找了個美國女人準備假結婚，可是結婚之前，她竟然被警察抓了，就是因爲移民局查到她了，她之前已經幫人假結婚三次了，每次收幾萬美元。這下可好，婚沒結成，錢已經給了也追不回來，簽證也早就過期了。」

我是眞不明白了，又問了一次：「那還不回國？」

他苦笑著搖搖頭，說：「想啊，所以我打電話回去，誰知朋友告訴我，我老婆已經跟我原來那個工廠的老闆結婚了，幾乎是前腳剛和我辦完離婚，後腳就跟他結婚了。」

郭美琪似乎有些震驚了，半晌後說：「難道，派你來美國，就是你老婆和你老闆故意安排的？」

他無奈地笑笑，說：「雖然在這邊做黑戶很慘，我做夢都想著回國，但我只要一想到那個女人……」他長嘆一口氣：「黑就黑吧，至少在這裡沒有傷心事，等被抓到再說。」

我跟郭美琪一樣，有些被他的事情震驚了，也不知道該怎麼安慰才好。過了好一陣子，等尷尬過去後，我說：「我叫楊宣，從深圳來的；她叫Maggie，是華裔。」

「我叫周喆。說眞的，認識你們感覺眞好，在美國我很久都沒跟人聊過天了。」

郭美琪問：「你現在有什麼打算？」

「沒計畫，隨便找個地方，打黑工囉。」周喆轉頭看了我一眼，「不過，如果你們願意雇我，我很樂意效勞的。不用太多錢，有飯吃就行。」見我們沒有立即回答，又補充道：「我開車技術很好的，也有駕照，只要不是特別偏僻的地方，我都熟悉。」
「你怎麼弄到駕照的？」我疑惑地問。
「有些州，非法移民也可以申請到駕照的。我住在朗茨市，在那裡找人花錢代辦外州駕照。」
我朝郭美琪看看，然後對周喆說：「巧了，朗茨市我們可能也得去一趟。」然後心裡又挺同情這老哥們的：「行，那就這麼著吧，我們先去里奇蒙。」
「好嘞！」過了好一會，周喆支支吾吾問：「我實在忍不住想問，剛才在那裡，那閃電，是你弄的？」
我笑了笑，說：「這個你還是不要問爲好。你只要知道我們是來調查地震的就行。」

2.

大約開了九個小時，我們終於到達里奇蒙，這裡是系列詭異地震第一起的事發地。雖然已經過了三四個月，但整座城市似乎還沒有從災難中恢復，甚至偶爾還能看到一兩處廢墟，見證著地震的痕跡。
周喆在一個公共電話亭邊停下，有些不好意思地對我們說：「能不能借幾個硬幣，我想去打個電話，今天是我母親的生日。」
我愣了一下，隨即掏出手機，遞給他：「你直接用我的手機打好了。」
「非常感謝。」周喆接過手機，撥通電話，裡面隱隱約約傳來一個年老女性的聲音，他只跟他母親說了幾句話，眼眶便有些濕潤，然後就匆匆掛了。我和郭美琪看了，心裡都有些不好受。

在問了幾個當地居民之後，我們來到了一處荒地，比剛才途中經過的幾處廢墟面積都要大，中間是一個大深坑，四周全是殘垣斷壁。

「這就是你們要查的維文珠寶？」周喆踢了踢腳下的碎磚，「都成廢墟了。」

我在裡面逛了一圈，回到他們身邊說：「這裡查不出什麼，我看大概要找維文內部的人打聽才行。」郭美琪點點頭，說：「但我們不是維文的生意夥伴，又不是警察，人家不會理我們的。」

我想想也是，正在一籌莫展之際，周喆說：「可不可以這麼說，就說你們知道金庫的下落，這樣一來，他們的負責人就肯定會見你們。」

「但眞見到後怎麼說？難道說，哦，對不起，我們是騙你的，只是想找你打聽點線索？」郭美琪問。

但周喆這麼一講，倒提醒了我，我說：「如果維文公司眞的與這些地震有什麼聯繫，而地震又與簡清明的失蹤脫不了關係，那也就是說，維文公司很有可能與簡清明有關。」

郭美琪想了想，說：「那他們之間究竟是好的關係，還是差的關係？」

「既然地震對維文不利，卻救出了簡清明，那我想，簡清明與維文之間，應該是對立的關係。所以，我們完全可以跟他們說，是簡清明的人弄走了金庫。如果這個方向猜對了的話，他們一定會有反應。」

正在我因爲這個小推斷有些興奮時，手機鈴聲忽然響了起來。我滿腹狐疑地接起電話，不等我開口，裡面就傳來經過變聲器處理的聲音——「楊宣，你好。」
「你是誰？是戌者？」
「我是誰並不重要。你如果要找簡清明，就到朗茨市的高嶺大廈來。」
「我怎麼知道是眞是假，怎麼知道不是圈套？」
那人笑了起來，說：「圈套？如果我要設圈套，你們現在在里奇蒙我就可以設，你們一路不管到哪裡，我都可以設，爲什麼一定要你來朗茨市？難道爲了讓你能提前做好準備？至於眞假，我想你不得不信，因爲從一開始，我就走在你前面，不是我的提點，你會來美國嗎？」
「你就是那個戌者！」
「呵呵，你說是就是吧。最後再說一遍：如果你想找到簡清明，必須在明天夜裡十二點，到朗茨市高嶺大廈的樓頂天台。聽清楚了嗎？」
「明天夜裡十二點，朗茨市高嶺大廈，樓頂天台。」我複述了一遍，然後接著問，「你這麼做的目的是什麼？」但對方已經掛了電話。

3.

次日午夜的朗茨市，一輪血月映照在鱗次櫛比的摩天大廈群樓背後。雖然城市裡很多地方仍舊燈火通明，但黑暗充斥著各個角落，奠定了子夜的基調。
高嶺大廈前馬路上的陰影裡，停著一輛車，周喆和郭美琪坐在裡面。我一個人上了樓，原本郭美琪執意要跟來，直到我明說萬一有什麼風險，我一個人反而更好逃，他們在下面可以隨機應變，她這才答應，但仍心慌不安，先是從座位下面掏出一把周喆防身用的手槍，將彈匣壓滿子彈，推進握把，然後警惕地看著外面。

我獨自到了天台，夜風很大，不斷吹動風衣下擺。雖然天空有月亮，但這片天台，恰好被籠罩在旁邊一座大廈背後的黑暗中。

我出了樓梯口後，慢慢朝對面走去，同時眼睛敏銳地到處尋覓。但整個天台空空蕩蕩，只有縱橫交錯的水泥壟，將樓面劃分成幾大塊田字形。直到這時，我甚至都不知道，到底是那個戌者會來見我，還是別的什麼人，因為在電話裡，他只說是——如果想要找到簡清明，就到這來。

當我走到天台中央時，兩旁探照燈忽然亮起，兩股燈光交錯，共同聚焦在一處欄杆上。有個人頭上戴著黑布套，雙手被銬在欄杆上。我先是本能地朝四周觀察了許久，待確定沒有人後，緩緩走了過去，蹲下皺眉考慮了片刻，最後還是伸手將那個人頭上的黑布套摘了下來。當他的相貌出現在我面前時，我瞬間驚呆了，雖然這人嘴巴被黑膠布封住，但我一眼就認了出來，他是——簡清明！

簡清明也認出了我，眼中充滿了驚訝和憤怒，立即想站起來，但他忘了，自己的手被銬在低矮的護欄上，只能容他坐在地面。說實話，我怎麼也沒想到，戌者在電話中說的「如果想要找到簡清明，就到這來」，竟然是直接將簡清明抓到了這裡，送給了我。

這下我徹底傻了，難道那些地震都是戌者弄的？難道是戌者與維文珠寶之間有仇有怨？那麼戌者如此大費周章，將簡清明弄出監獄，卻又主動送給我的目的何在？

這一切都說不通。

簡清明昂著頭，嘴裡嗚嗚著想要說話。於是我將其嘴上的膠布揭開，他喘了幾口氣，朝天台四周看看，然後帶著不屑說：「要殺就殺好了，還想玩什麼把戲？」

雖然我連做夢都想抓到簡清明，但此時他如此輕而易舉地被送到了面前，我反而平靜了，因爲有太多疑惑，於是問：「戍者爲什麼把你綁在這裡？」

簡清明看了我一眼，說：「少在這裡裝蒜。我還眞沒想到你有這麼大本事，能在美國把我劫走。」我急得照他臉上揍了一拳，然後揪住他的衣領說：「我再問你一遍，你是怎麼從魚鷹監獄出來的？爲什麼會落到戍者手裡？」

這老傢伙骨頭硬得有時讓人懷疑他是不是變態，還記得在十獄閻殿時，趙金生拿槍逼他，甚至開槍打了他的腿，他都沒有半點屈服。此時，他用舌頭舔了一下嘴角被我一拳揍出的血，笑了笑，說：「你想知道？先打開我的手銬。」

看他那副毫不在意的模樣，我眞的怒了，尤其是他根本不相信我的話，完全沒有交流的基礎。那我滿肚子的疑惑，就沒辦法解開。我頓時怒火中燒，用穿著皮靴的腳朝簡清明的腦袋上猛踹，踹了三四下後，重新揪住他，說：「戍者是誰？爲什麼把你綁到這裡送給我？」

簡清明喘息了片刻，然後突然間將滿嘴的鮮血啐了我一臉，說道：「你忘了老子教你的那句話——靠槍，永遠征服不了別人。什麼時候征服了別人的心，什麼時候你才是眞正的贏家。」

我氣得渾身氣血翻騰，他簡直是在挑戰我的底線，那副無賴渾蛋的模樣彷彿在說：老子就是不服你，你就是拿我沒辦法。而我心裡也明白，只要我想知道的東西，不要妄圖從簡清明嘴裡吐出來半個字。我於是站起身，氣不打一處來，猛地便飛起一腳，狠狠踢向他的腹部。簡清明直接跪倒在地，吐著血水，我用單腿膝蓋壓住他的側臉，貼著他的耳朵說：「那就等著回監獄享受吧！」

就在這時，身後先是響起腳步聲，接著地面出現一道長長的身影。我鬆開簡清明，朝後看去，卻悚然發現，一個身材修長，穿著黑色夾克的精悍年輕人，正站在不遠處的燈光下，目露凶光，他臉上的怒氣勝過了身上散發的殺氣，就像一隻獵豹，因爲憤怒，隨時準備要撲過來。

「你是誰？」我站起身問。

簡清明卻在我身後笑了起來，說：「楊宣，你眞是蠢得沒邊，竟然跑到美國來。」隨後轉頭對著那人說：「簡赫，殺了這小子。」

對面的年輕人終於開了口：「楊宣，放了我爸。」

「你爸？你是簡清明的兒子？」

「放了我爸！」他幾乎吼叫起來。

我正準備開口說話時，忽然簡清明的身上響起嘀嘀嘀的聲音。我和簡赫兩人幾乎同時朝簡清明看去，他自己聽得更爲眞切，但因爲雙手被銬住，只能低頭看著。

簡赫猛地衝了過去，因爲我可以掌握五雷，所以並不擔心他們耍什麼花樣，就暫時沒有去攔他。簡赫一把撩起簡清明的衣服，一個黑色背心赫然露了出來，在腰帶位置顯示出紅色的數字，正在六十秒倒數計時。

很明顯，這應該是炸彈。

雖然我很希望簡清明死，但這並非我想要的結果，我一頭霧水，繞著簡家父子兩人直轉。

簡赫看著不斷減少的數字，抬頭朝我吼道：「你他媽趕緊解開這個，否則我殺了你！」

「不是我綁的！」

簡赫一拳猛擊過來，瘋子般大喊：「解開炸彈！」

我臉上挨了一拳，歪向旁邊的一堵牆，簡赫卻沒有繼續攻擊，大概是因爲倒數計時時間太短，只要跟我多耗一會，就來不及了，即使眞想殺我，也得等他解決完炸彈的事情，所以簡赫再次蹲了下去，拉開簡清明的上衣，試圖撕開那件綁著炸藥的黑色背心。

做這件事的人似乎鐵了心要將簡清明整死，這件背心的材質堪比克維拉❖，而且幾乎無縫，任憑簡赫如何用力，都無法將其撕開。

就在還剩二十秒時，簡赫伸出右手，朝旁邊看去，目光所及之處，水泥台忽地裂開，其中一塊水泥磚的殘塊，隨著他右手的手勢，竟然嗖地向簡清明手銬露在護欄上側的部分砸去，啪的一聲，手銬中間部分便斷了。

❖克維拉：kevlar，一種芳香聚醯胺類合成纖維，抗拉性極強，強度爲同等質量鋼鐵的五倍，而密度僅爲鋼鐵約五分之一，廣泛用於船體、飛機、自行車輪胎、軍用頭盔、防彈背心等。

這一下著實驚到了我，我不由得朝天台中間退去。

簡清明終於站起身來，但身上的背心無論如何也沒辦法卸掉。當數字跳動到十時，只見簡清明很鎮定地略微抬了抬頭，然後一腳將簡赫遠遠蹬開，朝他兒子大聲說：「殺了楊宣，重整游蜂營！」說完，毫不猶豫地翻過欄杆，從天台跳了下去。

幾乎同時，簡清明身上的炸彈爆炸了。周喆和郭美琪在樓下的車裡，被爆炸聲驚到，循聲朝上看去——天台的欄杆外爆起了一個火球，炸碎了頂上數個樓層的玻璃。即便我站在天台中央，都仍舊能感受到爆炸產生的熱浪。

簡赫撲到欄杆邊，等他朝下看時，已經不剩什麼，唯有一些血肉碎塊，從空中落下。

第十四章

亞松森島

1.

自從上回找了一次麥思賢之後，杜志發幾乎每天都要去一趟九淵，大部分時間只不過在博物館展廳裡胡亂轉一遍，然後就去找蘇佩，到後來，甚至直接就去，弄得有些研究員以爲資訊中心來了個很潮的新同事。

因爲九淵這裡麥思賢說了算，杜志發似乎是得到了認可一樣，所以誰也不好意思趕他走。

週六日時，蘇佩往往會加一天班，有時甚至不休息。倒不是因爲麥思賢給她的工作多，而是她在生活中，除了對研究，特別是電腦網路方面特別有興趣，其他幾乎不感興趣。如果不上班的話，蘇佩自己便覺得無所事事。

週六的上午，整個博物館靜悄悄的。杜志發坐在蘇佩旁邊的轉椅上，抓狂一樣，仰頭朝天，將椅子左轉幾圈，再右轉幾圈，最後停了下來，對正聚精會神盯著螢幕寫編碼的蘇佩說：「喂，這電腦裡是有金子啊，還是銀子啊，還是帥哥啊？妳怎麼能整天盯著看呢？」

「網路就是另一個世界，難道你會討厭活在世界上？」

「可網路是虛擬的啊，是假的啊。再說了，上網看看電影、逛逛論壇、玩玩遊戲是有意思，問題是妳連這些都不做，成天程式設計、建網站、寫編碼，這有意思？」

蘇佩轉過身，說：「麥教授喜歡的是探索未知，他常說哥倫布他們發現了新大陸，將地表世界探索完畢，而他要探索地下世界。如果未來，整個地球的表裡全都探索完全了，那麼人再該探索什麼？」

杜志發皺眉兩眼珠一轉：「外星？」

「那是一個方向，不過在人類的航太技術能夠達到超光速之前，星際探索也許並不實際，除非忽然出現一顆離地球很近的行星。」

「那應該是什麼？」

蘇佩雙眼放出奇異的光芒，用習慣性的跳躍式語調說：「網路就是一個世界，而人類就是網路這個世界的造物主，我們親手創造了它。現在的網路是虛擬的，可以預見的未來卻未必，你想過人可以親身進入網路嗎？這比星際旅行實際得多。」

杜志發心裡簡直覺得眼前的蘇佩，是個奇怪至極、難以理解的人，說：「親身進入網路？鑽進電腦裡？」

蘇佩笑而不語，轉回電腦前。大概她知道對杜志發說這些，實屬對牛彈琴。她一邊繼續敲著編碼，一邊說：「你如果只是上網玩，那你僅僅是網路世界的一個居民而已，但你如果是個程式設計師、駭客、網站工程師，那麼你就是在網路世界中，開闢屬於你自己的新大陸。從這方面來說，哥倫布、麥教授、我，我們都是一樣的。」

杜志發搖搖頭，長嘆了口氣，轉向別處，那神情彷彿在說，這女生沒救了。片刻後又問：「妳家人也是做這方面的嗎？」

「為什麼這麼問？」

「妳一個女生，如果不是家庭影響，不太可能對電腦網路如此著迷吧？」

蘇佩笑著搖搖頭：「不是的，我家沒人做這個。網路能帶給我平靜，在網路裡，沒人知道我是誰，有一種安全感。」

杜志發趁機問道：「那妳爸爸是做什麼工作的？」

蘇佩機敏地回答：「還是別談他們了。」

「都快十一點了，好了，收工吃飯吧。我知道一家新開的海鮮餐廳，非常好吃。」

「在員工餐廳吃不就行了。」

「吃什麼員工餐廳？人生得有點樂趣啊！走。」

蘇佩拗不過，只得起身，收拾一番後，拿起自己的包朝外走。杜志發站在後面，看著蘇佩那一身打扮，搖頭嘆了口氣，然後追上去：「吃完飯我陪妳去買衣服，買幾件漂亮的穿一穿。」

蘇佩忽然在門口停住，怔怔地問：「你是不是真的？」

杜志發被問得莫名其妙：「什麼眞的？」

「你是不是想捉弄我？」

「捉弄妳？我神經病啊，閒著沒事做，捉弄妳。」說這話的時候，杜志發額頭上一個勁冒汗。

蘇佩盯著杜志發的眼睛不放，問：「那你爲什麼每天都來看我？爲什麼請我吃飯？爲什麼要買衣服給我？」

「我……我想做妳男朋友。」杜志發終於憋了出來，但天知道，他這句話到底有幾分是出自眞心。

蘇佩一下子朝杜志發的嘴唇貼過去，抱著他忘情地強吻起來。杜志發被壓得背靠在櫥櫃上，眼神中閃爍著驚慌，說來他也算情場老手了，對女孩子幾乎沒有緊張過，但不知爲何，此刻的杜志發心中有一種極度的不安。

但或許也只是因爲，他不曾想到，蘇佩這樣一個看起來極爲內向閉塞、土裡土氣的女生，會突然間如此主動。

2.

海底世界的水母展廳裡，杜志發和蘇佩兩人牽著手，在昏暗靜謐如海底的光線下，看著玻璃牆內各式各樣的水母。杜志發手裡提著幾個袋子，上面印著Gucci、Armani等品牌，而蘇佩的身上已經煥然一新，遠遠看去絕對想不到是那個資訊中心的女技術員。

情侶約會，通常不會選擇來海底世界，但杜志發有自己的想法：一來他自己立志做游蜂異珠這行，自然而然會想到這裡；二來這裡可以引出自己目前的窘境，說起自己想當游蜂，但苦於沒有門路，不會顯得目的性那麼強。

杜志發指著一種淡藍色的水母說：「這是海黃蜂，我在澳大利亞做珍珠潛水夫時見過，很危險的，牠那些觸手裡面全是神經毒素。」

蘇佩輕聲哦了一下，似乎沒太上心，拉著杜志發又逛了一會後說：「這裡好像沒有燈塔水母。」

「什麼？燈塔水母？」

蘇佩點點頭，嗯了一聲，說：「燈塔水母在成熟年老之後，會重新回到水螅型狀態，相當於人類的返老還童，而且這個過程能無限重複，所以也叫不死水母。」

杜志發怔了一下，說：「哇，還有這種東西？人要是能複製這種本事，豈不是可以長生不老了？」蘇佩笑笑，然後轉頭繼續尋找。杜志發接著說：「妳怎麼知道這個的？連我這個海洋專業的人都不知道，妳竟然曉得？」

「嘻嘻，是我爸告訴我的。」

「那妳父親怎麼知道的？」

蘇佩回頭看了杜志發一眼，說：「我爸和我爺爺，以前在南洋採過珍珠，對海裡的東西，可比你熟悉。」杜志發心裡如同敲起小鼓，暗道：「妳可終於說了！」

「真的啊？哎呀，那太好了，太好了。我一定得去拜訪拜訪妳爸，老前輩啊！」

蘇佩沉默了片刻，抬頭說：「如果你要見他，得做好心理準備，我爸人很古怪的。」

3.

一週後，杜志發執意要跟蘇佩回家，去見她爸。蘇佩起初不同意，最後動搖了，但商量好，只說是博物館的新同事來家裡做客，先不說是男女朋友。

杜志發答應了，但心裡想：這老爸得古怪成什麼樣，才能讓女兒這麼擔心啊？

兩人來到光華門附近一個社區，社區裡的房子看樣子應該是二十世紀八九十年代建的。從窄而陡的樓梯上去，一直爬到五樓停下，蘇佩掏出鑰匙，開門進了家裡。

「爸，爸，我回來了。」蘇佩喊道，「還有個同事也一起過來了。」

一時間沒有人答應，杜志發便趁機打量起四周。屋內的光線昏暗，壁紙斑駁剝落，家裡充斥著一股中藥味。小小客廳的櫥櫃上，擺放著幾張照片，一張大概是蘇佩小時候的全家福，裡面的年輕男子是她父親，英姿勃發，母親看起來溫柔賢淑，還有她爺爺坐在中間；旁邊一張是她父親的單人照，穿著三角短褲站在海邊的一處岩石上，身材像極了跳水運動員，照片下面刻著「蘇家輝，一九八〇年，亞松森島」。還有一張是她母親，七八十年代照相館室內的那種半身像，一手撐著下巴，甜甜地笑著，明媚得像股春風。

蘇佩朝陽台走去，有個老頭正在那裡煎藥，滿屋子的中藥味就是從那裡傳出。杜志發瞄了一眼，心裡納悶道：「她爸不在？」

過了片刻，陽台上的老頭子跟著蘇佩走了過來，蘇佩介紹道：「這是我資訊中心的新同事，杜志發，來找我借本程式設計的書。」然後指著老頭：「這是我爸。」

杜志發心裡猛地一驚：什麼？她爸？看這樣子，我以爲是她爺爺呢。但嘴上連忙說：「叔叔好。」這時離近了再打量一番，才發現，這人其實不像遠遠看上去那麼老，只是身體看起來極爲瘦削單薄，像是清末得肺癆的人。

蘇家輝穿著一件廉價灰色短袖襯衫，土氣的長褲，一頭花白的頭發，看起來像是退休的山村老教師，那老土風格與之前的蘇佩如出一轍。但年輕時那麼有精神，身材那麼修長，讓人覺得這種男人即便再老，也會不凡，所以杜志發情不自禁又瞟了一眼櫥櫃上的照片，以做對比確認。

與此同時，蘇家輝一雙精明的小眼，也正盯著杜志發打量，說：「哦，新來的同事，好啊，來，坐，坐吧。」杜志發順勢尋個話頭，指著那張單人照說：「叔叔，您年輕的時候好帥啊！那身材，眞是比跳水運動員還棒。」

蘇家輝笑了笑，幾乎就要全白的頭髮顯示他的衰老速度確實超過一般人。杜志發見他沒回答，於是繼續說：「那個亞松森島是什麼地方？在南洋嗎？」

「你怎麼知道在南洋？」

杜志發朝蘇佩看看，說：「我猜的。」

蘇家輝眼皮一挑，眼中閃現出一種與其身體衰老不相協調的銳利，直接問道：「你是做什麼的？」然後也朝蘇佩看了一眼：「同事？這到底是同事，還是混混？」

蘇佩的臉一下子就紅了起來，杜志發也是背脊冒汗，這時有點領教了什麼叫脾氣古怪了，這不是古怪啊，簡直就是不給人面子，沒說上兩句話，直接就把人皮扒了。

杜志發不明白爲什麼蘇家輝好像突然間就來了火，自己不過說了個南洋而已，難道觸碰了什麼忌諱？但還是忍氣吞聲，繼續說：「叔叔，您……您怎麼知道我不是博物館的同事？」

蘇家輝斜著眼細細看了杜志發一番，似乎緩和了一些，不像開始時那麼擔心了，大概也覺得剛才話有些重，便起身倒了兩杯水，說：「你身上的水陰之氣，我坐在這裡看，直衝房樑。你要麼是潛水夫，要麼就是採珠的。」

「我×！」杜志發直接被驚得跳了起來，但站起來後才反應過來自己的失態，趕緊坐下喝口茶，什麼也不顧了，直覺告訴自己找對了人，心中暗自狂喜：難道這就是傳說中的望氣術？嘴上忙說：「叔叔，您太厲害了。我原先呢，是在澳大利亞做珍珠潛水夫的，現在在做採珠這行。游蜂，您聽說過嗎？」

蘇家輝緩緩站起身，朝陽台走過去，說：「游蜂？」他冷笑了幾聲：「這世界上的游蜂都快被人趕盡殺絕了！」然後攪動著藥壺，幽幽道：「好自爲之。」

第十五章 光明黑暗

爆炸產生的巨大熱浪，撩過我的全身。我看著簡赫在護欄邊朝下喊叫，不由得怔在那裡，大腦一片空白，無論如何也想不明白眼前發生的一切。

戍者將以令人匪夷所思的方式越獄的簡清明，送到了我的面前，卻又在簡清明身上綁上了炸彈，炸死了他。而簡清明的兒子簡赫，竟然與我同時到達了高嶺大廈，共同見證了這個殘酷的場面。

雖然簡清明罪大惡極、十惡不赦，但此時在我的心底，竟湧出一絲同情。

簡赫抹去臉上沾染的血汙，猛然回頭，死死盯住站在天台中央的我，片刻後吼叫著奔過來。因為我覺得這一幕對於簡赫而言，非常殘酷，所以並未躲閃，被他一記重拳結結實實打在臉上，倒了下去。

他跟著撲到我身上，揮拳又打，左右開弓，嘴裡不斷喊叫著：「為什麼要殺我爸？」一直打了七八拳後，我心中的憐憫終於被驅散，憤怒取而代之，屈膝一腳將其踢開，而後爬起來，指著他說：

「他不是我殺的，炸彈與我無關！」

簡赫站起身，惡狼一般盯著我，喘著粗氣，說：「你打電話讓我來，就是為了當著我的面，殺了我父親嗎？」

「你清醒點，我沒打電話給你，在你出現前，我連你是誰都不知道。」

簡赫根本不信，也不聽我的解釋，攥緊雙拳，仰頭朝天怒吼。我正用手背擦著嘴角的血，卻驚訝地發現，腳下的天台樓面，忽地出現一道細微的裂縫，接著，將整個天台劃分為若干田字形的水泥壟，竟然全都逐漸撕裂，每段均斷成了數十塊，緩緩上升懸浮在空中。

這時，電光石火間，我恍然醒悟道：「難道，他與我一樣，也透過某種方式，擁有了某種魔力？」這個念頭剛剛閃現，那些已經懸浮起來的水泥塊，陡然如箭矢一般，全都朝我砸來，與之前砸斷簡清明手銬時的情形一樣，但不同的是，這次不是一塊石頭，而是數百塊。

對此，我毫無準備，唯有本能地攤開雙掌，情急之下電光瞬間從十指和掌心射出，試圖擊碎迎面而來的磚石；同時催動風雲，以自己為圓心，砸下一道集束閃電。

我腳下的地面本就因為簡赫，裂開了一道縫隙，此時又被自己的五雷擊中，使得樓頂如同遭遇地震，塌陷下去，如此一來，我便跟著掉落到下一層室內，避開了簡赫運起的大部分飛石。

但天台本身塌陷的樓磚，以及部分被簡赫調動起來的水泥碎石，隨著從天台的窟窿一起砸落下來，掩埋了我半個身子。

儘管四肢百骸傳來劇痛，摔砸得我眼冒金星，但我仍然拼盡一切力氣，盡快翻爬出來。這時簡赫忽地一躍，從天台上跳了下來，立於我的對面。

「你怎麼可以移動石頭？」我忍著疼痛問。簡赫攥著拳頭，狠狠道：「你楊宣能呼風喚雨、掌握五雷，那我簡赫爲何不可震山撼地、鞭山移石？」

若說鞭山移石，我當時已經見識並領教過了，因此沒有太過詫異，可他竟然還說了個「震山撼地」，這下著實驚住了我，因爲我瞬間想到了這些詭異的地震，不由得小聲說：「震山撼地？」

簡赫不再理會我，單膝跪地，一手撐在地面上，屏氣凝神一般，片刻後，腳下樓層便開始震動起來。我震撼之餘，聯想到梁丕的分析，頓時全然明白了諸般因由——這五次地震一定全都出自簡赫之手，前四次目標是維文珠寶，最後一次的目標，則是營救他的父親簡清明越獄。

但我仍然不清楚的是，他爲何能夠擁有如此魔力？我會呼風喚雨，他能震山撼地；我可掌握五雷，他堪鞭山移石？似乎天生與我針鋒相對？

震動越來越厲害，整個高嶺大廈都似乎顫抖起來。郭美琪原本見到爆炸，就幾乎坐不住了；此時見到從樓頂上不斷抖動落下碎石，打開車門便衝了出去，直接就往樓裡跑，留下周喆一人站在車外看著她的背影。

誰知她剛跑進大廳，整棟樓也開始晃動起來，天花板上的吊燈被震得咣咣作響。前台接待和一部分深夜進出的大樓職員，尖叫著慌忙朝外奔跑。

郭美琪猛按電梯按鈕，好不容易等到一部下來的，從裡面跑出一群驚慌失措的人，剩下空蕩蕩的電梯，郭美琪一頭就衝了進去。

而幾十層樓之上，我周圍的一切都在晃動，地面已經出現了數道裂縫，那場景與地震完全沒有分別，但簡赫仍舊絲毫沒有要停下來的意思。我很想立刻運雷打他，頭髮都已經開始燃燒，但最後一刻還是忍了一下，畢竟與我有過節的只是他的父親，於是先喊：「你想大家一起死嗎？」

簡赫抬起頭，半邊臉邪魅地笑了一下，那眼神，與簡清明如出一轍。但他沒有回答，反而站起身，其腳下的樓面忽然單獨裂出一塊，接著，如同升降機一般，憑空帶著他朝上升浮，而震動仍舊沒停。

眼前的這一切，當眞已經完全超出我的想像，我當年見到青龍時，都沒有如此震撼。雖然自己擁有能夠呼喚風雨五雷的魔力，但我一直認爲那是不可複製的純粹的意外，是命運使然。所以對九淵實驗室的龍衛工程，我也從未抱有過希望，因爲我做夢都沒想到過，這個世上，竟然眞的還可以有另外一個人也擁有魔力。

當那塊水泥樓板帶著簡赫飄浮在空中，而周遭的震動不但沒停，反而越演越烈時，有個聲音似乎在說——他要將你埋葬到大廈的廢墟中，你根本鬥不過他。

與此同時，暗夜裡，我頭頂的風雲開始湧動，心中一如既往被魔力帶來的天然副作用——「怒火」充斥，憤怒驅散了一切恐懼和震驚，怒目掃處，閃電瞬間透過房頂的窟窿劈下。可是簡赫腳下的浮石，竟然忽地朝前移動，敏捷地避開了那一擊。

待我準備再催動掌中雷時，簡赫卻將右臂一揮，接著，地面無數碎石便朝我撲面而來，以迅雷不及掩耳之勢，將我砸倒在地。

這次的擊打很是嚴重，甚至有一塊石頭直接砸中了我的太陽穴，有那麼一陣子我無法動彈，渾身多處像是骨折了一樣。就在簡赫仰頭張開雙臂，樓板幾乎就要全部斷裂時，忽然在頭頂窟窿的邊緣冒出一個黑影，接著乓乓幾聲槍響，火光四射，子彈朝簡赫衝去，並且全部命中。

頓時，那傢伙如同折翼的大鳥，一頭栽倒，落到天台上面。而那個黑影從樓頂中間的窟窿跳了下來，跑到了我身邊，拽著我離開那道裂縫。我看清了，是郭美琪。

那時我已經略微恢復，扶住她掙扎著站起來，看著身邊如同戰場般的廢墟，喘著氣說：「他是簡清明的兒子，跟他老子一樣是個瘋子。」

郭美琪卻只是緊張地摸著我渾身上下，問：「哪裡受傷了嗎？」我往前邁了一步，疼得直咬牙，說：「他媽的，要不是妳，我今天就得死在這裡了。」

郭美琪聽我的口氣，估計我沒大礙，說：「看你以後還要不要我跟著。」

「好在妳沒跟著，要不然我們一定一起死在這裡，從樓頂摔到樓底，然後被整棟大樓埋了。」我說完，撐著腰，抬頭看了看上面，又朝四周看看，「這裡面沒路了，我們得先爬上去。」

於是我在她的攙扶下，踏著廢墟和石堆朝上爬。我說：「沒想到我竟然這麼扛打，被那麼多石頭砸了兩次，本來以爲骨折了，但竟然還能動。」上了天台後，我看到簡赫的屍體趴在那裡，嘆了口氣說：「這又何必呢？」然後轉向郭美琪：「妳槍法怎麼這麼準？」

「你忘了，我可是從小跟著我爸打獵的。」

我努了努嘴，點頭說：「看來我也得練練手槍了，有時候還眞能派上用場。」

這時郭美琪看向我的背後，臉上卻顯出驚訝，接著再次舉起槍，對著我後面乒乒乒就是幾下子。我驚得回頭，卻看見原本趴在地上的簡赫竟然站了起來，搖搖晃晃，即使郭美琪此時又補了數槍，他仍然不倒。

就在我回頭的一剎那，簡赫雙手揮舞著，只一交叉，兩大塊水泥磚便分別從兩側飛擊過來，砸中我和郭美琪各自的背部，郭美琪當場便暈了過去，我倒在地上，吐出一口血來。簡赫獰笑著走了過來，說：「亡命夫妻檔。」一說著，數顆子彈竟從其身上，掉落到我眼前的地面。我原本以爲他大概是穿了防彈衣，所以郭美琪才那麼多槍都沒能打死他，可防彈衣怎麼可能像這樣讓一顆顆子彈掉落下來？就在這時，簡赫兩手各自朝側面一伸，又是兩塊巨石飛來，直接吸附於其雙掌，他彷彿扔石子一般，直直朝我腦袋上砸下。

一下，兩下……我的神志開始恍惚，並不覺得太痛，但是從頭上流下的血，已經糊住了雙眼，朦朦朧朧間，似乎見到簡赫右面一半的臉以及脖子，披蓋著一層黑鱗。最後我眼前一片漆黑，徹底失去了知覺。

第十六章

不死水母

1.

杜志發那天的拜訪，在蘇家輝說了「好自爲之」四個字之後，再無進展。因爲那個老頭（僅從外表上看確實是個老頭，雖然實際年齡應該和杜志發的父親相仿）再也不願多談論關於游蜂的任何東西。

原本激動到直接跳起來的杜志發，回去後一直盤算著這些事——望氣術、游蜂、追殺。

他住的這棟小別墅是在我和郭美琪動身去美國後才買的，大概繳完頭期款後，手頭的錢就幾乎花光了，也難怪那麼著急地要去尋採異珠。雖然那時我一直罵他是敗家子，有點錢不花光就不舒服，但現在來看，他這房子眞的買得太划算了，因爲那時才是二〇〇四年。

小別墅二層半，裡面沒有太多傢俱，一是剛搬進來，二是手頭緊，沒錢了。音響裡傳來饒舌歌曲的聲音，杜志發陷進沙發裡，面前的茶几上擺著阿拉伯水煙壺，他手握長長的水煙管，吸上一口，然後葛優似的癱倒在沙發背上，仰頭長長吐了一口煙。

一旁的鋼子沒抽過這玩意，握著另一根軟管，左瞧右瞅一番，問：「怎麼，發哥，蘇佩她爸不肯教你？」杜志發仍舊靠在沙發背上，有氣無力地說：「何止不肯教我啊，幾乎都不怎麼理我。不過還好，多少知道了點東西。」

這時鋼子忍不住將煙嘴放進嘴裡吸了一口，大口吐掉煙霧後，皺眉說：「發哥，這玩意是煙嗎？怎麼什麼感覺也沒有，跟吸空氣似的。」

「你家空氣是哈密瓜味的啊？」

鋼子不服氣又吸一口，跟著就把煙管扔到旁邊，說：「灑了空氣清新劑就是了。」然後掏出自己的濾嘴香煙，吸上後，看著煙頭紅紅的煙絲炭火，說：「這才是煙嘛。」

「土包子，跟哥學著點。這阿拉伯水煙我跟你說，全南京找不到第二個，這些還是我當年從澳洲帶回來的。要不是立志投身游蜂這行，我就去開酒吧，進一批這個，保證引領全國潮流。」

「拉倒吧。你髮型學人家加勒比海盜的辮子，抽煙學人家阿拉伯人水煙，聽歌又聽黑人嘻哈饒舌的。你說你怎麼就投胎到中國來了呢？」鋼子說。

杜志發坐起身，摸著自己最爲看重的髮型說：「我這辮子可是經過自己設計改良的，你見過海盜留這麼短的馬尾小辮嗎？而且我兩邊的鬢角都是貼著頭皮推的。差別大了。」然後不知從哪裡摸出一個紙團，扔了過來：「你他媽的，現在越來越不像話了啊，跟哥怎麼說話呢？」

鋼子心裡有句話憋著：不發薪水就是這樣。但轉了轉還是沒說出口，畢竟杜志發好車開著，小別墅住著，雖說沒按口頭答應他母親的那樣每月給他薪水，但看這架勢明顯還是眞賺了不少錢的，他還想留條後路，所以忍了。

他見杜志發動了怒，於是沉默片刻後，話鋒一轉：「哎，我說發哥，這是哪張專輯啊？還都挺帶勁的呢。」杜志發聽了這話，又癱下去，慵懶地說：「Get Rich or Die.」

「什麼意思啊？」

「要麼發財，要麼死。」

「我×，這名字夠酷。」

杜志發嘆了口氣，又陷入出神深思，嘴裡喃喃地說：「是啊，我一定得想個辦法。要麼發財，要麼死……」

2.

「亞松森島到底是哪？」杜志發漫不經心地撥弄著裝備處的一塊電烙鐵問。

蘇佩說：「亞松森島？你是說我爸那張照片下面寫的字？」

「嗯。」

「亞松森島，英文名叫Asuncion Island，是馬利安納群島北部的一個小島。我爸說那個島上荒無人煙，根本沒人住，但是很漂亮。」

杜志發輕輕哦了一聲，皺眉道：「馬利安納群島，就是馬里亞納海溝那裡嗎？」

「是啊，世界上最深的海溝，深度超過喜馬拉雅山的高度。」

過了片刻，杜志發又問：「妳爸平時最喜歡什麼？下次去我得帶點東西，不能總空著手啊。」

蘇佩坐在電腦前，說：「從我很小的時候起，他和我媽就生病了，後來我媽沒挺過來。我爸雖然沒死，但這麼多年幾乎就一直是在治病，沒什麼愛好。」說到這裡，她停下來嘆了一口氣：「也不知道能撐到什麼時候。」

杜志發覺得奇怪，問：「什麼病啊，這麼厲害？」

蘇佩搖搖頭：「他一直不跟我說，我對我媽也沒有什麼印象。」

「妳連妳爸媽得什麼病都不知道？」

「他們不說，我有什麼辦法？而且我要帶我爸去大醫院看病，他從來不去，斬釘截鐵地說醫院看不好。有一次我急了，說醫生看不好，難道你自己能看好？你有這麼大的本事，爲什麼我媽沒活過來？」

杜志發聚精會神倒騎在椅子上聽著，點點頭。蘇佩繼續說：「我爸沒說話，只是摸著我媽的照片哭了，那樣子眞的好可憐。後來我再也沒跟他討論過這件事，他願意在家按照自己的方子吃中藥，就由他去吧。」

「那他靠什麼過日子呢？上班嗎？」

「他不上班，但他的錢夠供我讀書。我最初是爺爺帶的，後來跟了我爸。這麼多年，他就一直是成天翻各種中藥書，到處採藥，然後煎藥、喝藥……」蘇佩搖搖頭，「有時我看著他的樣子，眞的覺得很陌生。」

杜志發想了想，問：「會不會是採珠時落下的什麼頑疾？不過，這有什麼不能說的呢？」

「何止關於病的事情他們不說，就連他們原本是在南洋採珠的，都不告訴我。我對他們一無所知，有時我經常一個人想，這世界上像我這樣的，怕是絕無僅有。父母對於我而言，有等於沒有，我比孤兒好不了多少。」

杜志發搖了搖頭，然後問：「既然他們一直沒說他們是採珠的，妳又是怎麼知道的呢？」

「憑直覺啊，因爲家裡有些我爸媽以前在南洋海上的照片，他們是一起的。而且，有時他會跟我講到海裡的那些奇怪東西，比如不死水母。另外我爸偶爾提到過游蜂，就像你上次去時，他說游蜂被人趕盡殺絕一樣。」

杜志發眉頭皺得更緊了，說：「那他說過爲什麼游蜂被人趕盡殺絕嗎？」

「沒。」

杜志發站起身，急得直捋自己那小辮，說：「這下可麻煩了，妳知道的，我現在是游蜂，可妳爸非但不教我，反而說游蜂被人趕盡殺絕了。這可怎麼辦？」

「說不定我爸的意思是說，現在游蜂是被人工養殖珍珠的搶走市場了呢？未必是你理解的追殺的意思。」

蘇佩的這個解釋倒是出乎意料，杜志發之前還眞沒有從這個角度考慮過，停了下來靜靜想了片刻，隨後說：「這不可能，不可能，妳爸的意思一定是有人在追殺游蜂，否則最後不會說要我好自爲之。」頓了片刻，又說：「現在追不追殺什麼的都不重要，妳幫忙想想，妳爸怎麼才能願意跟我說話。」

「這方面他連對我都不說，他怎麼可能告訴你？」蘇佩抬頭想了想，「除非……」

「除非什麼？」

「除非你能治好他的病，說不定還有希望。」

「可我連他實際上是生什麼病都不知道，而且他又堅持不肯去醫院，這要怎麼治啊？」

蘇佩從包裡掏出一張紙，遞了過來。杜志發接過去展開一看，上面寫著「鐵皮石斛、天山雪蓮、三兩重野山參、百二十年何首烏、花甲茯苓、肉蓯蓉、深山五色靈芝、海底珍珠、冬蟲夏草」，最後在這些名稱的下方，單獨另起一行寫著「不死水母」四個字，並且用紅筆劃上了圈。

杜志發說：「這是藥方嗎？」

蘇佩點點頭：「我覺得應該是。」

「這些看起來都是好東西，可也不是特別貴重吧？妳爸要是缺什麼的話，包在我身上。」

蘇佩指著紙上，說：「我猜前面都不缺，就缺那個不死水母，你看上面不是畫了圈嗎？」

杜志發小眼珠轉了轉，問：「妳的意思是，如果我能幫妳爸弄到不死水母的話，他這藥方就齊了，說不定就能治好他的病？」

蘇佩點點頭。

「妳知道哪裡有嗎？要是我雇船出海，能撈到嗎？」

「有倒是應該有，可漁民們不認識，而且通常只待在熱帶海域。你如果特地爲這個而去的話，可能不會那麼湊巧，撈個一兩年也不一定弄得到。」正當杜志發急得齜牙咧嘴團團轉時，蘇佩欲言又止，「不過……」

「什麼？」

「不過我知道山海大學的海洋研究所就有現成的，但他們不外借，也不賣。」

杜志發聽完，一把將藥方拍到桌上，從口袋裡掏出一盒口香糖，剝了一片放進嘴裡，左右扭了扭脖子，最後說：「這事包在我身上。」

3.

小別墅裡，鋼子問：「什麼？去偷魚？」

杜志發一臉受不了，糾正道：「不是魚，是水母。」

「就是吃的那種海蜇嗎？」

「我說你怎麼回事？能不能有點志氣？怎麼就知道吃呢你。」

鋼子抹了把臉，說：「那你得先付薪水，有錢就去，不給錢，還是算了。這可不是一般的事。」

杜志發眞火了，臉漲得通紅，但最後還是忍了下來，摟住鋼子的肩膀，往旁邊走了點，強自平心靜氣地說：「鋼子啊，做生意呢，講究放長線釣大魚，有時候得自己先墊錢，有的大生意甚至前面五六年都是往裡燒錢，賺不到一分利的。但只要能撐過去，最後一筆就能賺夠一輩子的。」他看了看鋼子：「你懂我說的嗎？」

「那你現在的大魚是誰？那個胖企鵝？」

「別這麼說，人家只是有點嬰兒肥而已，現在哥替她打扮了一番，已經步入美女行列了好不好？」

鋼子聳了聳肩，說：「大魚夠我吃一輩子嗎？」

「不只是吃一輩子啊，只要最後能成，足夠你娶十個老婆，揮霍一輩子啊！」

鋼子眼中充滿了希望之光，似乎已經看到了未來美好的景象，不禁笑了起來，舉起拳頭跟杜志發擊了一下拳：「那我就信你了，發哥。」

「信我就對了，誰叫你是我表弟呢。」

「我們到底該怎麼做？」

杜志發攤開一張紙，拿出筆劃了個示意圖，說：「喏，這個海洋研究所，我送楊宣去過無數次，太熟悉了。一共三個大門，這裡，這裡，這裡。」他指給鋼子看後，接著說：「夜裡每個門有兩個警衛，通常一個在警衛室看電視，另一個就在警衛室裡間睡覺。」

「巡邏嗎？」

「巡是巡邏，但只巡院子，從來不巡樓裡面，只在外面看一下大樓是鎖著的就行。而我們要到這裡，二號門往裡面去一點的地方。」

「那也就是說其他兩個門的警衛不會去囉？」

杜志發點點頭，說：「嗯，只有二號門一個警衛。」

「那沒有專門的餵養員住在裡面餵水母嗎？」
「我也想過這個問題，但以前從來沒人，下了班大樓就鎖上了，水母大概不需要每天餵食，而且那些水是時間到了自動循環換的。」
鋼子點上一根煙，又掃了兩眼圖紙，說：「你確定就在這棟樓裡？」
「整個海洋研究所的水母都在這棟樓裡，只要真的有不死水母，就一定在那裡面。」
「那簡單，我們可以趁警衛剛巡邏完一次後進去，不需要等到第二次巡邏，我們就能出來了。又不是什麼大東西。」
「不過那棟樓大門是指紋、智慧卡二合一的鎖，你有辦法開嗎？」
鋼子搖了搖頭，說：「開鎖不會。」
「那還得先去買個液壓鉗。」
「液壓鉗？買那個幹什麼？又弄不開防盜門。」鋼子不明白地問。
「大門開不了，我們就從窗戶進啊。一樓有實驗室的窗戶，不過上面裝了不銹鋼圓管防盜窗，那玩意結實是結實，但扛不住二十噸的液壓鉗。」
「二十噸？這是鉗子還是機床啊？」
「傻啊你，二十噸是等級，不是重量。走，我們這就去買。」

4・

夜幕中，山海大學海洋研究所二號門對面的旅館裡，兩個人正在房間中，熄了燈，遠遠盯著警衛室。牆上壁鐘的指針已經快要指向三點半。

這時鋼子喊道：「發哥，發哥，警衛回來了。」

杜志發從床上一骨碌起身，來到窗前，果然，二號門的警衛開了門，進了警衛室，與另一個警衛交談一番，就進了裡間休息，留下一人在外。

杜志發轉身走到床邊，提起黑色背包，說：「走。」

兩人下了樓，故意繞遠了一大圈，最後在靠近院牆的一處陰影中，戴上了帽子和口罩。杜志發瘦得跟猴子似的，刺溜一下就上牆翻了過去。可這鋼子人高馬大的，趴在牆頭，半天不敢下來，急得杜志發在下面直跺腳。最後不小心手一滑，撲通一聲，滾了下來。

兩個人趴在地上，四隻眼睛轉了半晌，確定沒有驚動什麼，才敢起身，貓著腰向實驗大樓摸過去。繞到樓的側面，抬頭一看，那實驗室的窗戶離地有一人多高，旁邊又沒檯子。

杜志發說：「鋼子，蹲下來，我踩著你的肩膀上去。」

「你怎麼不蹲著讓我踩？」

「廢話，我禁得住你踩嗎？少囉唆，快點。」

鋼子極不情願地蹲下來，杜志發踩著他的肩膀，扶著牆立起身，然後從包裡掏出液壓鉗，開始剪了起來。別看杜志發平時一副吊兒郎當的樣子，這時動作挺俐落，不一會就將整個窗戶卸下。鑽進去後，探出身子，費了好大的力氣才把鋼子也給拉了上去。

兩人摸到那間實驗室的門，鋼子在前伸手轉著把手，往前推了幾下，竟然沒開，急得回頭說：

「發哥，他媽的這門也有鎖，出不去了。」

杜志發連忙上前，打著手電筒看了下，頓時額頭上的汗珠直冒。但他不信邪，自己伸手一轉，朝裡一拉，嘿，門就輕鬆開了。

「你怎麼開的？」

「傻子，這門是朝裡拉的，你他媽往外推當然推不開。」

出了實驗室，杜志發帶路，兩人走過廊道，直奔三樓而去，順利到了水母廳。黑暗中，那一隻隻水母在水箱裡射出藍幽幽的光線，有點嚇人。

杜志發依序查看標籤，找了大半圈之後，終於發現一個水箱上寫著「燈塔水母 Turritopsis nutricula」，有些激動地說：「就是這個。」

鋼子走過來，看了一眼，說：「不是要不死水母嗎？這是燈塔水母啊。」

「媽蛋，這是學名，就是這個。」杜志發興奮地盯著裡面看，但過了一會就傻眼了，罵道：

「這水裡怎麼他媽的沒東西？」

鋼子也把眼睛湊到玻璃前，左看右看，又拿強光手電筒往裡照，好半天之後才說：「有啊，發哥，有東西。不過，就跟米粒似的。」

杜志發這時也看清了，抒了口氣，說：「他奶奶的，差點嚇死哥了。怎麼這麼小，有五公釐嗎？」

「應該差不多。」

這時鋼子從包裡掏出準備好的小水箱，杜志發則從上面打開蓋子，可是忘了帶撈勺。鋼子催道：「你倒是撈啊。」

「沒勺子怎麼撈？」

「用手捧啊。」

杜志發雙手搓了幾下，最後心一狠，兩隻手伸進了水裡，心裡暗道：老天保佑，千萬別有毒。他雙手合攏好不容易捧了一捧出來，倒進小水箱，用手電筒照了照，有那麼幾隻。但一想到這玩意這麼小，得多少才夠藥用啊？怕不夠，於是又伸手進去，這次熟練了許多，連撈十幾次，直到帶來的水箱快裝滿，這才蓋上蓋子，說：「夠了，夠了，閃人。」

兩人原路返回，出了院牆之後，一路小跑，先是在一處角落裡摘了口罩，最後進了停在幾條街外的汽車裡，才終於鬆了口氣。杜志發掏出小水箱，打開蓋子，再次看了看裡面密密麻麻的那些小白點，然後高興地伸出拳頭，與鋼子擊了下拳：「Yes!」

第十七章

深淵囚籠

1.

屋頂白色的燈光照耀著，整個房間乾淨、簡潔得似乎是一間單人病房，或者是，牢房。我猛然睜開眼，一下子翻身坐了起來，驚恐地看著周圍陌生的一切。再低頭看看自己，竟然渾身赤裸、乾乾淨淨，已經沒有一絲血汙和傷口。

角落裡有個洗手槽，上面的牆壁上掛著一面鏡子，我三兩步走了過去，撐著洗手槽，看著鏡子中的自己，下意識地摸了摸被簡赫用石頭猛擊的腦袋，已經全無疼痛，也沒有絲毫不適，但讓我驚訝的是，自己的頭髮和眉毛不知何時被人剃得乾乾淨淨。

病房的門鎖得嚴嚴實實，也顯得厚實無比。我緩緩走了過去，轉了下把手，打不開，不過就在這時，門猛地從外面被推開了，走進來一個戴眼鏡的男醫生和四名穿著白色工作服的壯漢警衛。

這醫生看起來比我大不了多少歲，顯得文謅謅的，但也掩飾不了眸子中閃著變態般的眼神，透過眼鏡朝我射來。他的白袍瀟灑地敞開著，兩手插在口袋裡，笑著說：「楊宣，歡迎你！」

雖然我身上沒穿一件衣服，但在他們幾個男人面前，我也沒什麼害羞的。不過我心裡明白這裡一定不尋常，如果真是醫院的話，絕不會是這種氣氛，也不可能在我沒有做任何手術的情況下，將我的衣服脫光，頭髮、眉毛剃光，於是我警戒地問：「這是哪裡？Maggie呢？」

「醒來後就想著女朋友，很好，果然重感情。不過你女朋友不歸我負責，我負責的對象是你。」

「這是哪裡？」

那人故意翹起嘴，轉了個圈，說：「你這樣可不太懂禮貌，我跟你打過招呼了，你現在應該問我是誰，然後才是問這是哪裡。」他神經質般地笑了一下：「不過看在你可能將會是我個人手術歷史上最完美的作品的分上，就算了。我做個自我介紹，我是范德華，深海之門主刀醫生。」

我見他那小丑般自傲的樣子，哼了一聲，說：「你不如叫劉德華，還范德華呢。」接著湊近看了看他們白色制服上的胸章，上面繡著「深海之門」，這四個漢字下面是四個大寫的字母GODS，我不禁笑了起來：「Gods？上帝？神？你們是哪裡來的一群烏合之神？哈哈。」

其實我心裡知道，GODS大概是Gate of Deep Sea的意思，即深海之門，大概是這個醫院的名稱。不過呢，我從小的脾氣就屬於那種誰都不鳥、誰都不甩的鳥樣，而且自從有了魔力之後，更是從不擔心誰或者懼怕誰。唯一能讓我從心底深處產生一種不由自主的冷意的人是麥思賢，他給人的那種冰冷的感覺是自然生發的，就像一種魔力——不需要說話，他只是站在窗簾的陰影裡，那高大凌厲的背影就能讓人感受到可怕。

所以，眼前的這個什麼主刀醫生，竟然在我面前表現出一副沾沾自喜的模樣，我當然嗤之以鼻，毫不在乎。

他聽了我的話，似乎受了莫大的屈辱一般，皺起眉頭和鼻子，惡狠狠地說：「無禮是有代價的，你會認識我，並永遠記住我。」他朝身後四個大漢說：「把他帶到手術室。」

那四人立刻走了過來，我趕緊準備運起掌中雷，可沒等我回過神，就被他們牢牢抓住，而我手上一點反應也沒有。我難以置信地盯著自己的雙掌，竟無論怎麼運氣都沒用。

范德華在一旁抱臂陰險地笑了起來：「嘲笑我們是一群烏合之神，你以爲自己就是神嗎？不過一針朊能離散劑，就讓你變得連凡人都不如。」最後下令：「拉走！」

我試圖憑藉自己的體格掙扎，倒不是沒力氣，而是覺得渾身有力卻使不出來，似乎有一件鐵甲，將我的靈魂緊緊包裹住，無從釋放。

他們將我拖出病房，我回頭大喊：「你要幹什麼？」

范德華開心地笑了起來，但仍舊是一副變態樣：「將你變成一件劃時代的傑作！」

2.

郭美琪醒來時腦袋生疼，看著四周的草地，同樣不知自己身在何處。天空布滿了星星，那輪血月已經快要落下。她踉踉蹌蹌地走上大路，險些被一輛疾馳而來的轎車迎面撞上。

遠處傳來警笛聲，郭美琪循聲望去，一棟高樓頂層正冒著火光和濃煙，那是高嶺大廈，距離自已有兩三個街區那麼遠。

「我怎麼出來了？楊宣呢？」郭美琪緊張起來，連忙朝大樓跑去。

現場四周已經被警方拉起警戒線封鎖，到處都是現場播報的記者和圍觀的人群。她想衝進去，但是被警察攔住。就在這時，有人從後面拉住她的肩膀。郭美琪轉身一看，竟然是周喆。

「周喆?!」郭美琪驚喜道，「楊宣呢？他跟你在一起嗎？」

周喆什麼話都沒說，而是將她拉出人群，走遠了一些才低聲說：「這裡不是說話的地方，進了車裡再談。」

兩個街區外，周喆那輛破車停在那裡，兩人進去關上車門後，郭美琪迫不及待地問：「楊宣呢？剛才到底發生了什麼事？」

「我還想問妳發生什麼了呢。為什麼那架直升機把妳放了出來？」周喆邊說邊發動了汽車，然後問道：「我們現在去哪？」

「去Alanson Avenue（阿蘭森大道），我家在那有房子。你剛才說直升機？什麼直升機？」

「妳不知道？」車開了起來，周喆說。

「我和楊宣在上面被簡赫打暈了，然後再醒來時就到了一塊草地上，跑了好遠才過來。」

「簡赫？簡赫是誰？」

「簡清明的兒子。」

「簡清明又是誰？」

郭美琪這才想起來，她和楊宣並沒有告訴周喆這裡面的事情，只是雇他當司機，於是道：「先不說這些了。你把直升機的事情跟我說清楚。」

「妳上樓之後，有那麼一會大樓不晃動了，可沒過多久，上面又開始零星落下碎石。再之後，天上突然就出現了一架直升機。」

郭美琪努力回憶著，皺眉說：「那肯定是在我被打暈之後了。」

「那直升機奇怪得很，我一開始以為是警方的救援機，但不是，它一飛到樓頂附近後，就開始猛開火，上面的人用機槍猛掃，不知道打誰。」

郭美琪驚呆了，緊張道：「難道是在打楊宣？」但一時間又想不明白，說：「可簡赫那時應該穩操勝券了，他不需要直升機的支援。」

「那麼直升機就不是幫他的，而是幫你們的，被機槍掃射的應該是那個誰，簡赫？是叫簡赫嗎？」

「幫我們的？」郭美琪眉頭緊鎖，「難道是戍者？肯定是他，因為簡清明也是被他炸死的。」

「你們到底是做什麼的？不會是做黑道生意的吧？現在弄得我都害怕了。我原本只不過是非法滯留，簽證過期而已，就算坐牢也坐不了幾年，說不定直接被遣送回國，連牢都不讓我坐。可現在被你們拖下水了，搞大了。」周喆抱怨道。

「你放心吧，我和楊宣是好人。」

周喆看了郭美琪一眼，然後無奈地搖搖頭，說：「妳還要雇我開車嗎？」

「你敢嗎？」

周喆齜了齜牙，考慮了一會，說：「報酬可不可以再多點？」

「錢你不用擔心，但我把話說明了，你得跟我一起去找楊宣。而且不能再做縮頭烏龜，好歹也四五十歲的人了，怎麼膽子還沒我大？」

「縮頭烏龜？」周喆急了，一腳踩下剎車，車子停了下來，滿頭花白蓬鬆的頭髮似乎都要氣得豎起來，「我們可得理清楚，可不是我做縮頭烏龜，事前說好我們在下面接應楊宣，是妳自己不遵守安排，跑了上去。我要是跟妳上去了，現在誰來告訴妳直升機的事，誰幫妳開車？」

「少來這一套，你跟著我，我可以負責你在美國的全部開銷和食宿，但下次再遇到這種情況，你得跟著我上。」郭美琪眞有點生氣了。

周喆算是服了，但說實話，打心眼裡也眞是挺佩服郭美琪，一個女人，確實是單槍匹馬就上去了，最後說：「行行行，我上，行了吧？但有個要求，妳得告訴我這一切事情的來龍去脈，我不能做個糊塗蛋啊。」

「你先開車。」車子繼續前進起來，郭美琪接著問：「你怎麼找到我的？一直沒走？」

「開玩笑，我是那種不負責任的人嗎？我見直升機飛走後，就開著車一直追，本以爲追不上了，卻遠遠見到它停了下來。等我朝那個方向追過去時，卻不見蹤影了，但到了公園附近。我下車找了半天都沒找到直升機，也許它停下來後又飛走了。」

「看來他們是把我放下來了。我剛才就是從公園草地上出來的。」

郭美琪頓了一會，「說不定楊宣還在他們飛機上。」

「妳還說我是縮頭烏龜，我問妳，縮頭烏龜敢過去追直升機嗎？追完後還會再回高嶺大廈嗎？切。」

郭美琪想了想，嘆了口氣，說：「我收回，對不起。」

周喆這才似乎平息了，過了一會說：「現在可以告訴我這一切是怎麼回事了嗎？」

於是郭美琪將其中因果緣由講了出來……

3.

我被按在一張手術台上，雪亮的無影燈照得我幾乎睜不開眼，四肢被牢牢固定住。七八個穿手術服的人圍著，雖然都戴著口罩和防護面罩，但打頭的人戴著眼鏡，僅僅露出一雙眼睛，似乎笑意盈盈。

我一眼就認出來，他就是剛才的那個范德華。

「范德華，我他媽要殺了你！」

那人的眼角笑出的皺紋更多了，歪歪腦袋，伸手接過護士遞來的一支針管，然後說：「你要是再不懂得尊敬，我就不替你麻醉了。到時，可是會很痛苦的，等同凌遲。」

「我×你祖宗十八代，王八蛋，有種就殺了老子。要不然等我出去，一定活剮了你！」

范德華舉起針管在眼前看了看，然後對我說：「我就是不殺你，但真等你出去後，想先殺的人一定不是我，而是你自己。」說著，他將針管往旁邊的托盤上一扔。

護士投來奇怪的眼神。范德華大聲說：「不用給他麻醉了。」然後朝我看了看，似乎是故意在說給我聽。

我掙扎著吼道：「你他媽以為我怕嗎？來啊！誰不來誰是孫子。老子血管裡流的是龍血，你個賤骨頭！」那時的我大概已經失去了理智。

范德華對旁邊的人小聲說：「換『巴卡利曼多』。」護士片刻後遞來另一支針管。范德華接過來，另一人開始用止血帶綁住我的胳膊，青筋像小蛇般凸起盤繞，我哈哈大笑起來：「范孫子，怎麼？害怕我不打麻藥會疼得亂動，你不好動刀子？哈哈，孫子！」

范德華冷靜地將長針刺進我的血管，邊推藥邊說：「話不要說得太早，你以為這是麻醉藥嗎？慢慢享受吧，一會你就知道了。」

沒過不久，我再想說話時，卻發現舌頭幾乎不能動，喉嚨剛開始還能發出一些聲音，但隨後連一聲都哼不出了。整個身體像是被某種東西完全控制住了，動不了一絲一毫。但恐怖的是，我的意識卻完全清醒，我清晰地聽見他們說的話，感受到手術刀貼到耳後根時的冰涼。

突然，刀子滑動，一陣鑽心的劇痛傳來，我痛得想大喊，拼命掙扎，可是喊不出，動不了，疼痛卻是那麼真實和刻骨。

我感覺到我的血在流出，感覺到有管子從耳後的創口，插進了體內。

疼痛持續不斷地襲擊著我的心臟，沒堅持多長時間，我的意志便徹底崩潰，心裡不停在說：老天，求您讓我死去吧。我實在承受不了那種痛苦，那一刻，我明白了什麼叫作生不如死。

念國中時，我曾經得過一次急性腸胃炎，有那麼一陣子痛得在床上打滾，渾身濕透，那時候已經覺得受不了了，可是現在的疼痛，比那劇烈數十倍。我好希望能夠暈過去，什麼都不知道，什麼都感受不到，可那一針該死的「巴卡利曼多」，卻令我意識超乎尋常地清醒。

無數刀割下，我深切清晰地體會到了每一刀，從左耳的耳後，到頭頂，到右耳的耳後；無數針縫上，脊椎外皮被刀由上到下剖開，又被縫合；無數次電鑽，雙腿從膝蓋後彎處到腳後跟的骨頭上，不知被打了多少個洞。

那漫長的十幾個小時，我經歷了比煉獄還要痛苦數倍的折磨，我經歷了比凌遲還要痛苦的感受。被凌遲的人，三千六百刀割下來，到最後尚且能夠昏過去、死過去；可我就像是被活剝了皮，然後撒滿鹽，等血水與鹽結合成痂，卻再次被扒掉這層，然後再如此重複，永不停息。

淚水無法流出，撕心裂肺的怒號也無法喊出。疼痛就像一把鉤子，穿過肌肉，鉤住脊椎骨，然後將你吊起，任你如何掙扎也碰不到它；就像鑽進腦神經裡的蛀蟲，不停啃噬著腦髓，你疼痛卻無法將其取出。

不死，是一種痛苦。

我像是那個被關在銅瓶中整整四百年的魔鬼，在第一個一百年裡，我極度想死，渴求死亡帶來的解脫；在第二個一百年裡，我想殺了范德華這幫人，用同樣的方法，讓他們品嘗一下這種被活剮的滋味；在第三個一百年裡，我不再想殺了這群人，而是想將他們關進監獄，每個人都是單獨監禁，永遠不讓他們再見到任何人，不讓他們有機會跟人說半句話，整個牢房中除了牆，不會有任何東西，如果可以的話，我會讓他們吃下不死藥，然後再永久品嘗那種痛苦。

可惜，無論我腦袋裡想些什麼，范德華他們始終都沒有停手。我眞的無法再支撐下去，我的靈魂在哭泣，我不知道怎麼才能讓一切停止下來，爲了能夠換得他們停手，我願意做任何事情。

在第四個一百年裡，冥冥之中，我看到自己在一間只能射進一束光的黑暗小房間裡，跪著祈禱，我不再祈求上蒼能夠令這痛苦停下，我在喃喃自語：「即使將這些罪人送進監獄，世上還有別的罪人；當這些罪人在我身上千刀萬剮時，還會有別的罪人，正在作著別的惡。在這個世界上，一定要有某人，以其畢生的精力，來打擊這些黑暗的慘無人道的罪惡；一定要有某人，來保護那些無辜的人免遭毒手。人們需要這樣一個人，可以在災厄降臨時，及時出現在他們面前。他們一定需要，就像我現在渴求一樣。」

我開始咬牙切齒：「如果我能夠活著出去，我一定要成爲這個人。我要讓自己成爲法律的先鋒，我要讓自己成爲法律的化身。我，就是執法者！！」這些，只是一個在巨大痛苦中的可憐人的瘋言瘋語，但神奇的是，那些割了似整整四百年的刀子，突然間全停了下來。一剎那，黑屋子裡的我，以頭搶地、淚流滿面，我深信這一定是神蹟，一定是神聽到了我的呼喚，聽到了我願意成爲執法者的心聲。人不經歷大痛，就永遠不會大悟。而一旦當你在痛苦絕境中悟出了眞諦，悟出了你的人生意義，悟出了你活著的目的與使命，幾乎毫無例外，痛苦就會停止，你的內心將會得到前所未有的寧靜和歡愉。

這一場長達四個世紀的煉獄，令我此生再也沒有流下過一滴眼淚，因爲我的靈魂中，淚水早已乾涸；我此生再沒有過任何恐懼，因爲這世上最恐怖的煉獄滋味，我已經飽嘗。而那個原本無欲無求，只想跟著郭美琪一起過白頭偕老小日子的帥氣年輕人，也悄然遠遁。因爲在這四個世紀中，我賭誓我必須要掌控魔力，驚人的魔力，越來越強的魔力；我必須要變得像鋼與鐵一樣，堅不可摧！

唯此，才能制伏這些罪人；唯此，才能將這個世界的所有罪惡，徹底剷除；唯此，才能將這個世界，打造成眞正的樂土！

4.

疼痛雖然過了，痛苦卻未停止。我被抬上了一輛擔架車，側躺著朝外推去。當經過走廊裡的一面落地鏡時，恰好前面有人，擔架車停了下來。

我看著鏡子中自己的模樣，驚恐地瞪大了雙眼——原本一張英俊帥氣的臉，變成了一個怪物似的魚頭，從兩耳耳後延伸出來的巨大魚鰓片狀物，布滿了腦殼的上半部；背部雖然朝後，但狹長的魚鰭高高凸起，露了出來；整個小腿似乎變成了尾鰭；而渾身的皮膚像是被刮了鱗的魚……

這時我的喉嚨已經可以發出些聲音，嘶啞地叫著。推車的胖子聽見了，回頭朝我鄙夷地笑了笑，並不理睬，似乎已經司空見慣。

最後進入一間巨大的倉庫，眼前的景象再次突破了我的想像力——

無數口豎立著的玻璃水棺裡，關著的全是跟我一模一樣的魚人怪物！他們憤怒地在各自的狹小水牢裡，游著、撞著。

瞬間，我明白了這群人爲何要這麼對我，他們一定知道我的身分，一定認爲我是純龍血，那麼改造之後的各方面水性，絕對會超越常人。

這就是他們要抓我的原因。

兩名警衛將我扔到一架升降機上，隨後按了下按鈕，那機器便將我抬起，移動到一口玻璃水棺上方，底板一開，我便像條魚一樣，被投進水牢。之後，水牢頂部的蓋板自動鎖上，封得嚴嚴實實。

一時間我還是無法動彈，但在水中安然無恙，開始時我還想下意識地屏住呼吸，誰知那針「巴卡利曼多」的效力仍然在，我連屏住呼吸也不能，但令人驚訝的是，我可以暢通無阻地呼吸，沒錯，是在水裡，像魚一樣，水下呼吸。

雖然我小時候曾有過一次，但這輩子再也沒有實現過，此時我的心裡明白，現在的水下呼吸，一定不是因爲我潛在的那個本能，而是因爲范德華做的手術，以及身上多出來的這些怪異裝備。

我不停在想：他們需要這些魚人的目的何在？他們到底是什麼人？是簡赫的人？還是那個戍者的人？我猜戍者的可能性應該比簡赫大，因爲是戍者一手將我引向這裡的，而簡清明就只是個誘餌……

但不久我又開始懷疑，如果是戍者的話，那又何必繞圈子，非要抓住眞的簡清明呢？那晚即使簡清明不在大廈，我不也照樣會去嗎？何況，那個戍者並沒有作案動機啊，除了與簡清明，我跟世上任何人都無冤無仇，沒理由這麼對我。

前思後想，最後還是覺得一定是簡赫，因爲在我暈過去之前，簡赫一直在攻擊我。你說不是他把我抓進來的，還會是誰？即使這些人並非與簡赫一夥，那一定是這狼崽子，爲了報所謂的殺父之仇，將我送了進來，讓我飽受折磨，以泄他心頭之恨。一定是！

隨著時間的推移，我的身體逐漸能活動起來，最後我試著在水裡游動，發現竟然很是靈活，特別是小腿後面裝的一副尾鰭，似乎能夠提供強大的動力。而自從入水後，我就有一種奇怪的感覺，感到那些器具，正與身體的肌肉不斷緊密生長結合。

我緊盯著腿部的尾鰭看了很久，創口部位的肉體就像是瞬間增生一樣，在結合處與器具中生出的纖維互相纏繞，共同成爲身體的一部分。

完全恢復行動後，身體的疼痛也大致消失，這個時候再去掰動那些器具，感覺就像是觸動自己，你已經完全感受不到任何外來異物感，似乎自己天生就是這樣。我可以在水中呼吸，可以在水裡開口，我甚至可以在水裡說話，但說出來的聲音比平日裡弱了很多。

我不明白這一切是怎麼做到的，我同樣不明白，別的水棺裡的魚人，看起來與我一樣，有一些的動力似乎比我還要強悍和靈活，那爲什麼還是偏偏要我？要我們這些人，到底是什麼目的？難道是要我們去做什麼嗎？

肉體的疼痛容易消失，但心靈的痛苦經久不散，而且隨著時間的推移，我被這個狹小的水牢逼得快要發瘋，我明白了那些同類爲何要不斷游著、撞著玻璃，你可以試著想像一下，如果你自己被關在一個那樣的籠子裡，經年累月不能出來，會是什麼感覺？估計正常人也會變成瘋子。

有些朋友問，難道一開始范德華的那一針朊靈離散劑，就讓我永久地失去了魔力嗎？爲何不用集束閃電或者掌中雷來擊碎水棺？這個，我那時沒辦法再次驗證，因爲魔力在水中是沒辦法使用的，不論是水棺，還是海底。關於這點，我在被關到GODS前很久，還在國內時就知道，因爲試過。後來麥教授解釋說，魔力的產生是因爲能量的相互作用，而能量雖然可以在水中存在，但無法發生相互作用，就好比電流在木頭中無法傳輸那樣，兩種能量在水裡無法作用。水就像是絕緣體，會將各種能量分別隔絕。那麼同樣，簡赫的震山撼地、鞭山移石，在他被水緊密包圍時，也是無法使用的。

而龍，在水下靠的也是絕對實力，並非魔力。龍要呼風喚雨、施展法力，是一定要出水、現身的。或騰雲駕霧，隱匿於重霄雲端；或飛入深山，隱伏於幽深洞穴。

所以，世上最爲寶貴的異珠其實是——避水珠！就是那個傳說中西海龍宮的鎮宮之寶。因爲避水珠所蘊含的能量，在這個世界上是獨一無二的，是可以在水中與別種能量相互作用的。誰擁有了避水珠，誰就擁有了在水下的絕對實力，因爲別人在水下魔力失效，但你水陸皆宜。

不過我還是要強調，避水珠，如果僅僅拿在手裡，或者放在水底，是根本沒用的，就好比鬼雨異珠如果沒有龍牙的能量與之作用，同樣無法產生魔力。但如果一條眞龍，在海底銜取避水珠，並作用於牠的那一刹那，瞬間產生的開海效果，會令人目瞪口呆。那場景，當眞是常人做夢也無法想像出來的，超越了想像的極限。

但有一點要分清楚，那就是魔力與潛能。魔力是能量相互作用感應的結果，而潛能是獨立存在的。以我來說，呼風喚雨、掌握五雷，那是鬼雨異珠和龍牙二者間的能量，透過我的龍血之體作用而產生的，這叫魔力，是沒辦法在水中施展的；但水下呼吸，這是龍血體質者的一種潛在的本能，在水中是沒有影響的。

5.

每次投放的食物你根本想不到，竟然是活魚。我們雖然可以在水裡生活，但這並不代表我們的飲食習慣也會跟著發生改變，但這群人渣就是投放活魚。後來我明白了這裡的道理，他們是逼著你用最靈活的方式在水裡運動，這樣才能空手捕捉到魚，同時等於訓練了你的水下敏捷度。

有一次，當我睡醒後睜開眼，發現范德華正十分開心地背著手，站在水棺面前，像欣賞一件藝術品一樣，仔細盯著我看，此時我的皮膚已經由最初泡得幾乎潰爛，逐漸變得堅硬，但顏色看起來極爲恐怖，是一種帶著一絲淡藍的灰色。

他像個天眞的孩子那樣，揮手朝我打了個招呼，但在那副眼鏡後面，我看到了邪惡，我看到了他的內心。但我並未像原先那樣狂怒，而是豎起身，略微朝前游了些，湊在玻璃前，對他緩緩說：

「你死定了，簡赫也死定了。」

每個水棺都是有聲音感測器的，因爲我時常能夠聽見隔壁水棺裡的魚人的吼叫，只不過不太清晰，所以我能肯定范德華可以聽見我的話，而後面那句簡赫也死定了，是我故意試探他的。如果他沒有表現出意外的樣子，那麼這裡一定與簡赫脫不了關係。果然，范德華笑了笑，聲音傳了進來：

「你還是先做好準備，殺了Kraken再說吧。」說完，向我擺了擺手，道聲再見就離開了。

我狠狠砸了一下玻璃，小聲說：「簡赫，你最好能活到我出去的那天。」

6.

范德華的背影消失後，又過了一會，廣播中忽然傳來聲音：「Specimen number 950 prepares.（905#樣本，準備。）」

接著，我所在的玻璃水棺開始抖動起來，不知道即將要發生什麼，我警惕地打量著四周。片刻後，水棺被自動傳上了一條軌道，滑向一個入口，通向未知。

與此同時，在GODS的指揮控制室裡，正有一百多個科學研究人員，坐在一排排儀器後，盯著前方的大螢幕，而水棺中的我，就出現在螢幕的中央，連我細微的面部表情，他們都看得一清二楚，如果他們願意的話。

水棺被傳輸上了升降機，緩緩向下運去，不一會便進入了漆黑的隧道。等到下方倉門突然打開，藍色的光線便射進我的眼簾，那是海水。

在水棺入水的同時，四周的玻璃罩被抽離，剩下一副牢籠框架在水裡，並順著軌道不斷下滑。指揮室裡的廣播聲傳來：「500 meters deep……1,500 meters deep……3,000 meters deep.（深度：五百公尺……深度：一千五百公尺……深度：三千公尺。）」

我被急速下沉帶來的水流，衝擊得不得不在籠子裡到處游動，但這新鮮無比的海水，卻令我渾身興奮，就像一個被關在棺材裡，埋在地下幾個月的活人，重新回到了地面上，呼吸到了新鮮空氣一般。

指揮室裡，傳來廣播聲：「Release the specimen.（釋放樣本。）」

水籠的外側突然被打開，我並沒有急著出去，而是瞪大眼睛朝四周看去——這是一片藍色的深海底，四周全是凹凸不平的岩壁，給我的第一個感覺就像是一座隱藏在深海裡的古羅馬競技場。但直覺告訴我，這應該是一片經過人工改造的場地，別的不提，根據水籠下潛的速度來估算，這裡在一兩千公尺以下，本應沒有光線的，但四周基本上仍舊能夠看清，那麼顯然一定有照明設備。

我本能地感覺到，有一股潛在的危險就在附近，這種感覺像極了當初置身於黃泉峽谷時。

當指揮室裡的廣播最終傳來「Release Kraken」後，那些科學研究人員全都目不轉睛，屏氣凝神盯著螢幕，似乎他們幾十年的全部心血，都集中在眼前這次的實驗中，成敗在此一舉。

我緩緩游了出來，盯著對面，因爲整個海底四周，基本上都能看清，唯獨那一片崖壁，籠罩在陰影當中。

這時，起鬧的聲音從對面傳來，我等待著，但不停來回游動，準備隨時應付突發情形。奇怪的是，我此時似乎能夠嗅到某種氣味，這種氣味直接刺激，在腦海中自然顯現出一隻巨大的章魚海怪的模樣。

這一切莫名其妙，而且我幾乎就能肯定，對面陰影當中的，就是牠，雖然我在此之前從沒見過，也沒有聽說過這種生物。

當那個龐然大物滑動著巨大的觸手，從陰影中逐漸游出時，我看清了牠的眼睛，綠中泛著黃色的眼珠，向外燃燒著怪異嚇人的火焰，滿是皺褶的皮膚上，滿是肉刺，觸手上無數吸盤，排列得密密麻麻。

但是當牠與我四目相對時，停止了前進，只是緩緩繞著圈游動。

我懸浮在水中，這裡的空間對這個巨妖而言，只相當於一個籃球場，我如果逃走，用不了多久，一定會被牠追上。但若要與其搏鬥，像在黃泉峽谷中鬥那隻龍王鯨，又是赤手空拳，連把匕首都沒有。如果要逃，唯一的方向只有向上，或許還有一線生機。

僵持了半分鐘後，這隻在傳說中被稱爲北海巨妖的巨型章魚海怪Kraken，終於按捺不住，張嘴露出刀鋒狀成排的尖牙利齒，霍霍磨了幾下，便突然加速，猛衝過來。

牠行動時是有些斜向上的，以便接近時，可以依靠巨大的身軀封鎖上路，並棲身而下，讓獵物無處可躲。我看準了這點後，便迅速朝前，直插牠的腹下方位。因爲如果能夠從下方反竄至其身後，他一定難以迅速掉轉方向，說不定就能趁那時往上逃走。

那副尾鰭的作用超出我的想像，裡面似乎有著驚人的動力，令我以平日潛水時五倍以上的速度前進，幾乎不比這個海怪對手慢多少。

這一個回合下來，我眞的到了Kraken的背面，而牠似乎一時間失去了目標，惱羞不已。

指揮控制室裡一片歡呼，這大概是他們目前爲止取得的最好成績，之前僅有部分魚人能夠在這個深度停留，而且只要一啓動，就是高壓自爆，不用說與Kraken過招，連眞正的存活都做不到。

而我現在，成功地躲過了北海巨妖的第一次進攻。如果能夠給我一把趁手武器，我相信一定可以利用這個機會，從牠背後給予一擊。

但此時我心裡很清楚，與牠纏鬥或者周旋都不是最緊要的事情，頭等大事應該是趁這個機會逃出去。儘管我當時已經成了一副魚人的怪物模樣，已經不敢奢望能夠再次出現在郭美琪面前，也許最多只敢發封郵件給她，但在經歷了被活剮般的漫長手術之後，一切的打擊在我眼中都無法構成致命傷害，當你經歷過世間最大的痛苦，我想你也會跟我有著一樣的心態。

而此時，我除了對自由和生存充滿了強烈的渴望，另外還有對簡赫和范德華復仇的渴望。

所以，我幾乎沒有猶豫，在Kraken尚未反應過來時，迅速朝上游竄而去，只有向上、向上、向上，我才有一線生存的希望，才有逃出去的可能。

我的心中在祈禱，希望這是在某片開闊海域裡，那樣一旦出去，便是真正地龍入波濤，誰也奈何不了我，我可以找個地方，舔舐傷口，等身心復原後，開始下一步復仇計畫。

往上游竄的速度快得驚人，水肺潛水時的上浮速度本就很慢，只有自由潛水可以很快，但我現在不但可以在水中像帶著氧氣瓶一樣自由呼吸，而且我的速度與自由潛水上浮時相比，就像一個是F1方程式賽車，一個是在城市街道常速行進的小轎車。

其間我甚至朝下看了看，Kraken巨大的身影雖然也跟著追來，但似乎被我越甩越遠，也就是說，我現在的速度連這個北海巨妖都追不上。頓時，一種征服的快感湧上心頭，而且隨著不斷上浮，光線越來越亮，離自由越來越近，那種迫切地想要重獲自由的心情，令我渾身激動不已。

就在我幾乎都能夠看到水面上的陽光時，頭頂卻隱約出現大面積的陰影，一種不祥的預感襲來，再游近些，我發現在頭頂上方，竟然被一張巨網截住了去路。

我目眥欲裂，實在不甘心，瞬間的思考後，我決定放手一搏，不但毫不減速，反而越發快速地上浮，整個人如同一發炮彈，撞向了那張網，我試圖用速度衝破這層封鎖。

但現實總是不被人的意志轉移，那張巨網不但將我牢牢截住，而且因爲我速度過快，其中的細鋼絲根根全都勒進了我的肉體，有幾根竟然卡住了我的背鰭。

Kraken龐大的身軀越來越近，我試圖逃竄，但無法掙脫鋼絲網。

就在這時，Kraken的兩根觸手從下面猛地揚了起來，將我頭部的魚鰓片緊緊揪住，接著張開牠的血盆大口，由下朝上仰頭咬來。

我忍著劇痛，拼著撕裂了背鰭一角，終於脫開鋼網，朝右面游去。

此舉雖避免了整個身體落入牠的口中，但牠的利齒咬住了我的背鰭。揪住我頭部鰓片的觸手，和咬住我背鰭一角的利齒，兩處反向使勁一撕，就像是將一條龍扒皮抽筋一般，范德華替我安置且已經深植我體內、與我渾身連爲一體的那套仿生器具，就整個被撕開，與我肉身分離。

我從兩側臉頰，到後背脊柱，再到雙腿後側，這一線的肌肉全都皮開肉綻，像是被犁過的耕地一樣，整個人如同被剝了皮的蝦仁，大片大片的血汙不斷朝外湧出，將那一片海域全部染紅。我的軀體成了死屍，漂蕩在鐵絲網下方的海水裡。Kraken則像是競技場中勝利的勇士，觸手拽著那套彼此相連的器具，手舞足蹈了許久。不知爲何，卻沒有將我的屍體吞噬，而是緩緩沉了下去，大概是我的龍血不合牠的口味吧。

指揮室裡的廣播中傳來聲音：「SD❖, mission failed.（樣本死亡，任務失敗。）」

這時科學研究人員們幾乎全體發出Oh, no（哦，不）的嘆息聲，紛紛做出痛悔狀。指揮大廳後方樓上的控制室裡，范德華對著一個背影朝外的人，很憤怒地說：「我早就說了，不該這麼快就讓楊宣與Kraken爭鬥，甚至就不該讓他做這件事！我們可能再也找不到第二個有這種資質的了！」

那人仍舊沒有轉身，還是只能看到背影，他用低沉凝重的聲音說：「你以爲我不想留他嗎？但連Kraken都打不過，怎麼指望他去鬥龍屠龍？留下來也沒有意義。」

❖ SD：Specimen died，樣本死亡。

第十八章 大隱鯤鵬

1.

蘇家輝推著自行車，來到一家高級百貨公司前。一件淺灰色的粗布襯衫，一雙黑布鞋，顯得與這個摩登的城市有些格格不入。他來到停車場門口，準備進去時馬上過來一個年輕小警衛，拖住自行車，說：「自行車不可以進入。」

蘇家輝弓著腰，回頭問：「什麼？」

「這不能停自行車，裡面是停汽車的。」小警衛又說了一遍。

蘇家輝說：「這裡面這麼大地方，我自行車隨便放哪裡都行，又占不了停車位，爲什麼不行？而且我是來百貨公司買東西的，我的車不停你們百貨公司停車場，停到哪裡？」

年輕小警衛火了，說：「不服氣有本事別來買東西，這裡就是這樣。騎個破爛自行車了不起嗎？你開輛勞斯萊斯，老子跪著給你放行。」

蘇家輝有點惱火，忍了片刻後，掉轉車頭朝百貨公司門口推過去，那裡是個大廣場。誰知剛踢下腳撐，剛才那年輕小警衛又跟了過來，說：「嘿嘿，有完沒完？把車停這，擋門口呢你？」

蘇家輝忍了又忍，咬咬牙，朝旁邊火鍋店騎過去。誰知剛停下，門口負責招攬顧客停車的那些混混模樣的店員立刻開口，罵得更直接：「滾開，滾開，這裡不準停自行車。」就像是趕狗一樣。

蘇家輝盯著他們看了幾眼，決絕地把自行車停下，然後走到兩個混混面前，掏出錢包，抽出四張百元的鈔票，拍到其中一人胸脯上：「老子來吃飯的。」說完轉身就走，卻不小心踩到了旁邊一個看起來貌似闊太太的女人的腳，弄得蘇家輝自己險些跌倒。但他沒理會，繼續往前走，那女人卻在身後大聲嚷了起來：「怎麼走路的啊你？眼瞎了啊？」旁邊來了個男人問怎麼了，闊太太在那發火：「一個死窮鬼，踩了我一腳……」

蘇家輝頭也不回，重新來到百貨公司門口，剛才的那個年輕小警衛還在，似乎看到了火鍋店門口的一幕，斜著眼睛看著蘇家輝從自己旁邊走了進去，那表情似乎在說：「你裝什麼大爺？」

來到一家名牌化妝品的專櫃前，因爲這時正是白天上班時間，所以店裡沒有顧客，兩名櫃姐正在聊天。蘇家輝繞著專櫃看了一圈，兩人也沒一個招呼一聲，於是他說：「小姐，麻煩妳拿一支這個口紅我看看。」

其中的一人，轉頭輕蔑地看了一眼，回頭繼續聊。蘇家輝又說了一次，她才慢吞吞起身，走過來，極不情願地拿出一支，放到櫃檯上，連話都懶得說，頭往旁邊扭去，一副愛買不買的樣子。

蘇家輝拿起來轉著看了看，說：「我想試一下顏色。」

「不能拆，不能試的。」

「你們沒有專供試色用的樣品嗎？我塗手上看看顏色效果。」

那女的扭過頭來，像隻被踩了一腳的野雞，說：「買個東西怎麼這麼多事？你這個……試什麼色啊？你試了別人怎麼用啊？」原本大概想說你這個鄉巴佬、臭老頭之類的詞，但沒說出來。

蘇家輝氣得滿臉通紅，掏出錢包裡剩下的錢，放到櫃檯玻璃上，說：「這些錢夠買多少，妳給我拿多少，顏色都要不一樣的。」

那女店員一副吃了蒼蠅的表情，但看著那疊百元的鈔票，有三千塊的樣子，又有點覺得沒必要跟錢過不去，於是先點了下，然後拿了十幾支出來。

「結帳。」蘇家輝說。等蘇家輝去收銀台付完款回到櫃檯前，便將已經被店員裝在袋子裡的口紅，一支支全都取出、拆開，分別在各自的包裝盒上試色，全都畫完一遍，挑了其中一支裝好，放進口袋裡轉身朝外走去。留下櫃檯上那一堆拆開撕爛的包裝盒，和一支支擰出來的口紅，屍體般躺在玻璃檯面上。

2.

蘇家輝的自行車停在了一家中藥鋪門口，他推門進了店裡，一個老闆模樣的人，五十多歲，架副眼鏡，見到他進來，拎起三大包已經包裝好的藥材，說：「這個月的藥，一共三千四百五十三，算老蘇你三千四吧。」

蘇家輝神色尷尬地笑了幾下，說：「漲價了啊？」

「沒辦法，這些藥材都是暢銷貨，而且你都要求要野生的，進價漲了嘛。」

「我本來剛從銀行取完錢出來，但錢包在百貨公司裡不小心被人偷了。所以……」清了下嗓子，「所以，這個月的藥錢能不能先記帳？」

老闆沉默了片刻，嘆了口氣說：「好吧，十幾年的老鄰居了，你拿走吧。」

蘇家輝提起藥材，說：「錢下次一起給你。」然後做賊似的快步走出中藥鋪。

3.

在蘇佩昏暗狹小的家裡，一支口紅立在桌上，旁邊還有包裝盒。蘇家輝一人傻愣愣坐著，盯著口紅發呆。

這時門鈴響了，他走過去開了門，發現是杜志發，手裡還提著一個小水箱。

「叔叔，」杜志發滿臉堆笑，進了屋來，「聽說您身體不太舒服，我來看看您。」他將手裡的箱子放到桌上，這時蘇佩還沒下班，他一個人過來的。

「坐吧。」蘇家輝不冷不熱地說。

杜志發感到有點冷場和尷尬，於是笑著到處看，想找點話題。當看到那支口紅和旁邊的包裝盒時，說：「叔叔，這是您……您買的口紅？」

「蘇佩快過生日了，我買來送她的。」

「哦，有您這樣的老爸，真是幸福。」

蘇家輝輕輕嘆了口氣，臉上一絲自責浮現，說：「這些年，我只顧著自己的病，從來也沒送過她生日禮物。現在日子不多了，也不知道能不能撐到明年，這才想起來應該送她點什麼……」

聽到這裡，杜志發拍了拍箱子，說：「叔，別擔心，您要的東西我弄來了，您的病一定能好。」

「這是什麼？」蘇家輝問。

杜志發故作神祕地起身湊過去，說：「這是叔叔您需要的東西，我費了好大力氣才弄到的。」

「我需要的？我需要什麼？」蘇家輝很是疑惑。

杜志發說：「您缺的那味藥啊。」

「我缺的藥？」

杜志發點頭說：「是啊，鐵皮石斛、天山雪蓮、三兩重野山參、一百二十年何首烏、花甲茯苓、肉蓯蓉、深山五色靈芝、海底珍珠、冬蟲夏草。唯獨缺一味不死水母，就在這裡面了。」說完，笑著拍了拍箱子。

蘇家輝怔了一下，過了會皺著眉頭說：「你說的都是些什麼？」

「咳，叔叔，您就別跟我客氣了。您治病需要這些名貴藥材，我懂。其他只是錢的事，好弄。唯獨這不死水母難搞，所以我替您弄來了。如果還缺其他的藥，您儘管說，別客氣，包在我阿發身上。」

蘇家輝打開水箱的蓋子，朝裡看了看，片刻後又蓋了起來，嘆了口氣，說：「這東西治不了我的病。」

「治不了？那您爲什麼想要牠？」

蘇家輝斜眼看了杜志發一下，然後說：「自作聰明。我確實是在想牠，但，不是要牠。」

「什……什麼意思？」杜志發有些傻眼了，「我可是費了好大的功夫才弄到的。」見蘇家輝沉默不語，杜志發急道：「您到底是什麼病，告訴我，我一定想辦法……雖然阿發我沒什麼太大的本事，但兩個人總比一個人單獨撐著要強，就算只是給您解解悶也好啊。」

蘇家輝微微抬頭，看著杜志發期待的眼神，同時這一天自己在外面遭遇的種種又都浮上心頭，再聯想到自己命不久矣，妻子又不在了，可以說是萬般思緒瞬間一起湧來。先是眼睛介於睜閉之間，下唇微微抖動著，彷彿內心的情緒正在噴發，最後像是打定了主意，說：「你想問的一切，我可以全都告訴你。」停頓片刻，「但你得先答應我一件事。」

杜志發激動得有些不敢相信，結結巴巴道：「您……您儘管說，我一定答應。」

「做我徒弟。」

杜志發愣住了，心裡的興奮簡直如同噴泉一樣，實在是沒想到自己朝思暮想的事情，竟然從蘇家輝嘴裡一字一句地說了出來。蘇家輝見杜志發愣在那裡沒動靜，問：「不願意嗎？」

杜志發忽然撲通一聲，直接跪倒在地，學著電視裡的樣子，拱手高舉道：「師父大人在上，受徒弟杜志發一拜。」

蘇家輝嘴角露出罕見的一笑，說：「起來吧。」杜志發重新回到椅子上，傾身聆聽。

「醜話說在前頭，你爲什麼找我，從上次你進來之後我就明白了。但收徒這種事，就和入夥一樣，不誠不行，沒有事業之心不行，捨不得放棄與犧牲不行。」

「我都有，都有。」

「你能弄來這麼些不死水母，勉強算是投名狀，多少證明了些東西。我只有蘇佩一個女兒，沒有男丁。眼看我這病越來越難撐下去，生活也越來越難，所以才願意收你爲徒。但是，就像我頭一次就給你點出來的，游蜂正在被人趕盡殺絕，是眞正地生命受到威脅，你還敢嗎？」

杜志發眼中現出精光，說：「說實話，我阿發大部分時候膽子都小，但唯獨爲了採珠，什麼都敢做。」其實，他這話沒說透，他不是爲了採珠什麼都敢做，而是爲了錢，爲了他自己所認可的夢想，什麼都敢做。

在這點上，我不得不承認，他比我好，雖然人的夢想各異，但夢想對於個人本體而言，卻沒有高低貴賤之分。你只要有夢想，就値得被尊敬。而之前的我，沒有夢想、沒有雄心，直到經歷了那長達四個世紀的凌遲之刑，才徹底改變了我。

杜志發接著問道：「您說有人在追殺游蜂，這到底是怎麼回事？」說到這裡，好像突然想到什麼：「莫非您的病，就是被人害的？」

「等等你就知道了。你既然做過游蜂，那你知道或者聽說過龍在哪裡嗎？」

杜志發拍著胸脯，吹噓道：「知道，我這輩子只幹過一票買賣，就是一筆大的買賣，從青龍嘴裡奪了鬼雨異珠。那青龍我是親眼所見的，在長江江底再往下很深的地底，那地方叫十獄閻殿。」

蘇家輝並沒有顯得有多意外，而是淡淡地問：「那下面有人嗎？」

「有，有人，他們自稱鬼卒，其實是元末農民起義軍張士誠的殘部。」

「哦。那還不算，看來你去的地方，還不能讓你眞正瞭解地下的世界。」

杜志發沒聽明白，皺眉問：「什麼意思？」

「這個世界，遠非你看到的這麼簡單。你雖然已經比一般人瞭解得要多，知道在江海的下面，還存在一個空間，但你不明白那個地下世界的眞正奧祕。」

「不就是有龍嗎？」

蘇家輝笑了笑，說：「那龍為什麼在那裡？」

「因為要守護異珠啊。」

「為什麼要守護異珠？」

「保護異珠不受破壞，才能保護整個異珠能量網，龍是透過這張無形的網，來吸收能量生存的。」

蘇家輝問：「異珠能量網存在的意義是什麼？僅僅是為了養活世界上的龍嗎？」這下問住杜志發了，他想了片刻後說：「以我知道的而言，似乎就是讓龍生存的。」

「所以我說，你們對於地下世界的奧祕，還沒有眞正瞭解。其實，異珠能量網的本質是一種能量結界，這個結界既可以提供龍生存所必需的能量，更重要的是，透過這個無形的能量結界，將地下人永久地攔截在地下世界。」蘇家輝朝杜志發看了一眼，「所以，龍保護這張異珠能量網，就是在守護能量結界，就是在守護地表世界，保護地面上的人類不會受到地下人的侵襲。」

「地下人？我見過啊，就是那些鬼卒嘛。但他們跟我們是一樣的，只不過從地表搬到地下去了而已。能量網能攔住他們，這不……」杜志發原本準備說：「這不胡扯嗎？」但硬生生把話截住，說：「這不太可能吧。能量能夠轉移到人體內我相信，因爲我親眼見過，但要說能量能夠阻擋什麼人出來……」杜志發稍微笑了笑：「恐怕不太可能。再說了，鬼卒想要回地面就讓他們回吧，也就人高馬大、面目猙獰一點，其他沒什麼好怕的。」

蘇家輝幽幽地說：「鬼卒？那些算什麼？眞正的地下人對鬼卒而言，簡直就是神，鬼卒們不是說是受了東嶽大帝的命令，才修建十獄閻殿的嗎？但我告訴你，這不是玩笑，地下人就是他們的東嶽大帝，地下人擁有的魔力，對地面上的人和鬼卒而言，簡直就是神！

「能量網對人沒用，我們，包括鬼卒，確實可以自由穿梭。但地下人跟我們地面上的人是不一樣的，他們的體內充滿了黑暗能量，而異珠能量網的能量結界，對他們而言，就是一道鋼鐵長城。

「地下人對地表人的侵襲，幾千年來都沒有停止過。他們最大的夢想，就是有一天能夠突破能量結界，永久地在地表生存，成爲這個世界的主人。那時，地表人的命運就不好說了。而十獄閻殿，不過是地下人爲未來攻占地表之後，替地表人建立的刑場罷了。如果這一切眞的發生，那十獄閻殿將會變成地表人眞正的閻王殿和地獄。」

這話一出，杜志發嚇出一身冷汗。如果說蘇家輝之前的話，他還有點半信半疑，現在關於十獄閻殿的這番表述，卻令杜志發毛骨悚然，茅塞頓開間深信不疑。因爲他想到了鬼卒們一直高呼和堅信的口號——閻殿重開！難道，讓鬼卒們修建閻殿的，並不是什麼虛無縹緲的鬼神，也不是他們瘋了之後自己的臆想，更不是他們的祖先爲了生存，自己編造出來的所謂信仰，而眞的是有人命令他們去建造的，那麼驅使鬼卒的就是——地下人！眞正的地下人，就是鬼卒們的神！而目的，竟然是把十獄閻殿當作地表人的刑場、地表人的閻王殿、地表人眞正的地獄。到那時，我們將會被趕入地下，地下人則會成爲這個世界的主人！

杜志發想到這裡，哆哆嗦嗦地問：「師父，您怎麼也知道十獄閻殿？如果鬼卒不是地下人，那地下人在哪呢？」

「關於地下世界，你們才知道多少？十獄閻殿之於整個地下世界，就相當於一個島嶼之於地表世界，你怎麼能用在一個環形島嶼上的所見所聞，就代表整個地下世界呢？不要說你們，鬼卒在那裡幾百年，見到地下人的次數，也不過就那麼幾次。因爲鬼卒們是過不了海的，等同於被封禁在那個環形島嶼上，別的地方都去不了。至於我爲什麼知道，因爲十獄閻殿的祕密和作用，這個世界上知道的人可不止一個，只不過你們還沒能進入這個圈子的核心罷了。」

「我×，這有點玄啊。」

「玄？一點也不。你以前做潛水夫，應該聽說過不少世界各地的鬼船。我告訴你，眞正的鬼船，都是地下人的，他們經由出入口，在世界各地出現。但因爲能量結界的緣故，無法在地表世界停留過久，一段時間之後，就必須回去，人們無法解釋這些時隱時現的詭異船隻，就稱之爲鬼船。那些鬼船甚至能夠像潛水艇一樣，隨意沉入水面以下，或者突然從水下浮出，如果一旦能量結界被破壞，他們就能永久停留在地表了。」

「這麼說，龍是好的？龍其實是在保護我們，將地下人攔阻在地下？」

「凡是守護異珠的龍，都可以看作在保護地表，這些是海龍，是地表人的龍；同時，地下人也有自己的龍，那就是地龍，也就是西方傳說中的那些惡龍，有的會飛，有的會噴火，還有很多長得很像恐龍。地龍是地下人的工具，地下人雖然沒辦法出來，但地龍卻可以，所以那些地下惡龍經常成爲地下人的先遣隊，在地表世界作惡。」

杜志發一時間接受不了這麼多的資訊，點上一根煙，穩定了一下情緒。蘇家輝繼續說：「接下來的話，你得聽好了，就是關於爲什麼游蜂會被人趕盡殺絕，也是我會變成這樣的原因。鯤鵬之變這個詞你聽說過嗎？」

杜志發搖搖頭：「沒聽過。」

「鯤鵬之變是我們華夏民族一個古老而神奇的傳說，簡單來講，就是鯤這種神魚，可以變爲鵬這種神鳥，且神鳥與神魚之間是可以互變的。所以，神魚和神鳥，便是華夏民族上古時候的圖騰崇拜，人們認爲鯤和鵬就是神的化身。祭拜鯤鵬，就等於祭拜神。」

「這與游蜂有什麼關係？」

「幾乎從人類社會誕生起，便存在一個祕密組織，他們隱藏在歷史塵埃之下，從不顯山露水，盡力抹去一切存在的痕跡。他們的任務是守護異珠能量網，將一切對能量結界可能產生破壞的人和事，通通消滅，以確保地表和地下兩個世界各自運轉，守護地表世界的文明永遠不受來自地下人的侵襲。這個組織從最初便以鯤鵬爲圖騰，無論社會如何發展，這個圖騰都未曾變過，他們傳承著一根金杖，距今已有五千年歷史，由每代首領掌握。金杖上面刻有鯤鵬之變的標誌。而這個組織，自稱爲鯤鵬會。」

杜志發問道：「鯤鵬會？那這麼說來，他們的任務豈不是和龍一樣，都是在維護異珠能量網？」

「沒錯，鯤鵬會與龍，其實是一體的。世界上的第一隻海龍，叫作龍祖肅元，而鯤鵬會正是起源於此時，鯤鵬會的第一任首領，曾經手持金杖，駕馭肅元。這個世界上，唯有鯤鵬會的人，才擁有召喚並駕馭海龍的力量，就像地下人能夠驅使地龍那樣。」

杜志發突然明白了，說：「難道鯤鵬會的人，認爲游蜂採珠，是在破壞異珠能量網形成的能量結界，所以他們要追殺游蜂？」

「一般的採珠人或者游蜂，他們是不管的，因爲那些珍珠根本不在能量網範疇內。但是，如果出現頂級游蜂，能夠發現眞龍的棲身地，能夠找到你說的鬼雨珠等級的異珠，那他們就一定要清理門戶，殺了這些游蜂。」

杜志發不解地問：「難道採一顆異珠，就能將整個能量網全都破壞嗎？」

「一顆不會有事，但天下游蜂眾多，如果你採一顆，他採一顆，很快整個能量結界就會全部癱瘓。根據游蜂行當裡傳下來的說法，世上一共有九顆頂級異珠，只要將這九顆全都採摘，異珠能量網就會徹底癱瘓，到那時，不但龍族將會遭遇滅頂之災，整個地下人的黑暗軍團，連同他們所掌控驅使的地龍，都會傾巢而出，想想那確實很恐怖。因爲人類在他們的面前，實在不堪一擊。」

「那他們對您是留了一手，還是被您逃脫了？」

「我當年已經接近一顆異珠，還沒能完全找到。不過已經驚動了鯤鵬會，他們對我還有蘇佩的媽媽下了毒。但我父親有一味祖傳的游蜂單方，將我救了過來，而蘇佩的媽媽沒能挺住。」說罷，蘇家輝長長地嘆息一聲，「唉，活過來也廢了，成了這副模樣，逃了半個中國，躲在這裡苟延殘喘。你知道爲什麼你第一次來時，我會那樣對你嗎？」

杜志發搖搖頭。

「因爲我最初以爲你是鯤鵬會的人追查過來的！直到之後看到你身上水陰之氣濃重，判斷出你應該是潛水夫或者游蜂，這才緩和下來，倒了杯水給你。記得嗎？」

杜志發仔細回憶了一番，果然如此，只是著實有些難以置信，問：「這麼大一個組織，而且存在了幾千年，怎麼可能沒人知道？」

蘇家輝冷笑著哼了幾聲，說：「這有何難？我如果擁有能夠召喚駕馭海龍的魔力，我也可以做到隱匿於歷史中。那魔力，可以讓你有無數種手段，將一切相關的人和事全都抹去，過濾歷史，改寫歷史。」

「但要做到完全隱形，恐怕沒有說起來這麼簡單。」杜志發琢磨著說。

蘇家輝不以爲然道：「鬼谷子你知道嗎？」

「這個聽說過。」

「鬼谷子的徒弟很多，有蘇秦、張儀、孫臏、龐涓、商鞅……隨便一個出來都是不得了的人物。你想啊，如果鬼谷子是鯤鵬會的某一任首領，而他的這些徒弟都是國之重臣，他想讓鯤鵬會隱形，難道很難嗎？所以，鯤鵬會的人未必在歷史上完全隱形，但他們的眞實身分，是可以完全無影無蹤的。歷史上哪些人其實是鯤鵬會的，只有他們自己內部才知道了。」

見杜志發還是有些懷疑，蘇家輝說：「我直接給你說件事，你就明白了。康熙七年的郯城大地震，是中國的最後一批地龍被海龍鬥敗，集體逃亡而引發的。這基本上是游蜂行當內所肯定的事情，但無論正史、野史，通通不見關於地龍的任何記載，這就是鯤鵬會做的，他們抹去了這一段關於地龍的記載。其力量之大，可見一斑呢。」

「但他們隱去歷史的目的是什麼？我還是不太懂。」

「你沒有設身處地、換位思考，沒有將自己眞正擺到他們的位置去考慮，當然不明白。你想啊，如果這些東西全都被記載流傳，包括他們鯤鵬會本身，或者他們曾經做過的事情，那麼根據各種史籍的蛛絲馬跡，一定會有聰明人發現異珠能量網的祕密，發現地龍、海龍之間的祕密，一旦這些祕密大白於天下，將會導致無數人去尋找異珠，到時他們想攔都攔不住，想殺都殺不光。」

「不會吧？」

「怎麼不會？這簡直太實際了。每個人想的都是，我只採這一顆，異珠能量網不會有事，但人人如此，恐怕最後不是九顆的問題，九百顆、九萬顆都能被人採光。到頭來，大家一起面對劫難。還有些人，唯恐天下不亂，他們就是想將九顆頂級異珠全都採到，好將地下人全都放出來……各種情況，只有你想不到，沒有人做不出的。所以，鯤鵬會唯一的辦法只有將關於異珠的一切，全都盡可能隱藏，甚至包括最枝微末節的消息。因爲眞正的聰明人，只要抓住哪怕一點點痕跡，都能抽絲剝繭、順藤摸瓜，最終發現這一切。所以，地龍的事情，當然也不能透露。」

杜志發想想這一切，簡直覺得快要認不得這個自己已經實實在在生活了二十多年的世界，就像你盯著一個字看，當看透到一定程度時，反而覺得這個字很陌生，甚至完全不認識了一般。

這時，陽台上的藥壺響了，蘇家輝緩緩站起身，走過去關火。杜志發跟了過去，問：「師父，那您之前是在準備採什麼異珠的時候，被他們盯上的啊？」

蘇家輝弓著腰，回頭看著杜志發，幽幽地而又一字一頓地說：「不——死——珠。」

第十九章
龍王崛起

1.

鐵絲網下的海水裡，血汙逐漸退散，只留下一具被扒皮抽筋、腐肉般的死屍漂蕩在那。隨著海水微流，屍體被緩緩沖得翻了個面，露出皮開肉綻的後背，甚至可以清晰地見到從上到下的整條脊椎骨。

一群海魚圍繞屍體，拼命啄咬著翻開的皮肉。忽然，這群魚似乎是受到了某種驚嚇，炸窩一般游開。神奇的一幕開始上演，如同被犁開的耕田一樣的後背，細小的肌肉纖維迅速增生，互相結合，彷彿有一根無形的針線，正在將巨大的創口縫合。與此同時，全身其餘各處也都以驚人的速度恢復。前後不超過兩分鐘，原本被扒皮抽筋、不堪入目的腐肉之軀，竟煥然一新，成了一座肌肉飽滿、強壯健碩的完美雕塑。那個醜陋的魚人怪物不見了，取而代之的是原先的楊宣。

我猛然睜開雙眼，下意識地往兩旁看了看，接著感到渾身有種異樣的感覺，就像是一個犯人，忽然間卸掉了戴了幾個月的枷鎖。我不由得摸了摸頭，發現那些可怕又醜陋的片狀魚鰓全消失了，這才回想起來，被范德華植入我軀體上的仿生裝具，皆被Kraken抽筋一樣撕掉，可詭異的是，我竟然摸不到一處傷口，此時的我，就像平日裡在泳池游泳，沒有穿戴任何器材，自由潛進了海洋之中。

更神奇的是，我竟然還能呼吸，就像在地面一樣，雖然自從范德華做過手術之後，我就具備了這個能力，但我明白那是仿生裝具的作用。而現在已經沒有那些玩意，但我仍舊可以，甚至比戴著裝具時呼吸得更爲暢快。

我能夠嗅到水裡的諸般氣味，這些氣味就像是攜帶了某種具體訊息一樣，每一種都能在我腦海中顯示出對應形象，有魚群、海龜，也有珊瑚、水母……很多嗅到的東西我甚至叫不出名稱，乃至是我從未見過的，我也不知道這些之前從不認識的事物，是如何透過氣味轉爲形象，出現在我腦海的。

不僅如此，我甚至能夠透過這些氣味，分辨出每一種東西的距離，比如此時我就極爲自然地嗅到了Kraken，並且很輕易地確定了方位和距離，在我位置下方大約五百公尺深的地方，而且仍在緩慢下潛。

片刻後，我感到精氣神重新貫穿了全身，好似海洋精華透過皮膚被呼吸了進來，一種前所未有的力量感衝擊著每一個細胞，於是我試著動了動手臂和腿。

這時，我無意中看到我的雙腿後側布滿了金色的鱗甲，驚訝間，下意識地又摸了摸臉頰和後背。我發現凡是原先的創口處，此時竟然都被金鱗覆蓋。

剎那間，我想到了自己在高嶺大廈天台昏迷之前，簡赫那半面臉與脖子覆蓋著黑色鱗甲的模樣，我猛然意識到，莫非，他與我一樣是有龍血的？龍血體質的人，在某些極端情況下，可以觸發一種潛能，能夠快速癒合傷口並恢復？而這種潛能的副作用，就是會長出龍鱗？

否則，簡赫怎麼可能在被郭美琪用手槍打了兩次，中了十幾二十發子彈的情況下，卻起死回生地將彈頭全都排出體外？而且，我在頭部與上半身被簡赫用巨石砸了那麼多次的情況下，醒來後全無傷口；被Kraken幾乎將全身撕裂後，此時又煥然一新？

指揮大廳裡有小部分人指著螢幕叫了起來：「天啊，他又活了！」

范德華難以置信地在樓上控制室裡，雙手撐著觀察口的窗台，看著眼前這一幕。

我試著朝上游了游，但令人遺憾的是，因爲沒有了范德華安裝的那套尾鰭的強大推進力，我在水中游泳的速度，又恢復成了往日的水準，與常人無異。

重新來到圍欄之下，我雙手伸進網格中，緊握鋼絲，兩腳倒立蹬住圍欄，猛地使勁，試圖能撕開一個缺口，就此逃竄出去。

但攔網堅固無比，靠人力根本無法打開。正當我在不同的地方嘗試時，忽然明顯感覺到Kraken游了上來。我急忙低頭看去，果然那個龐大的黑影，正迅速浮起。

不一會的工夫，巨怪便到達了攔網下方，而我只得重新下潛，來到一處空間稍大的海域，與其對峙。

原先利用方向差的辦法，此時已經行不通，因爲在沒有了那套裝備的情況下，我在水下的速度已經恢復常態，根本沒辦法及時逆向游到牠的身後，如果執意那樣，恐怕最大的可能就是在剛到牠側面或下方時，就被觸手抓到，而後塞進那刀鋒大口裡。

但憑著身體的快速癒合，與尚未消退的金鱗，此刻的我已經不再十分恐懼。在水裡雖然無法使用魔力，但魔力的副作用憤怒，再次在胸膛燃燒。

一人一獸四目相對，瞬間，Kraken猛衝了過來，四條粗大的觸手在前，徑直伸過來掐向我的脖子。我無處可躲，又無兵器，惱羞成怒，心裡吼道：如果有把趁手兵器，我一定宰了你。但事實是，當巨大的觸手靠近，我只能在斜橫著往旁邊游閃的同時，本能地用手猛砸。

但我的眼前猛地竄出一股綠血，緊接著Kraken渾身突然收縮，並快速退竄了五六公尺。這時，我才發現，一段觸手殘肢正扭動著，朝下沉去。這突然發生的一幕，著實令人詫異，與此同時我還發現，我原本砸推觸手的雙手，此時竟然各握著一道紅光。兩道紅光像兩柄短劍，雖然整個劍身看起來虛無縹緲、氣感十足，但握在手裡，是實打實的冰冷質感。

這簡直太過匪夷所思，我的手中，竟然憑空就多出了兩柄赤氣短劍，而且劍柄外還分出一道氣，如同小龍般游走在五指間，似乎是護手。

但不等我想明白是怎麼回事，Kraken便再度襲來，兩條觸手如電鞭一般分別捆束住了我的腳踝和腰部，緊接著便將我整個朝牠的嘴裡送去。我隨及掉轉劍柄，反握雙刃，拼盡全力分別刺向那對冒著鬼火的眼睛。

火紅的烈焰劍身，直直插進綠幽幽的怪瞳，Kraken立刻瘋了般渾身捲曲扭動。我趁機雙劍交叉，砍向那對將我緊緊纏繞，快要將骨頭都擠碎的觸手。赤氣如電，乾脆俐落地將其斬下。見這怪物手足瘋舞，沒有空隙，我便離開一段距離，稍稍下潛，緩慢巡曳著。片刻後，等牠動作幅度有所減小時，我看準機會，直浮而上，將兩柄短劍刺入其腹部，然後朝兩旁劃拉。Kraken的肚子便似破了的米袋，內臟、血汙一股腦流了出來。

就在這當口，我繞到牠的側後方，跟著，挺刃插入其頭頂正中央。

我死握劍柄，無論如何再不鬆手。經過約莫半分鐘的掙扎，Kraken終於漸漸癱軟下來，直至一動不動，最後緩緩沉了下去。

到這時，我才鬆了口氣，可是心念一鬆，兩柄赤氣短劍立刻便沒了蹤影。我難以置信地舉起雙掌到眼前，怎麼也不明白到底是怎麼回事。

但逃生的渴望畢竟是最強烈的，所以我沒有多想，再次上浮到攔網附近，換了幾處地方，看哪裡有可能出去。

指揮大廳裡一片歡呼，但控制室裡，那個只露出背影的人，猛地站起來，說：「啓動炸彈！」

范德華轉身吼道：「你瘋了嗎？你想做什麼？」

那個人並不理睬，徑直走到控制台前，伸手按下了那個紅色的按鈕，然後說：「別激動，范德華，你的偉大作品是死不了的。我只不過是製造假象，讓他認爲我們是想炸死他，而實際上，我要以炸彈爲幌子，放他走。」

范德華不解道：「放他走？爲什麼？」

那人道：「因爲我們的實驗，終於成功了……」

2.

當我正在試圖掀開海中攔著的網牆時，護欄四周不遠的地方，忽然紛紛亮起閃爍的紅點，那是設置在網牆上側的黑色長方狀物件。

我猛然意識到，這些可能是炸彈，一定是范德華他們監控到我，想將我炸死。雖然這個想法很沒道理，但同樣沒道理的是，他們辛辛苦苦將我打造成他們想要的東西，卻又放進這深海競技場讓我與Kraken生死相搏，這一切的意義和目的在哪裡？那時的我根本想不明白。包括戍者、簡赫以及GODS基地這些人之間的關係，我也不明白。

所以當我意識到那些是炸彈並且正在啓動後，認爲一定是范德華他們想炸死我的想法，非常合理，對我而言，也只有這一種解釋。

但我並未鬆手，反而將網牆抓得更緊，我既然已經知道自己迅速癒合的能力，那麼我就知道這次爆炸不但殺不死我，反而可能成爲我唯一逃出去的機會。我怒目圓睜，手上不由得更加使勁攥緊，心下一橫，想著一定要在爆炸之後，以最快的速度，游上去，離開這裡，將他們甩掉。

幾秒鐘後，數枚炸彈的威力，在炸開網牆的同時，也將我迅速朝上推進。我幾乎是隨著噴湧而出的海浪，與網牆護欄的碎片一起，被炸出了海面。

那一瞬間，我像條一躍而出的金龍，整個身體凌空在海面以上，雙拳仍舊緊攥，在出水的那一剎那，仰頭發出沖天怒吼。

頓時整個海面風起雲湧，天地晦暗，無數閃電霹靂接連砸下，狂風捲起洶湧的波濤；大海的中央，一團赤紅色的火焰下，金鱗從巨浪中騰起。

那一刻，我指天爲誓：「我要擁有世上最強的魔力，我要讓所有的黑暗與罪惡消失。爲此，我將不惜任何代價，不惜任何手段。因爲，我就是執法者，我就是龍王！！」

而接下來發生的事情會證明：龍，一旦掙脫枷鎖，重回大海，便是任何人再也無法掌控的，因爲他們在深淵囚籠中積蓄的力量，足夠摧毀一切。所以，GODS指揮大廳控制室裡那個自以爲是的背影，他打錯了算盤。

3.

美國佛羅里達州的蓬特韋德拉海灘上，各式比基尼美女和肌肉俊男，來回穿梭著，有人在享受日光浴，有人在海邊打鬧嬉戲，海裡還有不少人正衝著浪。

突然一個赤身裸體，但肌肉健美的華人男子，從海裡出現，然後一步一步走了上來。女郎們議論紛紛，但大部分都是眉開眼笑。有一夥無所事事的混混看到了，尋釁滋事般走了過來，攔住了這個人。這個人就是我，我在海裡游了足足三四天，才撞到了這處岸邊。從哪裡過來的，我並不十分清楚，而這裡是哪裡，我當時也不知道。

身上創口處長出的金鱗，竟然全都消失了。我那幾天在海裡漂流時，曾經遇到一群鯊魚，在極為緊張驚險的情況下，我雙手的兩柄氣劍竟再次出現，但在擊退鯊魚後，同樣是緩了口氣時，便又消失。我身上多了不少傷口，上面也現出了金鱗，不過，這次鱗甲消退得更快。我漸漸琢磨出，這種快速癒合的能力，一旦在某種極端情況下被激發啓動之後，就會隨著使用而不斷升級，鱗甲出現與消失的速度也會逐漸加快。

至於那兩柄赤氣短劍，我還沒有足夠的時間去摸索。

這時，一個光頭佬，突然擋到前面，伸手硬生生抵住我的胸口，搖頭晃腦地說：「Yo, yo, yo, what's the problem with you, bitch?（喲，喲，喲，你小子怎麼了？）」

我沉默了一秒鐘，跟著一拳就揮了過去，看起來那麼大塊頭的漢子，瞬間直挺挺栽倒，兩顆牙齒落在沙灘上。旁邊幾人見狀，一窩蜂全擁了上來，但他們的拳腳對我起不了任何作用，一番打鬥之下，六個混混裡躺倒五個，還剩一人握著根球棒，等我轉身，照著我腦袋就是一棒，正中額頭，球棒斷為兩截。然而，這點痛對我而言如同搔癢，似乎那場手術之後我的痛感神經就消失或者短路了。我額頭上的傷口處現出幾片金鱗，但那胖子沒在意，只是見我被打成這樣都跟沒事似的，屹立不倒，忙將球棒一扔，撒腿就逃。我抄起斷掉的那截球棒砸了過去，正中他後腦勺，那胖子便晃晃悠悠倒了下去，暈了過去。

我蹲下身，扯掉其中一個人的衣服和鞋子，自己穿上，離開幾步又倒退回來，將那個光頭佬的墨鏡摘下，架到我的鼻樑上，抬頭看了看天，又回頭看看人群，接著一步一個腳印，朝外面走去。

誰知上了大路沒多遠，身後就響起警車的警笛聲，我只是微微側頭，用餘光瞟了一下，就繼續朝前行進，頃刻間便有道晴天霹靂從我身後砸下，直中那車，將兩個前胎瞬間爆掉，車身失控，撞向了路邊的電線杆。但車裡的白人警察仍舊不捨，打開車門衝了出來，在後面遠遠喊著什麼，我連聽都懶得聽，繼續大步朝前走，跟著便有一道細微的閃電，從天而降，觸到他手裡舉著的手槍，那把「點三八」當場被電得掉落於地，同時那白人警察整個人也癱坐到馬路邊，渾身麻痺，許久都沒能緩過神來。

4•

郭家莊園裡，我、郭美琪、周喆、郭品海四人坐在一間會客室裡，他們聽我講完發生的一切，都覺得不可思議。從佛羅里達州的海灘離開後，我先是打了電話給郭美琪，然後一個人回到了這裡，跟他們碰頭。

「不可能是簡赫的人。」郭美琪說，「因為我們在天台暈過去之後，突然出現的直升機是在掃射簡赫。」

我喝了口熱茶，說：「但始終沒辦法肯定，最後到底是簡赫將我帶走的，還是那架直升機帶走我們的。」我放下杯子，「要想解開這個謎團，只有找到簡赫。」

周喆點上根煙，說：「或許我們還可以從這個深海基地來入手。既然你是從佛州東海岸上來的，那GODS就一定在佛州往東的太平洋某處。」

我擺了擺手，說：「我們人手有限，如果追查，一定只能沿著一條線。找GODS基地沒有那麼容易，在海下那麼大片的地方，竟然在媒體上、網路上沒有半點痕跡，這就證明那裡是極為隱密的，或者外人根本進不去的。但簡赫很容易找到。」

郭品海說：「我們可以把簡赫引過來，」

我搖搖頭，說：「恐怕沒那麼簡單，如果是我們主動散布消息引他過來，他一定會想到可能是圈套。」我靠到椅背上，「整件事實在太複雜了，戌者、簡赫、GODS，全都糾纏在一起，但哪個都理不清。唯獨知道了一點，簡清明確實是被簡赫救走的，那些地震也是簡赫弄的。但為什麼後來簡清明又落到戌者手裡了呢？」

「你說你試探過那個范德華？」郭美琪問。

「嗯。所以，我還是傾向於認為直升機掃射的是簡赫沒錯，但簡赫將我帶走交給了GODS；而那架直升機最後救走了妳。所以，這直升機是誰的，又是個問題。」

見我一直面色凝重，幾乎沒有笑容，心事重重，郭美琪握住我的手，說：「你先好好休息一下吧。」

「不，我不累……」

郭美琪仍舊盯著我的眼睛看，執意要我去休息。我不忍讓她擔心，便點了點頭，起身跟她一起走了出去。

5.

熱氣騰騰的水從蓮蓬頭灑下，郭美琪摸著我後背上那些仍未完全退去的傷痕，就像一道拉鍊，拉開後就能脫下撕掉整個皮囊。她不禁心疼地將臉貼了上去，抱住我，說：「眞不知道這些日子你是怎麼熬過來的。」

我轉過身，不再讓郭美琪見到傷痕，讓蒸騰的熱水沖刷後背，摟著她說：「我再也不會讓妳失去我，我會讓他們爲這八十一天，付出代價。」

郭美琪抬頭看著我：「你好像變了，像是另外一個人。」

「也許吧。但我對妳，永遠不會變。」

6.

次日清晨，我很早便醒來，枕著雙手望向天花板，腦子裡一遍遍過濾著這些事情。這時，床頭櫃上的手機響了，是簡訊提醒。我拿起來翻開一看，卻驚見一行字：「簡赫要去亞松森藍洞採不死珠，阻止他，他若得到不死珠，你必死無疑。」最後的括弧裡寫著戍者。

我一把將手機摔了出去，瞬間就變得怒不可遏。自從擁有魔力之後，憤怒就像是嚴重的副作用，時時困擾著我，我變得極爲易怒，這種現象在經歷了GODS的煉獄手術與八十一天的水棺囚禁之後，變本加厲。

郭美琪在夢中被驚醒，問：「怎麼了？」

「又是那個戍者，又是那個該死的戍者！」我一下子下了床，來到窗戶邊，撐著窗台，胸脯大幅度喘息著，望向外面的莊園。

7•

「亞松森藍洞？」郭品海捧著精緻的瓷質咖啡杯問。

我、郭美琪、周喆和郭品海，四人圍著花園裡的一張小桌坐著，討論那一封戍者的簡訊。

郭品海接著說：「你不能再繼續被戍者牽著鼻子了，亞松森藍洞在馬里亞納海溝附近的亞松森島西面，平時是個藍洞，但會週期性產生巨大的漩渦。下面有什麼，最底下通向哪裡，誰也不知道。那裡有個別名，叫死亡藍洞。」

周喆笑了笑，說：「死亡藍洞裡卻有不死珠，這可真有意思。」

郭品海沒有理睬周喆，放下杯子，指著我說：「憑我對海洋研究了幾十年的經驗，你這次如果去亞松森，一定會死在那裡。」

「那簡赫呢？」我問。

「他如果去，一定也會死在那裡。你們都會死。」郭品海嚴肅地說，「不要太過看重魔力，魔力再強，在大自然面前，仍然渺小。」

見我一直不說話，郭品海看了看郭美琪，繼續道：「我不想看到我的孫女守寡，所以我不希望你去。而且，你並不能肯定這個戍者的消息，就一定是眞的。」

郭美琪沒有說話，只是握緊我的手，我明白，她既不想我去冒生命危險，又不想我永遠抱有遺憾，所以只能靜靜地等待我的決定。

我也握緊了她的手，問郭品海：「不死珠到底有什麼作用？爲什麼箇赫如果擁有了，我就必死無疑？」

郭品海聳聳肩，說：「我不知道，這不過是傳說罷了。」

第二十章 不是傳說

1.

「這不是什麼傳說。」蘇家輝低沉道，「你知道我為什麼在那張紙上，將不死水母圈起來了嗎？」

杜志發眼珠子轉轉，道：「我以為您只是需要用不死水母來入藥呢。」

杜志發的車停在一處海邊，蘇家輝將水箱中的那些不死水母倒進海裡，而後說：「入藥？我這樣子，已經不是藥能夠救得了了。我也沒打算活多久……」說著，他掏出一包煙，拆開後遞給杜志發一根，兩人點上，對著大海。

「師父，您能抽煙嗎？注意身體啊。」

蘇家輝抽了一口，就猛烈咳嗽起來，但笑著說：「抽也是死，不抽也是死。我都十幾二十年沒抽過了，但現在我知道，我離死亡越來越近，身體隨時可能撐不住，日子也快過不下去了，所以必須重操舊業了。」

杜志發皺著眉頭，不解地問：「隨時可能撐不住，才更應該多保重啊。爲什麼反而必須重操舊業？」

「人活一輩子爲了什麼？無非就是追尋能令自己快樂的東西。有些人權力能讓他快樂，有些人金錢能讓他感到滿足……這些都無可厚非，人性如此。而我，我是個天生的游蜂，就像你認爲自己的那樣。可是，如果有人逼迫你放棄你喜歡的東西，逼迫你放下你追求的夢想，殺了你的妻子，害你成爲我這副模樣，你會放棄嗎？你會屈服嗎？」

杜志發聽著這番話，一時陷入沉思。

蘇家輝猛吸了一口煙，顫抖著說：「我之所以躲了二十多年，並不是怕了鯤鵬會，而是當時我已經犧牲了愛人，我不能再犧牲女兒。現在，蘇佩已長大成人，我自己日子也快到盡頭了，如果還不出來，恐怕再也沒有機會了。本來，我已時日無多，是否重返游蜂，其實沒有太大意義。但我就是爲了爭一口氣，我就是要讓鯤鵬會的人明白，我不會放棄，更不會屈服，我的東西，我一定要拿回來；我就是要讓鯤鵬會的人明白，他們不是法律，他們不是執法者。草菅人命，必須血債血償！」

即便杜志發沒讀過太多書，但蘇家輝這番話仍是令他大爲震撼，萌生出一種投靠了實力派老大的感覺，不過蘇家輝散發出來的這種霸氣，實在與他那一身土氣裝扮不相配，但這並不影響杜志發對其越來越深的尊敬。片刻後，杜志發問：「您說要拿回您的東西？」

「我之所以將不死水母圈出來，並不是說我要的就是不死水母，而是這些年我一直在想，爲什麼不死水母能夠不死？這直接關係到我要採的異珠，那顆我等了二十幾年的異珠。爲了那顆珠子，蘇佩的媽媽死了，我成了這副模樣。但現在，我要親手將它採回來。」

杜志發心中欣喜若狂，道：「您眞的是要去採珠？那一定是不死珠了？」他低頭想了一會，又道：「難道不死珠與不死水母之間，有什麼關係？」

蘇家輝說：「我年輕時，曾經在不同海域採集了許多燈塔水母，也就是不死水母，作爲研究樣本。這些不同海域的樣本雖然外形品種相同，但差別非常大，大致可以分爲三種。第一種，可以從成熟形態返回水螅型狀態，但只能返回一次；第二種，可以將這種返老還童的過程，循環多次；第三種，沒有返老還童的能力，但是可以一直停留在某一階段，老的一直老，嫩的一直嫩。」

「這麼厲害？」

「但是我們通常撈到的不死水母，只是徒有虛名，因爲有些甚至連一次返老還童都沒辦法達成。」蘇家輝看向剛才倒水母的海邊，「比如你弄的那一箱，如果我沒算錯，一定是沒辦法返老還童的。用這些去研究，只會得出不死水母是假的的結論。」

杜志發眉頭緊皺，說：「可這……這怎麼可能？同一種東西，怎麼會不一樣？」

「我們和楊宣都是人，爲什麼他能呼風喚雨，你我卻是凡人一個？」蘇家輝笑了笑，繼續道：「每個問題背後都有一個答案，只要你眞正潛心去研究。我捕捉到的這三類不死水母，通通是在亞松森藍洞附近，所以我推測，全世界眞正可以實現不死的不死水母的源頭，一定是在那裡，從亞松森藍洞擴散出去的。雖然燈塔水母的原產地並非那裡，但能不死的燈塔水母，一定出自那裡。」他瞧了瞧杜志發：「你聽得懂嗎？」

「我懂，我懂。您的意思是，亞松森藍洞裡，有什麼物質影響了這批水母？」

蘇家輝頓時笑了起來，說：「我沒想到你這麼聰明，竟然直接就猜到了。」他突然嚴肅下來，壓低聲音：「不死珠就在亞松森藍洞裡，一定是不死珠的磁場輻射，讓這些水母產生了這種現象。但不死珠並不是一直輻射的，因爲那裡也並非所有燈塔水母都如此。」

「藍洞裡的其他生物呢？比如魚之類的，也不死嗎？」

蘇家輝幽幽地說：「如果我的推斷正確，那麼應該是這樣的，但你得明白，長生和不死是不同的。能無限返老還童的話，只能算長生，但被人撈上來殺掉，牠還是會死。眞正的不死，必須是無論刀槍棍棒，還是水煮油炸，都沒辦法將其殺死。」

「也就是說，這三種不死水母，到頭來還是沒辦法算眞正的不死？應該改名叫長生水母？」

蘇家輝轉身上了車，杜志發也跟著進去，蘇家輝看著窗外緩緩道：「你說錯了，其實第三種是殺不死的，是眞正的不死水母，但代價是，永遠保持原狀，老的一直老，嫩的一直嫩。」

杜志發愣了愣神，片刻後問：「師父，如果我們眞能採到不死珠，卻因此破壞了能量結界，把地下人給放出來了，那怎麼辦？」

蘇家輝臉色轉陰，轉過來看著杜志發，說：「你的意思是鯤鵬會殺我老婆殺對了？把我害成這樣是我活該？你是這意思嗎？」

「不，不是，我只是害怕地下人出來。師父你說他們那麼恐怖，我們人類不是對手。那如果他們眞出來，全世界豈不是要大亂了？太平日子也沒辦法過了……」

蘇家輝氣得捏緊拳頭，砸了幾下車窗邊緣，說：「你怎麼是這麼個膽小鬼?!」喘了幾口粗氣後，緩了下來：「我實話告訴你，這九顆異珠，如果我們不採，遲早也會有別人去尋找、去採。雖然鯤鵬會現在看起來很強大，但自從游蜂這個職業出現，他們就註定是白費心血。」

「爲什麼？」

「因爲他們對抗的是人性，是貪婪。一個游蜂是可以被他們殺死，但只要異珠的祕密傳播出去了，全世界就會有千千萬萬的人，想方設法去找、去採。鯤鵬會面對的是整個世界的貪婪，怎麼可能贏？我們不去，那就會有簡家游蜂營的人去；簡家被滅，那還會有川野家的去；哪怕這些人全都死光了，他們原本的屬下、屬下的朋友，任何知道關於異珠祕密的人，都會繼續傳播，都可能去採。所以地下人早晚有一天會出來的。誰也改變不了這個結局，早晚而已。」

杜志發更難以相信了，結結巴巴地說：「難道是我們自己給自己挖了墳墓？」

蘇家輝說：「不是我們，而是人類。地表人正在自己給自己挖墳墓，但全世界百分之九十九點九的人都不知道，還以爲世界眞美好，生活眞美妙，見鬼去吧！這一切全都源自貪婪，貪婪是沒辦法剷滅的，因爲這就是人性。」最後他用手指頭指著自己：「我不是個貪婪的人，但在這個被貪婪充斥包圍的世界，不可能潔身自好。好比一瓶清水裡只要滴進一滴墨水，整瓶水就會全部被沾染。所以即使我們不去，也會有別人去。」

杜志發茫然若失地發動汽車，失魂落魄地說：「我們死定了？」

車開了起來，蘇家輝嘆了口氣說：「誰知道呢？但無論如何，我們掌握了整個事件的先機，我們知道最隱密的眞相，所以如果世界要滅亡，我們一定會是最後死的。這已經很不錯了。但在此之前，還是讓我們從長計議，在這個貪婪的世界中，爲自己好好生活。」他做了個意大利人似的雞爪手勢，頓了頓後又說：「以後，也許就只能活著了。」

2.

「你最近跟我爸都在忙些什麼？神神祕祕的。」蘇佩雖然沒有穿杜志發買的那些名牌，但整體來說，比以前年輕了不少，至少不怎麼像書呆子了，像個可愛的大學女生。

杜志發出神地看著她，有那麼一會，他在心底覺得這女孩其實挺好的，找個這樣的很貼心，但一想到最開始的時候，自己純粹是爲了利用她，不禁有些羞愧，於是低頭吃了一小塊牛排，說：「我跟妳爸可能要出海了。」

這是家挺有名的西餐廳，尤其牛排很不錯，杜志發最近總是約蘇佩來用餐。

「出海？沒搞錯吧？他的身子可受不了。」

「沒辦法，他自己執意要去，我勸不住。」杜志發看看蘇佩，「如果我們走了，妳就住在博物館吧。」

「爲什麼？」

「妳一個人在家，我……我不放心。」

蘇佩的臉立刻泛起紅暈，手裡的刀叉停了下來，怔怔地說：「你以前要是這樣就好了。」

杜志發眨眨眼，問：「怎麼了？我以前不好嗎？從認識妳開始，我一直是這樣的啊。」

蘇佩似乎沒聽見，兀自沉浸在歡悅中，問：「你可以把頭髮剪短嗎？我喜歡短頭髮的你。」

「妳見過我短頭髮嗎？」杜志發笑著問。

「可以嗎？」

阿發點點頭，說：「好吧，好吧，就依妳。雖然我現在心裡可是在滴血。」

蘇佩握住杜志發的手，說：「我心裡滴的血，比你的多。」

這時杜志發不知該說什麼好，覺得氣氛似乎偏了，於是話鋒一轉，說：「對了，九淵有沒有船啊？」

「什麼船？」

「就是能夠出海的船，我和妳爸不能游出海啊。本來想搭貨輪，可也沒那麼湊巧的，即使有，人家也不賣票。所以現在想租一艘，如果九淵有，那我就去找麥教授租，說不定還能先賒帳。」

「九淵確實預訂了一艘萬噸級的科學考察船，不過還得再過大半個月才能完工。」

這讓杜志發有些驚訝，不禁問道：「萬噸？多少錢？」

「包括整艘船的各種設備在內，特別是深海裝備，總造價十億。」蘇佩說。

杜志發低頭大口吃牛排，一副恨恨的表情，說：「麥教授這老傢伙，怎麼這麼多錢？」

「什麼？」

「沒什麼，隨口說說而已。我還是另找門路吧。」

蘇佩笑了，說：「先不說麥教授本身有多少錢，你以爲他光會花錢，就不會賺錢啊？他會固定週期整理他收藏的那些異珠，將純珠寶價值的剔除出去，委託佳士得拍賣，跟最初的收購價格比，都漲上萬倍。不過這些錢不歸他。」

「笑話，不歸他歸誰？難道歸我？」

「拍賣所得的錢，都屬於博物館啊，他早就將博物館捐給麥氏基金會了。而買船的錢也是博物館出的，所以船也不歸麥教授所有，屬於博物館。」

杜志發吃完牛排，有模有樣地用餐巾擦了擦嘴，接著往後一靠，蹺起二郎腿，說：「我是搞不清楚這些，弄那麼複雜幹嘛？我只知道採珠、賣錢。」

蘇佩努努嘴，知道杜志發沒什麼學問，於是回到原來的話題上，說：「這艘船同時也是給山海大學的海上教學實習用的，而且是眞正的全海域等級科學考察船，包括極地冰區海域，因爲它的破冰技術和設備也是一流的。」

「再厲害也輪不到我，我還是找老哥們去。」

3.

「杜先生，梁總他正在會客，請您稍等一下。」圖靈公司的前台員工對杜志發說。

「沒事，沒事。」杜志發手裡捧著接待人員給他泡的茶，看著忙碌的人群。

過了一陣子，一胖一瘦兩個中年人，戴著墨鏡，其中一個還背著個背包，從梁丕的辦公室裡走了出來。

杜志發朝前台美女笑笑，然後與那兩人擦肩而過，過去後還回頭看了看，一進辦公室就問：「老梁，那兩個人找你幹什麼的啊？」

「您可以進去了。」

梁丕點上雪茄，做了個手勢，說：「先關門，拜託……客戶囉，還能是什麼人？」

「我是問他們是幹什麼的？看起來不像好人嘛。」

梁丕走了過來，說：「幹我這行有個規矩，就是不要過問客戶背景。我只是單純出售地圖路線資訊，至於他是科學考察隊的，是軍方的，是盜墓的，還是你們游蜂，又或者是蛇頭，抑或走私犯，都跟我沒關係。」

杜志發也點上自己的煙，大搖大擺往沙發上一坐，轉頭又看了看門外，說：「我看那兩個傢伙，就是盜墓的。」

梁丕坐到自己的老闆桌後，呵呵笑了起來：「實話告訴你吧，他們是一家網路公司的，準備開發一款地圖軟體，就跟那個汽車導航類似。」

「那找你幹嘛？」

「他們的收費版本中有一款是針對海洋探險的，你知道的，一般地圖陸地資訊那是清楚無比，連條小路都有，但一到水上海裡就是瞎子摸象。所以他們來找我合作，提供海洋水路航線，以及海底與水底各處險要地形、探險聖地等資訊，還有對應的氣象、水文狀況。」

杜志發晃了晃腦袋，說：「老梁，看來你這生意是越做越大了啊，都跟IT結合了。」

「咳，核心還是地圖。找不到地方，來問圖靈！」梁丕笑著說完，看了看杜志發，忽然問：「哎？我這才發現，你怎麼把頭髮剪了？」

「太熱，剪了涼快，呵呵。」杜志發應付著說，然後故意轉換話題，「對了，老梁你掌握的核心的那些地方，可不能告訴他們，要是在軟體上標注出來，就沒人找你了。」

「咳，你以爲我是傻子。地圖上的只是那些陌生的戶外探險聖地，比如各種藍洞的位置，比如鯊魚海岸……」

「等等，你說藍洞？」

「是啊。」

「那你知道亞松森藍洞嗎？」

「當然知道，死亡藍洞嘛。怎麼，你打算去？」

杜志發嘆了口氣，說：「老哥，我確實打算去一趟，但苦在沒船，所以來找你問問。」

「你要船？但我又不是做國際海洋貨物運輸的，哪有船呢？」

「咳，老梁你神通廣大，肯定有門路。要不然，你平時去那些地方實地勘測，到哪裡找船呢？」

梁丕顯得有些爲難，左手撐著下巴，夾著雪茄的右手手指在桌上敲了片刻，說：「你如果是想到死亡藍洞裡面，靠普通的船是不行的。」
「萬噸的貨輪或者科學考察船都不行？」
梁丕搖搖頭，說：「如果你只是像我一樣，到藍洞附近查看一下，那麼就算只是普通的遠洋漁船都可以；但如果是要進去，連航空母艦都撐不住，因爲亞松森藍洞會起漩渦，非常恐怖，一旦開始，就會像黑洞一樣，將周圍海域的一切，全都捲進去，所以才叫死亡藍洞。」稍微頓了下：「你有合夥人嗎？難道他沒告訴你這些？」
「他只說要找艘船。說不定他是想到了那裡之後，再潛水下去。」
「潛水？」梁丕笑了笑，「你知道那裡有多深嗎？據說死亡藍洞最底部還在馬里亞納海溝之下，光是馬里亞納海溝就有超過一萬公尺深，怎麼潛？除非楊宣在某種極端情況下，激發了潛能，說不定還行。像我們普通人下去的唯一辦法，只有乘坐深海潛水器，而且到了下面之後，還不能從潛水器裡出來。」
杜志發一臉絕望，癱倒在沙發上，滿腹心事地望向天花板。梁丕繼續說：「你合夥人是誰啊？怎麼這麼草率。眞以爲隨便找艘船，去旅遊呢？」
「其實他沒讓我找船，他只是說得要一艘船。但我覺得他自己找不到，所以才來問問。」
梁丕豎起指頭，指向杜志發：「我明確告訴你，只有兩條路——第一條：趁沒有漩渦時，乘坐深海潛水器下去；第二條：趁有漩渦時，鑽進汽油桶裡下去。但是，前一條，那不是一般人能辦到的，而且即便下去了，你也出不去，等於白忙一場；第二條嘛，我覺得比第一條還不可靠。」

4.

「誰讓你去找船了?!」蘇家輝站在一間倉庫前，很惱火地質問杜志發。

「我……我想幫點忙。」

蘇家輝掏出鑰匙，打開了倉庫門，說：「最大的幫忙就是我說什麼，你做什麼，不要自作主張。」回頭又盯了杜志發一眼：「我們之間的事情，以後不要再跟別人說，不管他是誰。」他再看了一眼，「你怎麼把頭髮剪了？」

「這樣不是比較有精神嗎？」

「像隻禿尾巴公雞，太嫩。原先那樣挺好。」

「您不是說原來那樣像混混嗎？」

門打開了，蘇家輝朝裡走，道：「此一時彼一時，現在你我是要出去闖蕩的，當然得狠點，至少看起來得唬得住人才行。」

杜志發啞口無言，沒說這是你女兒要我剪的，不過心裡倒是挺得意，因爲這是頭一次有人說自己原來的髮型好，證明自己的設計還是有價值的。

進去之後，蘇家輝打開燈，杜志發四處看看，感覺只是個汽車修理廠。兩人繼續往裡走，來到東北角，蘇家輝很吃力地推開一個鐵皮箱子，然後掀起地上的一塊鐵板，下面竟然露出個洞口來，似乎是間地下室。

下到地下室，開了燈，是那種迷幻的偏藍色的燈光，就像是水族館或者爬行寵物店。屋裡堆滿了各種箱子，裡面飼養的東西，讓杜志發看得心驚膽戰，有色彩恐怖的蛇——碧綠的竹葉青、白化的黃金蟒等……，還有各種蜥蜴和蜈蚣，另有一面牆壁前，堆著四五個水族箱，裡面的東西正是燈塔水母。

杜志發指著說：「師父，這就是您說的那種眞正的不死水母？」

「我可以讓你親眼見識一下。」蘇家輝撈上來一勺，放到工作台上的水池裡，然後打開一隻箱子，裡面放滿了各式各樣的器材，就像是手術器具。他戴上橡膠手套，從中抽出一把非常鋒利的小刀，和一個極長極尖的鑷子，最後戴上一個單眼放大鏡，用鑷子夾住一隻燈塔水母，放到一台儀器的平板上面。然後他摘下單眼放大鏡，將儀器柱子上的放大鏡旋轉到自己面前，這樣自己和杜志發都能看清楚操作台平板上的一切。

接著，蘇家輝放下鑷子，拿起那把細刀，透過放大鏡將刀鋒移到不死水母上面，停頓了片刻，然後俐落地切下，鋒利的刀刃很輕易地便劃進了水母的身體。

杜志發不禁小聲說：「切成兩半了！」

蘇家輝沒有說話，拿開手術刀，剛才明明已經一分爲二的水母身體，此刻隨著刀刃的抽離，竟然又合二爲一，而且那個過程快到無縫接軌，肉眼根本看不出是由分離再結合的，只覺得就像是將刀插進米堆，抽出刀身後，米堆仍然完好。接著蘇家輝如法炮製，橫豎各切一刀，按理說應該已經切成四份，可第一刀切下拿起來時水母完好，第二刀切下拿起來時，水母仍然完整，這水母彷彿一堆空氣，無論你怎麼刀劈斧鑿，牠就是不傷絲毫。

「這才叫不死！」蘇家輝將刀扔到一旁，然後把那勺燈塔水母都倒進一隻廣口玻璃器皿裡，倒入水，下面點燃酒精燈。等到水開後，用放大鏡在側面一看，無論裡面的水如何翻滾沸騰，那些水母就是安然無恙，而且不停游動，以保持平衡。

杜志發算是眞的大開眼界，驚得說不出話來。蘇家輝將水母倒回原先的水族箱，摘下橡膠手套，說：「這個世界上，有些東西，是常人無法接觸到，更無法理解的。但這些，才是這個世界的眞相和祕密。絕大部分的人，都是劇場裡的觀眾，只看到舞台上的表演。而我們，才是能夠窺視幕後的人。」

「師父，這些東西您都是怎麼知道的？師爺傳給您的？」

「我父親是大學物理教師，跟游蜂完全無關。我也沒有師父，一切全憑自己摸索。」

「這也行？爲什麼我沒人指導就瞎子摸象，什麼都幹不了？」

蘇家輝笑了笑，說：「每個人的任務不同，有的人生來是爲開闢事業，有的人生來是爲繼承發展事業。前者，老天自會讓他明白該明白的一切，只要他肯鑽研，有耐心，最重要的是一定要有悟性；後者，老天自會讓他遇到，傳他事業或衣缽的人。」沉吟了片刻：「這兩種人，都是天命之人。」

杜志發眼神中閃爍著激動，但又夾雜著心虛，顫悠悠地問：「我……我也是天命之人嗎？」

蘇家輝一手搭在杜志發的肩膀上，一手比劃著說：「做人，永遠都不要妄自菲薄，永遠要覺得自己是個人物，哪怕你現在卑微如狗。你、我，都是天命之人，我們必定能做出一番事業來！」

杜志發沉浸在巨大的激動中回味著，蘇家輝一邊給那些嚇人的動物投食，一邊繼續道：「藍洞起漩渦的日子快到了，我們今天下午就得出發。」

「漩渦？我們怎麼下去？」

「坐船下去。」

「坐船？」杜志發難以置信，「梁丕說不管什麼船都抵不住漩渦，連航空母艦都撐不住。」

「我們不坐航空母艦，我們坐鬼船！」

第二十一章

馬里亞納

1.

右手舉在眼前，與常人無異，但倏忽抖動之後，就變戲法般出現了柄赤氣短劍，握在掌中。我再轉頭看向左手，同樣普通平凡，可隨著一念心生，裊裊赤氣便從掌根與掌心透出，斜向虎口方向騰起，最後化爲同樣一柄短劍。

雙劍交叉，劍身上騰起的烈焰，如霧又如沙，雖然幾乎看不清刀鋒，但刺死Kraken、擊退鯊魚群的經歷，表現了它們的銳利。

「知道我是怎麼想的嗎？」郭品海在一旁問，我們此時正在郭家的一間練功房裡——莊園裡唯一的一處中式風格場所，「你這氣劍，一定是龍牙引起的。」

我收起雙掌氣劍，說：「龍牙？爲什麼？」

「你想啊，中國自古就有以龍牙爲兵器的說法，最常聽說的就是龍牙匕首、龍牙劍，等等。可是我一直很疑惑，龍牙做成的兵器，當眞那麼好用嗎？畢竟終究只是骨頭，做成兵器的話，象徵意義大過實用意義。」

「你的意思是，眞正的龍牙兵器，是由龍牙中所蘊含的能量化成的，並非以龍牙爲原料製作出來的？」

「沒錯，這樣就解釋得通了。能量可以具體物化，說不定不同的龍牙，物化出來的實體形態也不盡相同。」

「也就是說，不是所有龍牙化出的兵器都是我這種赤氣雙短劍？」

「顏色不同，形態不同，說不定連類型都會不同，甚至有些化出來的就不是兵器。」郭品海摸著下巴想了一下，「可能龍牙的品種，是決定因素。當然，這些只是我的猜測，在沒有第二個人有同樣情況出現前，一切都是未知數。」

「難道這些龍牙的能量，天生就能化出各種兵器？」

「中國有句詩，叫作文章本天成，那麼可能兵器也是本天成的。世間先有神器，然後祖先們才照神器的模樣，開始打造兵器。就好像，也許是先有十獄閻殿，然後世間才有了關於陰曹地府的傳說。」

到這裡爲止，我總算對這突然出現的氣劍，有了初步的摸索，雖然郭品海也只是猜測，但至少能解釋得通，那就是龍牙的能量被我吸收到體內後，可以具體物化呈現。至於出來的東西，到底是兵器，還是別的？到底全都是短劍，還是各式各樣？到底一共會有多少種形態？目前看來誰都不知道。唯一的推測是——龍牙的品種，是決定因素。

而對氣劍的實際運用，那些日子我潛心摸索後，倒是越來越熟練，幾乎就是熟能生巧、自然而然。只要你想，它就能出現。而在那之前，我從沒有眞正去想過，因爲壓根就不知道有氣劍這碼事。直至遇到Kraken時，非常迫切地渴望有把趁手兵器，才好將牠殺死，從前面的講述中大家也能看到。所以，氣劍直至那時才出現。

至於水下呼吸等能力，屬於龍血體質的潛能，潛能的出現是最難的，也可以說是最容易的，但或許眞的沒辦法透過某種途徑，主動去獲得。能不能出現？何時出現？出現哪種形式？全憑天意。或者也可以用這麼一句話來表述——它該出現時就會出現，命運是絕對因素。

「替它取個名字吧？」郭品海說。

「什麼？替誰？」

「你的赤氣雙短劍。古今中外，但凡寶劍，都會有自己的名字。恐怕世間刀劍，再沒有比得上你這個的了。」

我想了想，說：「就叫信仰之刃吧。」

郭品海笑笑，問：「有什麼含義嗎？」

我說：「我在GODS最痛苦的時候，曾對神許願。也許那只是精神崩潰時的胡言亂語，但不可否認，隨後一切痛苦便都停止了。人有時很奇怪，別人不以爲然，覺得只是巧合，但你自己心裡清楚，事情就是那樣；你會深信不疑，那一切都是神所安排。所以，我得永遠記住對神許下的誓言，那就是我的信仰。」

郭品海若有所思地點點頭，說：「信仰之刃。」

我離開椅子，走上前去，繼續打起沙袋。魔力和氣劍雖然厲害，但肉體與身手，在交鋒時還是占有重要地位，某些極端情況下，甚至是決定性因素。

「我還是決定要去馬里亞納。」我邊揮著拳，邊對郭品海道。老頭站起身，張嘴準備說什麼，但最後沒說，不過臉上分明寫著焦急與無可奈何，最後乾脆走出了房間。

我扶住沙袋，看著他的背影，沉默了片刻，然後又繼續踢打起來。

2.

夕陽的餘暉灑遍莊園的草木和建築，但那種西洋式的美景，還是讓人無法眞正享受。因爲在我眼裡，傍晚寧靜的山村披上一層薄紗，幾縷炊煙裊裊升起，鷗鷺掠過晚霞下的湖面，獵戶們帶著諸般野味下山，身後一群良犬相隨……那樣的意境，才是我喜歡的。

我和郭美琪將行李放進車廂，然後上了車。周喆坐在駕駛座，將車發動，載著我們出了莊園。

「你要跟我們去馬里亞納嗎？」我問周喆，「如果不去的話，可能以後就沒法再雇你了。」

「去那裡會死嗎？」他問。

我怔了一下，說：「可能會。」緊接著又補充道：「而且可能性很大。」

「那我想去。」周喆回了一下頭，「可以嗎？」

郭美琪很費解地問：「爲什麼？」

「也許是活膩了吧，我想瘋狂一次。」周喆笑著說。

「你可得想清楚，楊宣不是開玩笑的。」

周喆點點頭，抽了根香煙，打開車窗，說：「我這輩子一直都只是活著，但從來沒有過生活。我眞的厭煩了。如果能瘋狂一次，至少會讓我覺得，我他媽還是個人。」

過了會，周喆反問：「楊宣，你有沒有想過，萬一那封簡訊是假的，簡赫根本沒有去呢？」

「如果他沒去，那我就自己把不死珠採了。這樣的東西不能落在別有用心之人手裡，否則扔在那裡，我永遠不放心，萬一以後有人去採呢？但如果簡赫去了，我會讓他付出代價的。」

周喆笑笑，搖搖頭：「活了幾十年，到今天才發現，這個世界我根本不認識。」

3.

薄暮下，我們的汽車駛進了波士頓港康納碼頭，那裡是郭家的IG集團（Inside Ground Group）旗下傢俱業務的運輸集散點之一。IG這個名字很奇怪，是郭品海取名的，因爲他們家是做林業生意的，所以他用Inside Ground表達樹木紮根進土壤裡的意思，也代表公司生命力的頑強。不過如果不是郭美琪解釋，單看英文，我是覺得挺難懂的。

別家公司在運輸方面可能都是與航運公司合作，但郭家卻是自己擁有船隊，不但有船隊，還承攬除了自家需求以外的運輸業務。（幾年之後，美國另外一家公司，也開始使用與IG相同的策略，不再將貨運業務委託協力廠商運輸公司，而是成立了自己的物流部門。依我看，這種模式可能還會在世界範圍內擴散。）

但那些貨輪普遍太大，很多都是超過七點六萬噸的，只能繞到合恩角進入太平洋，而且速度也慢。所以郭美琪安排了一艘小型輪船「飛龍」號，大約一百公尺長、三十公尺寬，載重五百噸，採用兩台GE（美國通用電氣公司）的LM2500燃氣輪機做動力，既可以使用柴油，也可以使用天然氣，最高速度可達五十節，相當於每小時最快能有一百公里。

這次航行的船員是按照最低標準規定的，約六十人，雷達系統和防禦系統就不說了，最重要的是，它配有深海載人潛水器。

第一眼看到飛龍號時，大大出乎我的意料，因爲簡直船如其名，概念感極強，有種氣墊船或者飛船的感覺。船身上有條飛龍的標誌，後面噴著IG- Ptero字樣。

雖然郭品海不同意我去亞松森藍洞，但因爲郭美琪執意要跟我走的緣故，所以最後他兒子郭應鈞不得不同意，派出這樣一艘船。在踏上甲板之後，碼頭又駛來一輛車，是郭品海特意派來的，兩名保鏢模樣的男人，提著幾隻大箱子上了飛龍號，在我們面前打開，裡面滿是各種新奇玩意。

郭美琪蹲下來，欣喜地查看著，說：「我就知道爺爺會支持我們的。」

周喆拿起一種貌似雷射測距儀的東西，問：「這些都是什麼？」

「你手上的是磁場觀望鏡；這是時間、指北二聯表，專門在超深度水域使用的；那是深海探照燈；還有可攜式深淵級通訊系統……」

我驚訝地看著這些，問：「你爺爺很厲害啊。」

「他一輩子都在做水生生物研究，這些東西都是他們科學考察團隊研發的。我小時候經常跟他們下海，還坐他們的潛艇去過幾次北極呢。」

半小時後，船緩緩離開了港口，天已經全黑。我站在船頭，扶住欄杆，看著漸漸遠去的城市燈火，腦海中不停閃現這些日子的片段，獨自喃喃地說：「如果讓我得到不死珠，終有一天，我會令這個世界再無黑暗……」

4.

深夜的海空，無數星星像各式寶石般鑲嵌在天上，大大小小，紅白橙藍……我躺在甲板上，陶醉於這美景，郭美琪走過來，在旁邊坐下，說：「還不回去休息嗎？」

「小時候的夏天夜裡，天上的星星就跟這一樣，銀河眞的就像一條飄渺的河，倒懸在天空。不過長大後，幾乎就看不到星星了，都快忘了繁星滿天的感覺。這裡眞美，讓人百看不厭。」

郭美琪也躺了下來，緊靠著我，同樣看了一會夜空繁星後說：「你說我們冒這麼大的險，到底圖什麼？」

「那妳當初爲什麼要跟我一起去十獄閻殿？」

「因爲我喜歡水下的一切，我喜歡探險。」

「那就是了。妳如果不做自己喜歡的事，雖然可以生活得很好，衣食無憂，但妳會空虛，會迷茫，那樣的一輩子只能叫活著。但妳不願意僅僅是活著，妳想要生活，想要爲自己而活，所以才會去中國找麥思賢。這也是周喆要過來的原因。」

郭美琪撐起身子，轉向我說：「你現在眞的很不同，我偶爾會胡思亂想，你是不是被人調包了？」

我苦笑著說：「這段時間，我想了很多，對人生也看清了很多。其實與周喆相比，妳還有不同，那就是因爲我。這次的風險遠比十獄閻殿大得多，妳原本可以不跟我來的。至於我自己，我沒得選。」

5.

船停泊在湛藍的太平洋上，不遠處的亞松森藍洞，從天空看下去，就像一隻幽藍色的眼睛，深邃無比。如果再往西邊去，便是舉世聞名的馬里亞納海溝。

雖然我自小生活在濱海城市，但這裡的無敵海景，確實不是一般地方可以媲美的。海水就像淺藍色的水晶，晶瑩剔透，極爲純淨。白雲彷彿因爲過於飽滿，而承受不住自身重量，低低地墜在天邊。視力所及範圍內，除了偶爾劃過天空的海鳥，幾乎空無一物，唯有無盡的藍白色與和煦溫暖的海風，你會感到自己置身塵緣之外，拋卻了世間所有煩惱和羈絆。

郭美琪和周喆帶著幾名船員，在甲板上替我準備潛水器材。「你確定不要氧氣瓶嗎？」郭美琪問。周喆勸著：「還是帶上吧，權當備用，以防萬一也好啊。」

我戴完頭罩、穿好潛水服和腳蹼等，說：「不用，帶了反而是個累贅，放心好了，沒事的。」

雖然不再使用氧氣瓶，但我在背部相同的位置，攜帶了特製的深海探照燈以及深淵級通訊系統。另外，雖然亞松森藍洞處於熱帶，但如果要下潛很深的話，水溫最低會達到攝氏零度，所以穿的是防寒潛水服。腰間還加掛了一塊二聯表，訂製品，密封及抗壓度足夠抵達一萬公尺海底，而且郭美琪他們可以在船上測定到我的即時深度等資料。至於潛水電腦和那些深度、壓力錶之類的，在這種條件下，幾乎全都沒用。

最後，也是最重要的，將磁場觀望鏡固定在攜具的胸部位置。游蜂的望氣術，是根據密傳法門進行修煉，以擁有憑肉眼即可觀望龍氣，判斷龍之所在的能力。而龍氣的本質其實就是磁場，因此郭品海的研究團隊，憑藉科技手段，據此發明了磁場觀望鏡，外表看起來類似雷射測距儀。有了這個，下去之後便不會瞎子摸象，就能像當年簡清明一樣，到了十獄閻殿，直接衝著龍穴而去。

我的目標很可能是一萬公尺。一萬公尺，比喜馬拉雅山的海拔都高，這世上沒人像我這樣靠潛水下去過。而郭美琪和周喆，則會在我下水後，開始準備深海載人潛水器。等我摸清下面的實際情況，就會通知他們，然後視情況上去跟他們碰頭，或者在中途某處等他們。

臨下水前，郭美琪一如既往叮囑我：「慢慢來，一有情況不對，就上來，畢竟這麼深，你自己都沒試過。」

大概是水下呼吸和水下嗅覺等能力給了我極爲強大的自信，我根本感覺不到恐懼，親了郭美琪的臉頰一下，然後將面鏡戴好，果斷地跳進了海裡，開始朝藍洞深處游去。

第二十二章

大明混一

1.

長江邊的一處碼頭上，立著一老一少兩人。老的穿著件舊款長袖襯衫、西裝褲、運動鞋；少的一身黑色行頭，脖子上掛條大金鏈子，頭頂小禮帽。

「師父，你說我剪了頭髮不好，唬不住人。」杜志發看了蘇家輝一眼，「但您這打扮，不是更唬不住嗎？眞的是太土了。運動鞋怎麼能配西裝褲呢？」

蘇家輝朝杜志發看看，然後又回頭望向江面，沒好氣地說：「我們那個年代，能穿這一身，已經很體面了。」

「這都二十一世紀了，還您那個年代呢。您是躲了二十多年沒出來，但社會可是一直在發展啊。」

蘇家輝瞪了他一眼，像是生氣了。杜志發便不再說話，點上一根煙解嘲般朝別處看看。

這當口，一艘江裡跑運輸的船靠了岸，船舷上的名字怪得令人發笑，叫「蝦米」號。

杜志發念著：「蝦米號？」哈哈大笑起來。兩人踩著艞板上了船，進到艙裡。一個五十多歲的男人跟蘇家輝握了握手，然後輕輕擁抱了一下，說：「老蘇，好多年沒見了。」

「是啊，老鬼，太久沒見了。」

兩人坐下，點上煙，那個老鬼遞給杜志發一根，問：「這是？」

「是我徒弟，阿發。」

「小夥子很精幹啊。」

蘇家輝笑了笑，說：「嗯，不錯的。」

「這次有什麼計畫？」老鬼問。他的名字叫桂清暉，年輕時在大輪船上做輪機長，行內一般將輪機長稱爲老鬼，而他又姓桂，所以這外號「老鬼」也就比較恰如其分了。

「我們想去找那條鬼船。」

「東海上那條？『大明混一』號？」

「嗯。」

前一天蘇家輝說了鬼船兩個字之後，就閉口不提，所以杜志發憋了一肚子疑問，說：「我好像聽說過『遠大目標六號』之類的，屬於十大鬼船。」

老鬼說：「那些只不過是空船，人無法解釋船員去哪裡了而已，其實沒什麼用，就算賣廢鐵都值不了幾個錢。」杜志發撿個地方坐下，問：「那你說的這個大明混一號是什麼情況？」

老鬼說：「世界上，確實是存在鬼船的，只要你跑船的時間夠長，肯定就會聽說，甚至會自己見到。這些船，在特定的時候，就會在各自特定的水域出現，但是經過一定時間之後，又會神祕消失。所以你說的什麼十大鬼船，都是不懂的人胡扯的，那些就是空船而已，船員的去向嘛，很簡單囉：被海盜殺了；起了內訌；因爲貨物丟了，怕老闆追究或者坐牢，棄船跑了，可能性太多了。跑船航海，最大的特點就是太多可能，讓人猜不透。」

杜志發點點頭：「聽起來有點道理。」

蘇家輝在一旁輕聲說：「眞正的鬼船不是那樣的。大明混一號，才是條眞正的鬼船。」

「地下人的？」杜志發問。

老鬼愣了一下，奇道：「地下人？什麼地下人？」

蘇家輝馬上扭頭用很驚訝的目光朝杜志發看去，沒料到他會突然說這個。杜志發見狀，知道老鬼可能並不知道蘇家輝告訴自己的這些，趕緊改口說：「沒什麼，沒什麼，你繼續。」

老鬼接著說：「明朝的時候，永樂皇帝朱棣派鄭和下西洋，船隊裡最大的一些船稱爲寶船。最大的船有多大？」他朝杜志發看著，「你知道嗎？最大的尺寸，足有一百五六十公尺長，五六十公尺寬，萬噸等級。」

杜志發聽了，覺得不可思議，說：「眞的假的？那可是明朝時期，這麼大的船怎麼可能？」

蘇家輝道：「不要自己沒見過，或者沒聽說過，就覺得不可能。鄭和那時候的航海技術，是全球頂尖的，他的艦隊到第一次世界大戰之前，都無可匹敵。哥倫布船隊只有三艘帆船，最大的一艘叫『聖瑪利亞』號，才一百噸，只有鄭和寶船的百分之一，就是航空母艦與小帆船的比例，而鄭和出海的艦隊最多時有兩百多艘船，幾萬人，簡直讓人難以想像，那竟然是發生在明朝的事情。」

老鬼說：「在鄭和下西洋之前，明朝就已經繪製了世界地圖，叫作大明混一圖。而老蘇想找的這條船，因爲見到的人都說船身上寫著『大明混一』四個字，並且又是木質扇形帆船，所以老水手都猜一定是當年鄭和下西洋船隊裡的寶船龍頭。爲什麼叫龍頭呢？因爲這大明混一號的體積，比最大的寶船還要巨大，簡直要嚇死人，光線不好時，遠遠看去會誤以爲是座浮島。」

杜志發越聽越覺得玄，說：「等等，等等，這明朝鄭和船隊的船，怎麼會到現在還存在呢？而且一直沒被人發現？」

老鬼說：「你要問我爲什麼明朝的船能一直存在，我不知道。但若論發現，可不是只有我們知道，在東海捕魚的漁民，很多都知道。這艘大船出現的時機不定，但基本上都出現在在上海到日本九州之間的東海海面。」

蘇家輝對著杜志發瞟了一眼，同時含含糊糊地說：「鬼船嘛，不死啊……」

杜志發頓時明白了，但心裡有些嘀咕：早知道這不能說，那不能說，幹嘛不早點告訴我？但又問：「可這是艘木頭帆船，就算能弄到手，又有什麼用呢？我們要的是鋼筋鐵骨，大海輪。」

老鬼喝了口水，說：「小兄弟啊，你仔細想一想，那可是明朝的船，能完整保存到現在，並且還好端端地在海上航行。以現在的造船技術，哪家造船廠敢保證自己的鋼鐵船能用六百年？這簡直就是神級船啊！我要是有這麼一艘船，別人就算拿航空母艦跟我換，我都不換。」

到這時，杜志發總算明白了蘇家輝說的那句「我們不坐航空母艦，我們坐鬼船」的含意。如同黑洞一般的漩渦，是任何鋼鐵船隻都撐不住的，但這鬼船搞不好可以，因爲它都航行六百年了，還不死不沉。

蘇家輝踩滅煙頭，說：「那我們就來訂個計畫吧。老鬼你說，這事怎麼弄？」

桂清暉從口袋裡掏出個本子，打開來看了看，說：「雖然鬼船出沒時間不定，但我長了個心眼，這麼多年來一直在打聽這船的情況，所有自稱見過這船的漁民，我大致都去瞭解過並記了下來，然後將出現的地點，以及出現的海域，進行了整理綜合對照，竟然發現了規律。」

「能不能在這個月之內遇上？」蘇家輝問。

「能，沒問題。我可以保證，有一次我都差點把那艘船弄到手了。」

蘇家輝朝杜志發看看，然後說：「老鬼，我二十多年沒有採珠了，你也知道的。所以，現在沒錢給你，但你如果相信我的爲人的話，我可以給你個承諾，只要我能帶著珍珠活著出水，你可以抽成十分之一，作爲這次找鬼船的酬勞。成不成？」

老鬼闔上本子，略微掂量了片刻，最後說：「行，老兄弟，你說了算。」

2.

東海的景象與杜志發自幼熟悉的南海，很不相同。前者就像是一個城府很深的宰相，陰鬱著面孔；而後者則像是性子暴烈的大將軍，喜怒鮮明。

直到眞正出了海，老鬼才說出他的具體計畫。那天在船艙裡，老鬼又翻出專門追蹤記載大明混一號出沒資料和線索的本子，說：「根據我的調查，大明混一號的航線幾乎是呈直線的，給人一種似乎卡在某道縫隙裡，怎麼也出不來的感覺。因爲它的扇形帆總是斜迎南風或北風，按照帆船操作來講，這是一種強力轉向狀態，也就是這艘船是想偏離現在的東西航線的，卻總是無法出來。」

杜志發說：「哎呀，老鬼，你這麼一講，我怎麼覺得有點恐怖啊。這大活人要是卡在下水道裡出不來，那不得難受死。」

桂清暉說：「嘿，這跟下水道有什麼關係？別打岔，好吧？」然後繼續說：「出現時間其實很有規律，應該是每個月，農曆月份的三十。」

蘇家輝皺著眉頭說：「這個不太可能吧。如果每個月三十都會出現，不早就成爲一大奇觀了嗎？就跟海市蜃樓一樣，多少人搶著看呢。」

桂清暉說：「雖然每個月的三十都會出現，但你得想想，出現的地點卻是不一樣的啊，這艘船可是在不斷航行的。本月的三十在這裡出現，下個月的三十就換地方了，一般人是摸不透它的出現地點的。」

蘇家輝若有所思地點點頭，問：「那你研究出來的出現地點是什麼？」桂清暉說：「按照我的推算，大明混一號每十二小時，前進一百一十海里。比如這個月的三十出現在這裡，那麼下個月的三十就會出現在以每十二小時一百一十海里的速度行駛一個月後的位置。」

杜志發也有點佩服了，說：「我的天，這你都推算得出來，數學很厲害嘛。」

桂清暉把手裡的本子朝桌上一丟，然後撥著側面翻了一遍，說：「看看，看看，從前到後，密密麻麻，全是我這麼多年打聽到的資料和位置推測啊，容易嗎！」

「那一出現就會出現一整天嗎？」杜志發問。

「不是的，每次很準，只會出現一個小時，而且都是在正午十二點後開始出現。」說著，他朝前翻了翻，「不過，一九八四年之前，似乎都是夜裡出現的，從一九八四年開始，就變成中午出現了。這個情況我一直沒搞清楚怎麼回事。」

杜志發想了一會，沒想出個所以然，又問：「你上次說你曾經有一次就差點弄到手了，是什麼意思？」

「我就是按照這個推算，準確預測到了下一次出現的時間和地點，然後就提前開著蝦米號到那附近等著。最後還眞的出現了，但是，我根本無法接近。」

杜志發朝蘇家輝看了看，他在一旁默默抽煙，那不太關心的表情彷彿表示，這一切他都是知曉的，只是沒有說出來。杜志發只能疑惑地問：「什麼叫無法接近？」

桂清暉眨眨眼，似乎在回憶當時的場景，說：「那船似乎被某種看不見的東西給隔開了，就好像商店賣的那種工藝品——琥珀裡罩著一隻蟲子一樣。」

杜志發哇了一聲，驚訝地說：「越說越玄了，一開始說像是卡在某道縫隙裡，現在又成了琥珀裡罩著的蟲子，幸虧只是一艘船，要是還有人在裡面，那不得崩潰？」

桂清暉說：「重點是，上面似乎……似乎還有人。」

「哪個上面有人啊？」杜志發問。

「船上啊。那次雖然隔了老遠，但我眞的隱隱約約看見船上有人朝著我揮手呢。」

杜志發喃喃地應付道：「不會是鬼吧？」但心裡想到蘇家輝曾說過的鬼船的眞相，因此沒有那麼驚訝。

「就是這樣的情況，老蘇你有什麼打算？怎麼弄到這船？」他見蘇家輝還是默不作聲，抽著煙，又說：「對了對了，還有一個差點忘了，那就是鬼船每次出來時，天氣都會變成陰天，狂風暴雨的，嚇人得很，就像是從地獄裡出來的陰兵一樣。」

蘇家輝說：「嗯，這個我知道，各地的鬼船出現時大致上都這樣。你只要負責在正確的時間找到它就行，其他就交給我吧。」然後轉向杜志發，問：「帶來的東西都放好了吧？」

「放心吧，師父，箱子都在工具間裡擺得好好的。」杜志發皺了皺眉頭，「這鬼船出現，爲什麼都會下雨？難不成他們也有鬼雨異珠？」

蘇家輝站起身，走到窗戶邊看著大海，說：「完全不是這麼一回事，以後再解釋吧。」

3.

蝦米號駛到了預定地點，東海中央偏東的一處海域，但離預定的日子還有不少天，於是杜志發便整天戴著草帽釣魚。其實，有時我很羨慕阿發，因爲他雖然看起來像個古惑仔、混混，但其實還是有理想、想做大事的，但他心很寬，彷彿遇到什麼情況都不用擔心，天塌下來了擔心也沒用。在這點上我不行，我總是會將未來的事情想很遠。比如，如果當時我在他們那裡，我一定會想——萬一船貞的弄到手了，怎麼處理？

首先，那麼大一艘船，而且是帆船，無機械動力的，需要多少人才駕馭得了「九桅十二帆」？其次，即便人數夠，蘇家輝和老鬼會不會操作？畢竟那是幾百年前的船，用的還是「過洋牽星」等航海技術。

但阿發不管，他覺得這一切蘇家輝肯定早就想好了，況且之前自己主動想幫忙，去找船，事後反而被蘇家輝一陣責怪。所以，乾脆就聽從他師父的話，老蘇讓他做什麼，他就做什麼，別的不多想。

本月三十那天，天氣陰沉沉的，整個海面像是蒙上了一層藍灰色的薄霧，雖是白天，看起來也如同傍晚一樣。按照老鬼說的，如果鬼船貞的會出現，那一定是會颳風和下雨的。設備均已準備到位，全船人員都各司其職，爲了防止一些計畫之外的情況，杜志發甚至將帶來的潛水器材整理好，以備不時之需。

正午十二點一到，船頭、船艉，及兩側船舷，都安排了人員拿著望遠鏡觀察。

但十分鐘過去了，平靜的海面上卻仍如死一般寂靜，讓人有些焦躁。這時，左舷觀察員從對講機裡報告：「左舷角五十度，目標出現。左舷角五十度，目標出現。」

杜志發和蘇家輝站在船艄的駕駛艙，幾乎同時看到，在一片迷霧中，隱隱現出一個龐然大物，船艄是龍頭狀，張著的龍口中，仔細看去，竟然是船體某層的頂部出口，士兵在此處可以觀察敵情；船身上果然如同傳說中那樣，立著九道桅，撐滿十二面帆；通體暗黃，如同一頭怪獸，破開迷霧，從異界駛來。

儘管隔了很遠，但那股氣場實在過於強大，你能明顯感覺到內心被某種無形的霸氣給震撼住了，也許當你站在一條成年暴龍旁邊時，才會生出這種敬畏與震驚。

桂清暉將蝦米號調整到與大明混一號的航向一致，然後迎頭趕上，來到其正側面之後，鎖定速度，兩艘船就像一大一小兩頭鯨魚，在海面上齊頭並進。

杜志發在大明混一號的正右方，抬頭向左看去，那景象令人終生難忘，就好像站在一樓仰望六七層樓高的建築物的感覺。

「還能再靠近些嗎？」蘇家輝問道。

「已經最接近了，幾乎都靠著它的隔離罩了。」桂清暉滿頭大汗答道。

杜志發緊張地走出駕駛艙，來到左側，將手伸到船舷之外，想親手感受一下桂清暉口中的隱形隔離罩，但他沒辦法親手碰到。於是立刻跑向後側的工具間，那裡幾名船員正按照蘇家輝的吩咐，打開他們帶上船來的幾個箱子，將裡面的器材全都搬了出來，隨時準備待命。

前頭的蘇家輝，此時拿起旁邊船舷上準備好的一根金屬杆，然後伸出去，先探明位置所在，好指明方位。伸出去兩公尺多之後，終於觸碰到了物體，雖然是看不見的，但確實有明顯的感覺，就像一堵玻璃牆。心裡有了數後，蘇家輝喊旁邊的一名水手一起，兩人間隔五六公尺，各自捧了一桶紅油漆，奮力朝外潑去，紅漆遇阻往下淋的同時，也讓那層巨大的球形隔離罩終於現出了冰山一角。

這時，原本在迷霧籠罩下的平靜海面，突然風捲墨雲，陡然黑了下來，遠處海天交接一線，隱隱開始現出烏雲包藏著的紫紅色閃電，悶雷滾滾而來。大明混一號在這陰暗的濃墨重彩背景下，彷彿變身爲恐怖的海上巨龍，周遭挾起的狂風與海浪，不斷捲動並沖刷著一旁的蝦米號。

這時駕駛室裡的老鬼朝外吼道：「老蘇，風浪太大，在它旁邊開，我們會翻船的。得離遠點！」

蘇家輝回頭大喊：「不行，一定要貼著開，你再堅持一下。」

杜志發此時在工具間裡，看著外面，渾身有些發抖，因爲那景象彷彿世界末日到來，不但整艘蝦米號被顛得暈頭轉向，而且那狂風暴雨與頭頂不斷炸響的雷電，眞能嚇得人肝膽俱裂；人站在甲板上，瞬間因爲船被拋上海浪巔峰，朝外看去如同自己站在七八層樓高的建築物上；瞬間又因爲蝦米號跌入谷底，朝兩側看去時，眼前全是水牆。

這時，蘇家輝跑了過來，衝著杜志發他們大喊：「快開始裝。」

於是，幾人咬牙搬出X形四爪手翻手旋吸吊器，抬到船舷邊，想安裝到隱形罩上被蘇家輝用紅色油漆標注的地方。

但船離大明混一號還是有點遠，加上顛簸不已，根本沒辦法安裝。蘇家輝急得一跺腳，跑到船頭駕駛艙，衝進去，對桂清暉說：「貼著隱形罩開，我要在那上面固定吸吊器。」

「你瘋了，那會被撞沉的！」桂清暉喊道。

蘇家輝一把揪住桂清暉的領子，指著外面說：「大明混一號就在眼前，我這次採珠必須要靠它，如果成功，你分到的錢足夠買十艘船，要不然你一個子兒也得不到！」桂清暉稍微愣了一下，然後皺緊眉頭，開始將船在風浪中向大明混一號貼近。

蘇家輝最後囑咐一聲：「一定要撞上去。你得保證我在船舷上搆得著。」然後跑出駕駛艙。

蝦米號在桂清暉的駕駛下，不斷剮蹭碰撞著隱形罩，杜志發和另外三個水手，四人安裝，蘇家輝負責啓動真空幫浦，在五人的協力下，將X形吸吊器牢牢固定在大明混一號外面的隱形罩之上。

雨水和海浪持續衝擊著一切，蘇家輝帶著杜志發又進工具間裡拿出一架跟金屬滑翔機一樣的東西來，就像只大風箏似的，翼展有兩公尺多，機腹下帶有一根長長的電線，機背上方還豎著一根銅質天線。

就在這時，一次激烈的碰撞，讓船身整個傾斜，眾人一溜地朝甲板一側滑落。船身好不容易再次穩住，從前面跑來一個水手，大吼道：「老蘇，老鬼說必須得離開這裡，只要再碰一次，蝦米號一定會沉的。」

蘇家輝手裡死拽著那個金屬滑翔機樣的東西，衝著那水手大喊：「你去告訴他，死也不能開走，死也不能走！就差一點點了！」

水手跺了一下腳，扭頭又朝前跑去。

眾人渾身濕透，烏雲密布的天空，閃電不斷劈下。但人在困境中，往往會被逼出超越以往的勇氣，可以令你忘記恐懼。蘇家輝像隻瘦骨嶙峋的老獅子，濕漉漉地在甲板上，與杜志發一起衝向吸吊器，將滑翔機底端的電線與吸吊器死死連接在一起。

等到這一切做完之後，蘇家輝衝杜志發做了個放飛的手勢，阿發便拽著電線，在狂風暴雨與海浪籠罩之中，費力而緩緩地將大鵬似的金屬滑翔機送上了天。

當看到電線的一端是被狂風吹起的滑翔機，另一端是牢牢吸附在隱形罩上的X形吸吊器時，蘇家輝心裡總算略鬆了一口氣，讓杜志發去通知桂清暉，將蝦米號開走一點，遠遠觀望即可。

滑翔機拽著電線，猛一望去彷彿是大明混一號頭頂的一隻海鷹，迎著風雨，在那不斷被閃電撕開一道道裂縫的烏黑天空，展翅高飛。

蝦米號甲板上的幾個人，任由雨水海浪擊打，通通抬頭盯著天上這架金屬滑翔機，機背上高高翹起的銅質天線，就像一根鋼刺，捅向天幕。

不知過了多久，穹頂之上，由北往南亮起一道巨大的火紅色閃電，彷彿天神正在劈開整個天空，接著雷聲震耳欲聾的同時，一道紫色閃電從天空紅色的裂縫裡竄出，直接擊中那架在風雨中高飛的滑翔機。瞬間，紫色閃電化身爲狂龍，由機背上方的銅質天線流向金屬機身，再沿機腹底部的電線而下，再從X形吸吊器處，向球形四周擴散，最後竟然爬滿了整個隱形罩。

也只有到了這個時候，人們才眞正看清了大明混一號外面隱形罩的全貌——海面以上的部分，是一個完全的半球形狀，而此時，這個巨大到能令人窒息的隱形罩上，以X形吸吊器爲源頭，向外輻射爬滿了無數條細細的電紋，吱吱作響地冒著紫色或紅色的電花，整個隱形罩，就如同一個快要爆炸的巨型電燈泡。

而空中劈下的那道閃電，竟然不斷，似乎黏上了那架滑翔機，怎麼也甩不掉般，源源不斷將雲層中的電流順著電線往下輸送，紫色閃電狂龍持續在隱形罩上孵化生出不計其數的電蛇，爬滿、吞噬整個罩子。

最初的電流吱吱聲，漸漸變大，最後在眾人的耳邊竟然大到如同火山中岩漿翻滾的聲音。

突然，天崩地裂般的一聲巨響傳來，隱形罩成了一個巨大的火球，向外爆裂、噴發，蝦米號甲板上的人們，本能地蹲下低頭，用手護頭。杜志發心裡暗叫不妙，雖然蝦米號已經離得夠遠，但按照這等驚人的威力，恐怕還是免不了要被隔離罩的碎片擊中，人被一個碎片擊中，大概與挨上一顆子彈也差不了多少。

整個海面的空中，密密麻麻全是懸浮的裂片，就像是黃土高原上大風天氣時空中的沙塵顆粒，根本無法躲避，而且這些碎片更為驚人，比沙塵更大，此時借著爆炸的衝擊波威力，散彈一般朝蝦米號噴來。

杜志發躲在欄杆下面，低頭從腋下看到眼前這一場景時，真的嚇呆在那裡，完全忘記了躲進船艙，其實即便立刻往船艙裡跑，也絕對來不及了，因為從爆炸到這一幕的發生，幾乎是瞬間的。就在眾人心臟都快要從口裡跳出來時，奇怪的事情發生了，那些布滿空中的碎片，在接近蝦米號一定距離後，就全部如同早晨的露珠在太陽的照耀下揮發了一般，莫名其妙蒸發得無影無蹤了。海面上的那些裂片，就像是宇宙中一大波朝黑洞裡猛衝的隕石，最終全都被黑洞吞噬，不留半點蹤跡。

不過碎片雖然消失，衝擊波卻沒能化解掉，以大明混一號為中心，海面上地毯般逐層向外炸出滔天巨浪，蝦米號一個浪頭便被拋上了半空，接著重重落下，杜志發等幾個人就像是魚簍裡被人掀著查看的魚，翻了個跟頭之後，又砸落在甲板上，萬幸的是，蝦米號平上平下，並沒有斜著栽進水裡，一個浪頭過後，仍舊頑強地漂在海面之上。

杜志發直接被震得嘴裡吐出一口血，斜靠在船艙外的一個角落裡，但人沒事，兩腳蹬著打了幾下滑後站起來，竟然笑著指著前頭說：「快看，快看！」

眾人朝前望去，此時的大明混一號揚著怒帆，乘風破浪穿過了剛才發生那陣驚天爆炸的地方，最重要的是，它不再是朝東偏北方向航行，而是掉頭朝南，也就是說，大明混一號終於擺脫了桂清暉所說的那道卡著他們的裂縫，直直向蝦米號這邊駛來！

蘇家輝和幾個水手此時也爬了起來，靠到船舷邊，驚訝地看著前方。但還沒來得及高興太久，桂清暉便從駕駛艙跑了出來，喊道：「大家快跳船，大明混一號要撞上來了。它撞過來了！快跳船！」

這時，眾人驚醒過來，再朝前看去，果然大明混一號船艏那個昂著的龍頭，不偏不倚，正直對蝦米號的船身，按當時的風力，只需再過五六分鐘，就要如泰山壓頂般，將蝦米號碾得粉碎，直接壓進海底。桂清暉抱著一大堆橘紅色的救生衣跑了過來，朝甲板上扔下，於是眾人慌忙各自套上一件，撲通撲通紛紛跳海，朝船艉方向，也就是西南面游去。

杜志發穿好救生衣後，轉身卻要往艙裡跑，蘇家輝準備一把將他拉住，但因爲他跑的速度太快，脫了手，只得在後面大喊：「幹什麼去？」

杜志發忙得沒時間停下來，邊跑邊說：「拿錢包。」

蘇家輝繫好救生衣最後一根繩子，眼看大明混一號近在咫尺，撞上來恐怕只是一兩分鐘的事情，實在來不及去拽杜志發出來，急得罵了一聲，只得自己先行跳海。

在海裡游了一陣子後，大家停了下來，紛紛浮在海面回頭觀望，因爲已經游出了蝦米號被撞的危險區域，再往前游也不急在那一時半會，況且，萬一那艘鬼船要眞想繼續追的話，游也游不過的。

而杜志發此時也跳進了海裡，就在眾人與蝦米號之間正中的位置，蘇家輝大喊：「快點，阿發！快！」

本來按理說，像他這種瘦得跟水猴一樣的身段，游起來是不會太快的，我這種體格才是一般游泳隊的教練比較認可的類型，但杜志發是個例外，在水裡靈活無比，跟一顆小型魚雷似的朝前猛竄，不一會就到了眾人身邊。

所有人似乎都屏住了呼吸一般，在顚簸起伏的浪上，個個鴨子一樣伸長了脖子往回看。

眼看兩船距離不到五十公尺時，大明混一號的船帆卻似乎微微做了調整，然後航線略微偏左，片刻之後，那巨無霸一般的船身，竟然緊貼著蝦米號的船頭而過，兩者之間的間隔距離估計不會超過一公尺，而大明混一號開過去時掀帶起來的大浪，也將蝦米號弄得起伏不已。

看到這一幕，杜志發捏緊拳頭，伸出海面，揮臂興奮地喊了起來：「哈哈，沒撞上，沒撞上，哈哈哈！」說著，朝老鬼看了看。

老鬼也笑著抹了把臉，說：「運氣，眞是運氣啊。」

其餘的人也舒了一口氣，跟著高興地在水裡歡呼起來。

蘇家輝看著大明混一號逐漸離去的背影，卻怎麼也高興不起來，吐了口不小心灌進嘴裡的海是萬幸了。」

水，用力捶打了一下海面，說：「他媽的，這船就這麼跑了？！」

桂清暉拍拍他的肩膀，說：「算了，不該是我們的東西，強求也強求不來。能把命保住就已經是萬幸了。」

蘇家輝實在不甘心，一肚子火沒處發洩，又捶打了海面幾次，連罵：「×他媽的！」

也不知是蘇家輝的罵起了效果，還是別的什麼原因。原本以爲就要遠去的大明混一號，竟然急急掉了個頭，整套動作就像是比賽中那些賽艇繞過水面浮標急轉向一樣，而此時的浮標就是蝦米號。

但賽艇體量小，俗話說船小好掉頭，可大明混一號那如狂龍般的體形，竟然能在極短的距離與時間內，就做出同等難度的回轉掉頭動作，簡直是讓從蝦米號跳船的水手，當然也包括蘇家輝和杜志發在內，全都看傻了眼。

其實，在這之前的微調方向，緊靠著蝦米號船頭開過去，就已經是超高水準的航行技巧，只不過那時所有人都沒有在意。

杜志發難以置信地看著此時正對所有跳水人員駛來的大明混一號，極其高聲地罵道：「這狗×的不撞死我們不甘心啊！」

一個水手在一旁嚇得顫巍巍地說：「難道他們是想要我們的人？」

老鬼轉身便游，說：「快跑。要是船追上來，就脫掉救生衣潛水。」

杜志發嘆了口氣，砸起一股水花後，也只得游走。

蘇家輝此時簡直是光火到極點，已經全然忘了害怕，看著對面的大明混一號，恨不得從海水裡跳起來，指著罵：「你他媽想撞我？」他怒火中燒地拍拍胸脯：「來啊！來撞啊！老子×你八輩祖宗，救了你們，反而要來撞我……」

他話還沒罵完，杜志發從後面一把伸過手來，卡住蘇家輝的脖子就將他朝後背著游。阿發的本意是好的，怕蘇家輝氣瘋了任由船撞。

但蘇家輝那時哪裡容得下這口惡氣，其實眞實的情況應該是蘇家輝內心已經放棄了逃生的希望，因爲直覺告訴他，如果大明混一號想追，那是根本逃不掉的。所以乾脆臨死前，罵他們個狗血淋頭，過個嘴癮總比默默死去好。

蘇家輝一下子鑽進水裡，從杜志發手肘裡逃脫，緊跟著冒出水面，繼續指著罵。而杜志發似乎是鐵了心想要救他師父，兩人就這麼在互相纏鬥間，忽然聽到旁邊一聲巨響，接著冒出一股巨大的浪花。

蘇家輝驚得循聲望去，杜志發也停住了手，兩人這時才驚奇地發現，大明混一號此時已經越過他們倆的位置，處於老鬼與其他水手一線的垂直平分線上。

而那響聲，是其巨型船錨入水的聲音，彷彿是幾千斤的東西落水才有的動靜。

杜志發驚道：「它……它停了。」

這時眾人聽到似乎有人的喊叫聲，抬頭望去，不禁嚇出一身雞皮疙瘩，大明混一號的船頭和船身，此時密密麻麻全是一個個黑點，換句話說，那些應該都是人！

第二十三章

別有洞天

1.

按照以往的經驗，在這種重要入口處，應該會有麥思賢所說的「看門狗」，比如黃泉峽谷的龍王鯨。所以這是先由我下水的重要原因之一，等探明這些情況後，再讓郭美琪和周喆乘深潛器下來。

藍洞其實就像一口巨大的深井，或叫深淵，水質看起來通常會比周圍海水要深要藍，比較明顯。我潛進去之後，並沒有感到什麼特別之處，色彩鮮豔的一群群海魚，崖壁上盛開的珊瑚樹，偶爾還有一兩隻海龜。

一切就跟熱帶海域的潛水聖地一樣。

我肆無忌憚地直線下潛，現在越來越覺得在水裡舒服，下水的感覺對我而言，就像回到年少時待過的小山村，那種氣味、那種美景、那種透徹全身的清爽，讓人覺得振奮。特別是在這種優質的潛水環境中，周遭的氛圍會讓我著迷，有那麼一會，我甚至生出想在此長住的想法，如果說給別人聽，他們會覺得我的神經開始不正常了。但眞的，我當時的確閃過這麼一個念頭——如果陸地之上再無我掛念的人和事，說不定我眞會找條海溝，就此在裡面隱居。

在大草原上開車，無論開多久都是一望無際的綠色，駕駛很容易想睡，因爲幾乎感覺不到變化和前進；而在亞松森藍洞下潛，情況類似，似乎永遠不會到頭，就像是一條垂直的高速公路，但我不覺得想睡，反而速度越來越快，因爲那種超速下潛的感覺，令腎上腺素的刺激興奮持久地流向全身各處，你會上癮而不願停下，不由自主越潛越快。

很快便進入了沒有陽光的深海層，我打開背部攜帶的兩盞探照燈。

這時我嗅到了下方兩百公尺處，正有兩隻歐氏尖吻鮫朝上游來。儘管當時我還沒見過這種動物，也不知道牠們的名字，但透過嗅覺，我直接就知道了牠們的樣子——似乎是與水下嗅覺一起復甦的，還有某種根植於基因中的，對海底各種動物的認知。

與Kraken相比，這兩條吻部挺著長刺的駭人鮫魚，幾乎算不了什麼。於是我立刻化出焰刃，攥在手裡，兩柄短劍在深海中就像黑夜裡燃燒的火焰。當探照燈照到迎面而來兩張露出尖牙的鮫嘴時，我一個側身翻滾，從兩鮫中間的空隙竄下，同時張開雙臂，反握著的焰刃刀鋒從兩側各由鮫魚嘴角開始俐落刺下，直劃到尾部。

整個動作看起來如同高台跳水，雙臂如翼，過程中幾乎沒有交鋒和停頓，我只是竄進牠們之間的空隙極速下潛，但等過去之後，兩條鮫魚便被開膛破肚，側身從頭到尾，豁開狹長而巨大的口子，直接失去了攻擊力和行動力。而我則收起焰刃，繼續高山滑雪般下潛，如痴如醉。

大約下潛到一萬公尺左右時，藍洞的方向變了，由原先的垂直上下，逐漸變爲水平橫向，這使我的速度慢了不少，同時我直覺感到，應該快到盡頭了吧。在水平通道游了約莫四十分鐘後，前方慢慢亮了起來，就像是潛水夫上浮時，從海面射進來的光線。

我彷彿是從一個巨大的隧道山洞中游出，然後順著亮光向上浮去，但萬萬沒想到的是，最後竟然浮出了水面。我半身露在海上，驚訝地朝四處張望。

這是一片深藍色的海域，與下水前所在的馬利安納群島海域淡藍色的海水有著明顯區別。遠處有些零星的黑點，憑經驗判斷，應該是幾座島嶼。周圍海面寧靜至極，靜到讓人發毛，只有海水微微湧動的聲響，見不到任何海鳥。我下意識地抬頭望向天空，卻見到了熟悉的景象——沒有一絲藍色的天空，綿延著無盡的白雲，如夢似幻、如霧似靄。

「又到了地下？」我喃喃道，心裡想起了十獄閻殿。但十獄閻殿是在華東的下面，我現在是從亞松森藍洞潛下，就算藍洞通道再怎麼彎斜曲折，也絕不可能在下潛了一萬公尺左右之後，就到了中國東部的地下。所以能肯定的是，這裡與十獄閻殿雖然同處地下世界，但絕不在同一個區域。再拓展一點想法的話，也就是說，整個地下世界的疆界，或許遠遠超過人們的想像。當初的十獄閻殿，可能只占一隅，只是整個地下世界的一處環形島嶼罷了。

這時耳機裡傳來郭美琪的詢問：「楊宣，現在深度一一三八六公尺，情況如何？」

「我似乎已經到達地下了。」

「地下？」

「就是跟十獄閻殿一樣的地方，而且我猜，這裡與十獄閻殿，應該處在同一個空間世界裡。連天都是一樣的，沒有藍色，只有白雲。」

「藍洞通道裡除了剛才那兩條鮫魚，還有別的什麼危險嗎？」

我想了想，說：「沒有，沒有了。如果有的話，我應該能嗅出來的。等深潛器準備好後，我想妳和周喆應該就可以下來了。」

「明白。你周圍有休息的地方嗎？」

我又看了看遠處的那幾個黑點，說：「應該有幾座小島，我游過去看看。」

「好，等我們下水後再跟你聯繫。」

通話結束後，我重新潛進水裡，朝那幾個黑點的方向游逛過去，同時心裡直犯嘀咕：這就進來了？看來這裡沒有看門獸嘛，那兩條怪鮫可實在算不得什麼，當初的龍王鯨比牠們厲害多了。

2.

飛龍號船舷的一側，船員們正在機械吊裝深海載人潛水器。郭美琪望著藍寶石般清澈的海水，朝旁邊的周喆說道：「你眞的想好了要下去嗎？」

「是妳叫我別當縮頭烏龜的。」周喆笑著說。

郭美琪看了他一眼，說：「看不出來你這人還記仇呢。」

「不是我記仇，被一個比自己小二三十歲的女孩喊成縮頭烏龜，是個男人都忘不了吧？」

郭美琪聳了聳肩，兩手攤開，道：「我已經說過我收回那句話了。」

「好吧，我以後不會再提這個梗了。」這時深潛器的艙門打開，周喆朝那邊走去，說：「走吧，該我們下了。」

兩人進了深潛器，艙門關上，工作人員在深潛器周圍做最後的維護和調試。「楊宣，我們準備下水了。」郭美琪道。

「沒問題，我在出口附近，朝小島前進。」

於是郭美琪與外面工作人員聯絡：「一切就緒，可以開始下水。」

在機械設備的吊裝下，深海載人潛水器緩緩朝海面下降，最後逐漸沉進了水裡。

3.

「嘿，先生，先生，您找誰？」圖靈公司闖進了一名身材修長的年輕男子，黑色長款風衣，黑色墨鏡，一款復古的背頭髮型，兩側的頭髮卻都貼著頭皮被推到了最短，看起來顯得陰狠驍悍、桀驁不馴。

這人到了公司後，直接便朝裡走，前台的接待人員連忙追了過來，在後面又問了一遍：「先生，您找誰？」他根本連理都不理，自顧自走著，直到看見了總經理辦公室，在門口停頓了片刻後，一下子便推門走了進去。

梁丕正在裡面和一個客戶交談，被這架勢嚇了一跳。前台急著說：「梁總，這個人直接就闖進來了，攔都攔不住。」

梁丕做了個手勢，要前台先出去，然後盯著看了片刻，那眼神似乎是認出了這人，但又閃爍著些許疑惑，再接著朝那位客戶說：「實在抱歉，今天有點急事，我們改天再聊。不好意思。」邊說邊道歉地將人先趕了出去。

那年輕人不客氣地坐到沙發上，將墨鏡摘下，竟然是簡赫。但梁丕的表情很奇怪，介於認識與不認識之間，試探著問道：「你好，有什麼事嗎？」

「是我父親介紹我過來的，找你帶路。」

「你父親是……？」

「簡清明。我是簡赫。」

梁丕心裡咯噔一下，難怪自己覺得這麼眼熟，簡赫的眉宇間確實透著簡清明的影子，說：「哦，不好意思，我現在已經不做路線諮詢了。」

簡赫靠到沙發背上，邪笑道：「那你現在做什麼？」

「我現在主要與ＩＴ公司和旅遊公司合作，開發地圖導航。個人諮詢業務已經很久不做了。實在抱歉。」

「那恐怕由不得你。」說著，他目光盯住梁丕辦公室裡一張黃花梨案几上的瑪瑙靈龜，頃刻間，那石雕便從底座上離開，懸浮到空中，然後慢慢移動到梁丕的面前。

梁丕著實被這一幕驚呆了，說：「你，這……這怎麼回事？」

「我父親沒得到的東西，我得到了。鬼雨異珠被楊宣攪局搶了，但是有人給了我別的。」話說完，那只瑪瑙靈龜陡然往下一掉，摔得粉碎。簡赫故意說：「哦，對不起，我再幫你撿起來。」地上的碎片又都飄了起來，懸浮到梁丕的眼前，就像宇宙裡飄浮的太空垃圾。其中兩塊尖長的碎片，像刀一樣，抵住梁丕的脖子。

「你……你可以把它們放下來了，我懂了，我會爲你帶路的，只要那地方我認識。」

「這就對了嘛。」那些碎片全都朝原處飛去，桌上落得到處都是，就像被人用錘子在桌上砸碎的一樣。

梁丕喘了口氣，跌坐到椅子上，說：「我能先問個問題嗎？你從哪裡得到的這種異珠？可以移動石頭。」

「世間不是只有異珠，世間也不是只有海龍。我想，你應該知道奇玉這種東西。其實我們游蜂營，之所以去找鬼雨法螺，是因爲跟一個神祕組織在合作，是他們想去採鬼雨異珠的。只要能採到，他們就提供奇玉作爲回報。而且，鬼雨異珠也歸我們。」

梁丕就聽不懂了，問：「珠子採了還歸你們，他們不但不要，反而還另外給奇玉，那他們有什麼好處？」

「他們要的，只是異珠被採就行。只要異珠消失，他們的目的就達到了。所以，雖然我們沒得到鬼雨異珠，但無論如何是被採了，所以我們的任務完成了。但因爲我父親進了魚鷹監獄，所以這個組織便將奇玉給了我。」

「給你們錢不就夠了，幹嘛非要給奇玉？」

簡赫笑了一笑，說：「就跟楊宣是海龍之血一樣，這世上，只發現我一個人是地龍之血。奇玉給了我，才能發揮最大作用，否則就是死玉一塊。給了我，對他們有好處啊！我能製造地震，我能鞭山移石，可以幫他們大忙。」

梁丕皺眉想了想，然後做了個手勢，說：「赫爾比亞！是赫爾比亞給你的奇玉，叫作——恩克拉多斯❖？。」

簡赫聽了很是驚訝，站起身，走到梁丕面前，死死盯著他問：「你怎麼知道的？」

梁丕見他那兇神惡煞般的模樣，不自然地笑笑，說：「我猜的。」

「猜的？我勸你最好說實話。」

「我眞的是猜的。」梁丕慌了，因爲簡赫那人渾身都散發著殺氣，趕忙繼續說，「我有一本一五五四年的書，寫的就是關於地龍和奇玉，署名是赫爾比亞。我一直懷疑，赫爾比亞不是人名，因爲這個名字在希臘神話中是一種女妖，人是不會叫這個名字的，所以我覺得應該是個組織。」頓了一

❖ 恩克拉多斯：即Enceladus，爲古希臘神話中被鎭壓在埃特那山之下的邪神，據說只要他掙扎，就會引發地震。

下他繼續說：「你剛才提到奇玉，還說是個神祕組織，我一下就猜到了，因爲那本書裡提到了恩克拉多斯奇玉，說地龍可以透過它來引發地震地裂，可以控制巨石，甚至移動山峰，讓牠們能夠從地下出來。」

簡赫將信將疑地又打量了梁丕幾眼，這才緩緩踱開。梁丕繼續問：「赫爾比亞爲什麼要採珠？而且只是要異珠消失就行，無所謂要不要珠子？」

「這與你無關。」簡赫頓了一會，繼續說，「我父親的事情，還沒跟你算帳。你如果帶路帶得好，那我就只找楊宣。但你如果要花樣，後果你自己能猜到的。」說完，冷笑著哼了幾聲。

「你要去哪？」

「十獄閻殿。」

「十獄閻殿？那裡的珠子已經採了，你還去做什麼？」

「我要從十獄閻殿下去，通過地下海，最後到亞松森藍洞下面的位置。」

梁丕這就奇怪了，問：「可是，爲什麼不直接從死亡藍洞下去呢？」

「你是不是蠢啊？越難的地方，看門獸越厲害，十獄閻殿的龍王鯨已經不簡單，誰知道藍洞下面會有什麼？有現成的安全地方，爲什麼不進？」

「可是黃泉洞以及那邊的長江航段，已經全都有水警長期駐守，沒辦法下去的。」

簡赫笑了，說：「那就從你們出來的地方，東海那邊下去。你最好還記得座標，否則你就沒用了。」低頭思考了片刻，又說：「另外，你還得負責找艘潛艇。」

梁丕立刻攤手，說：「兄弟，我是圖靈啊，我只懂地圖路線。要我到哪找潛艇啊？」

簡赫一隻手撐在老闆桌上，湊近臉對著梁丕，說：「找不到，你就死定了。」他直起身，朝外走去：「給你三天，抓緊時間。」

「就不能直接潛水下去嗎？那裡沒有亞松森藍洞那麼深，現在也沒龍，完全可以潛水啊。」梁丕站起來，對著簡赫背影大聲道。

已經走到門口的簡赫，回頭狠狠道：「永遠不要跟我提潛水的事。」說完，走了出去。

梁丕坐到椅子上，小聲罵道：「媽的，眞是地龍啊，不會游泳潛水？」這時，他突然想起什麼，趕緊追出去，一口氣跑到公司門口，在電梯前追到簡赫，喘著氣說：「喂，兄弟，潛艇我還能想想辦法，但從十獄閻殿到死亡藍洞下面，這段地下海的線路，我是眞的不知道啊。」

電梯門打開，簡赫走了進去，在電梯裡轉身道：「這個用不著你操心。」說完，微微一笑，電梯門合攏。

4•

九淵博物館旁邊的山頂上，天高雲淡，望斷南飛雁。這裡跟幾年前相比，四周多了一圈石質圍欄，老松下的大青石，被刻上了棋盤，旁邊添了兩個石凳。麥思賢此時獨坐，青石棋盤上擺著茶盞。

「麥教授。」一人從下面爬了上來，遠遠打個招呼，是梁丕。等他走近些，麥思賢笑道：「哎呀，我讓楊宣給你帶了幾次信，求賢若渴啊，你總算來了。」

梁丕略微有些不好意思，說：「咳，我那小公司，整天破事太多。再加上現在的女朋友總爲我每個月匯款給前妻，心裡不爽，三天一吵五天一鬧，我都煩死了。」

麥思賢用手指了指梁丕，道：「妻妾成群啊你。」梁丕訕訕地笑了笑。

「來來，喝口茶。」

梁丕坐下，抿了一口，嘖嘖兩聲，說：「麥老的茶果然不同凡響，眞是沁人心脾。」麥思賢沒有搭話，打量了幾眼梁丕，問：「來我這，有什麼事嗎？」

梁丕放下茶盞，故意先扯別的，說：「我最近突然想到一個問題，有點不明白，所以想來請教一下。您說，如果楊宣天生有那種萬能抗性的龍血，也就是龍的傳人，那他的父母或者父母其中一方，不也必然會有嗎？畢竟這是透過遺傳得來的啊。」他做了個手勢：「但事實是，他的父母都是完全正常的血液。」

麥思賢不冷不熱地笑笑，說：「這個世上，有的人，跟父母長得都不太像，卻與往上幾代的某一位祖先，長得特別相似，幾乎是一個模子刻出來的。有些還會表現出與更早的祖先相似的特徵，甚至直達源頭。這種現象，你是研究地質古生物的，應該不會不知道吧？」

梁丕故意想了想，然後說：「返祖現象？」

「還需要我繼續說嗎？」

「您的意思是，楊宣的龍血基因一定是遺傳的，但這條血脈中，並非每個人都能顯示出來，不是每個人都能透過遺傳獲得萬能抗性。萬能抗性就像是某種特徵或叫特質，只有出現類似返祖現象時，才會擁有？」

麥思賢點點頭，喝了口茶，然後說：「首先必須是龍血家族，其次還得機緣巧合，獲得返祖特質。」

梁丕長長哦了一下，然後說了一句「原來是這樣」。其實這個，照我猜測的話，他八成早就知道，因爲我記得在那之前，他就曾經明確告訴過我。所以接下來的話才是重點。他又等了會，才說：「麥老啊，還有件事，我想來想去只有您能幫忙，但事情比較急，又比較大，我……我不太開得了口。」

「開不了口你還來？開不了口你還說？哼哼。」麥思賢冷冷笑道，「跟我說話拐彎抹角，就太不對了啊。」

梁丕滿臉通紅，支吾道：「是眞不好意思麻煩您，但確實沒辦法。」

「到底說不說？不說我可回去了。」

「我想向您借艘潛艇。」

麥思賢怔了一下，實在沒想到是這事，說：「你要潛艇做什麼？」

「我想再去十獄閻殿一趟，從東海下去。」

「爲什麼？」

「因爲……因爲我想從那裡去死亡藍洞下面。而如果直接從死亡藍洞下去的話，風險太大，而且潛艇也下不去，只有深海載人潛水器才行。可深潛器比潛艇還難搞，那地方應該超過一萬公尺深，一般的深潛器都不行。」

麥思賢站起身，踱到石欄杆旁邊，雙手插在褲子口袋裡，看著遠方，回頭問：「死亡藍洞下面有什麼啊？」

梁丕走了過來，說：「麥老，您也曉得，我只是負責給人帶路的。但可以肯定的是，一定會像十獄閻殿的鬼雨法螺那樣，有異珠在下面。否則無利不起早，人家不會去的。」

麥思賢眯起眼：「你知道地下水系的路線？」

「客戶知道，但我不知道。我的任務只是負責找到一艘潛艇，然後到東海潛下去。」

麥思賢回到石凳旁，坐下來說：「誰這麼厲害？」

梁丕又跟過來，小聲說：「麥老，上次我是被簡清明逼著下去的；這次換成狼崽子了，簡清明他兒子，簡赫。看來我跟姓簡的是拆不開了。」

麥思賢有點吃驚，片刻後道：「報警抓他啊！」

「一言難盡。總之他現在跟楊宣一樣，有魔力。美國前陣子的五次地震，全是他弄的，還能鞭山移石。我親眼所見啊！要是搞大了，一時拿不住他，那他一定會拿我老婆孩子出氣。我是真的不敢啊。這不，只能來求麥老您幫幫忙。」

麥思賢眉頭緊鎖，吧嗒吧嗒抽起煙斗來，喃喃自語：「看來不死藍洞下面大有文章啊！」他抬起頭，「我要是想辦法給你找來了潛艇，就等於幫了簡赫。他現在已經這樣了，萬一再弄到不死藍洞下面的什麼異珠，那豈不天下大亂？還有拿得住他的人嗎？這可不行，這忙我不能幫。」

見梁丕一籌莫展的模樣，麥思賢又問：「他老子能偷偷弄進來潛艇，他怎麼就不行？」

「咳，趙金生他們水警現在各個關卡把得嚴嚴實實，東海上都有邊防巡警，哪進得來？再說了，簡清明那還不是他們故意放進來，釣大魚的嗎？要不然當初剛進長江就給他人贓俱獲了。東海那邊，民用的只能是漁船、小艇，其他要麼是軍方的，要麼就得是九淵或者山海大學這樣的科學考察、科學研究單位才行。」

麥思賢拿著煙斗，站起身，語重心長道：「我實在是愛莫能助，勸你也要三思。異珠落到簡赫的手裡，對任何人都沒好處。」說完，他走下山去。

梁丕看著麥思賢的背影，想再開口，但心裡知道說什麼都沒用了，氣得一拍大腿，獨自坐到石凳上，掏出一支大雪茄抽了起來，同時撥通前妻的號碼，接通後說：「喂，單玲啊。」

「怎麼了？有什麼事？」

「我……我……妳最近能不能帶著小偉去妳媽家住啊？」

「我媽家？你昏頭了嗎，我媽家在青島啊。」

梁丕聽得齜牙咧嘴，一臉痛苦地解釋道：「我……我知道在青島，不在外地我還不會要你們去了呢。跟妳明說吧，現在有點很緊急的事情，我想要妳帶著小偉出去避一陣子……」

「梁大紅，你有病吧？已經離婚這麼久了，你的事跟我們有什麼關係？要躲你自己躲。」

「哎，單玲，我說眞的。這次的事眞的不簡單。」話還沒完全說完，那邊電話已經掛了。把梁丕氣得腦袋恨不得垂到棋盤上，他最後拿著手機就想砸，差點就砸了，但又硬生生停住，一肚子氣地也朝山下走去。

他硬著頭皮進了九淵博物館，準備死乞白賴再去求麥思賢一次，不過心裡清楚，人家不可能答應的，換作是自己也不可能答應這事。走到轉彎處時，一不小心，剛好和一個急匆匆過來的年輕女生撞上了，女生手裡的文件撒了一地。那時候他還不認識，其實這女生就是蘇佩。

梁丕忙說對不起，然後幫著撿文件，撿了幾張，發現上面都是船的資料和照片，便問：「這是什麼船？」

蘇佩暫時沒回答，問：「你找誰啊？」

梁丕反應過來，說：「哦，我是來找麥教授的，剛跟他老人家在山頂上聊了一會，現在去他辦公室。」說著，掏出名片，遞了過去：「鄙人梁丕，一直跟你們九淵實驗室有合作。」

蘇佩看了看名片，說：「哦，圖靈啊。我知道，麥教授提到過您，還說想把您挖到九淵來呢。」

「見笑，見笑。」梁丕堆著笑，又指向紙張，「這些是什麼船的資料呢？」

「哦，這是我們訂的一艘全海域等級科學考察船，同時也是給山海大學的海上教學實習用的。」

梁丕繼續翻了幾張看了看，說：「乖乖，配的都是頂級裝備啊。」

「包括整船的各種設備在內，特別是深海裝備和破冰設備，總造價十億。另外還附帶一艘十二座的潛艇和潛艇艙，潛艇的三百萬英鎊是另外算的。」

梁丕兩眼快要放出精光，但表面不動聲色，將檔案資料整理好後還給蘇佩，說：「這船交貨了嗎？」

「正在東海鷹狩島附近，等著我們派人去驗收呢。驗收完，就可以進長江開過來了。」

「哦。」梁丕兩手插口袋，故作笑容。

「那您先忙，麥教授剛上樓。」
「好好。再見。」梁丕抽出一隻手來，做了個再見的手勢。等蘇佩走遠，他立刻轉身，直接跑進院子，打開車門上了車，一溜煙便駛離了九淵。

5.

東海上的鷹狩島，從天空看去，如同一隻撲天鷹，在狩獵豺狼，因此得名。萬噸級的科學考察船「追夢者」號，正停在不遠處的海面上，靜靜等候著。
這時，一艘快艇拖拽著白色波浪，駛了過來，最後停靠到追夢者號船艉的自帶漂浮碼頭。從快艇裡跳上來十二個人，梁丕打頭，簡赫站在中間，每個人脖子上都掛著九淵博物館的工作證。
「你好，我們是來驗收的。先前已經電話跟你們聯繫過了。」梁丕一本正經地說著。
過來接待的一個人，打量了梁丕幾眼，說：「你們是哪個科室的？我怎麼沒見過你？」
梁丕雙手一攤，努起嘴，說：「驗收科學考察船可是個專業工作，所以昨天麥教授跟我們簽了代理驗收合約。」說著遞過去一份合約：「我看蘇佩那小姐不適合當助理，直到今天上午才把訂單、標準等傳眞給我，合約昨天中午就簽好了。」
那人看了看，說：「麥高菲遊艇檢測中心？怎麼沒聽說過？你們公司在哪裡？」
梁丕正準備繼續糊弄，後面的簡赫直接走上前來，伸出右手，五個指頭貼到那人的臉上，用力向後一把推開，帶著剩下的人馬就往裡面走。

被推那人反應過來後，追了上來，大喊：「你們他媽的想幹什麼？」

簡赫突然停住步子，回頭盯著他，只見船艉的小艇上倏地飛出六個石質小獅子，就像是橋身扶手上雕刻的那種。每個兩三掌大小，其中一隻直接砸向那人的後腦勺，其餘五隻飛向簡赫。

那人被砸後，直接暈倒，翻過護欄，跌進了海裡。六隻石獅便聚攏到簡赫的身邊，像六條小飛龍一樣，不停繞著簡赫的身體來回翻飛旋轉。

梁丕一人站在船艉，看著這番景象，愣了片刻，搖搖頭無奈地跟著朝裡走，嘴裡嘟囔道：「你媽的，一點技巧都沒有。」

一路上但凡有人過來阻攔，或者詢問，均被那幾隻石獅擊暈。簡赫帶著一行人，暢通無阻地便進了潛艇艙。接著手下犀利地開始操作起來，升降潛艇，打開艙蓋。

梁丕站在旁邊的二層甲板上，看著他們一群人忙碌著，嘀咕著說：「簡家確實不簡單啊，簡清明死了，簡赫還能繼續召集這麼多人。當年南珠王的勢力到底有多大啊?!」搖了搖頭：「難以想像。」

這時，簡赫在下面喊道：「是不是要我請你下來啊？」

梁丕一聽，趕忙下了樓梯，來到潛艇邊，說：「要不我直接把座標告訴你們，我就不坐了吧？保證準確無誤。」

簡赫冷冷地說：「進去。」

梁丕什麼話也不講了，乖乖地進了潛艇。科學考察船船底封艙打開之後，潛艇便直接從船體裡潛了下去，進入海裡，然後按照梁丕提供的座標，從水底駛了過去。

第二十四章

不死軍團

蘇家輝和杜志發被眼前停住的惡魔般的巨艦，以及船上露出的密集魔兵震驚，但老鬼和一眾水手，仍舊在拼了命地往前游，根本無暇顧及身旁身後發生了什麼。

這時，大明混一號上先是傳來了雄渾、悠長、如龍嘯般的號角之音，接著響起火炮聲，大概隔十秒炸一響，一共差不多三十六響，響徹整個海面。而且隨著炮聲連續不斷，原本的風雨海浪，竟似乎也逐漸平息下來，最後恢復到了這艘鬼船出現之前的天氣狀況。

在震天炮聲中，前面的老鬼等人，也不由得停了下來，紛紛回首。

緊接著，從高高的船舷上，扔下兩條軟梯。水裡兩群人馬互相看了看，似乎都在詢問對方，要不要上去，因爲鬼船的用意很明顯，讓他們爬上去。

蘇家輝尋思：逃肯定逃不掉的，就算潛水，在沒有氧氣瓶的狀況下，能逃多遠？而且這船就守著蝦米號，即使逃得了一時，你在大海上又能自己漂多遠？如果要殺我們，早就殺了，還用得著又是吹號，又是鳴炮的？另外，最重要的是，他本就不甘心將這艘船放走，那種迫切的心情，甚至超過了杜志發，否則他怎麼會命都不顧地想弄掉隱形罩？

於是蘇家輝對杜志發說：「我們上去看看。」然後便朝懸梯方向游了過去。杜志發在後面望著，沒立即跟上來，最後喊道：「喂，師父，等等我啊！」

蘇家輝沒理他，自顧自地朝前游。杜志發沒辦法，他是個不太有主見的人，只好跟在蘇家輝屁股後面，也游了過去。另一群人見他們兩人動了身，躊躇著互相商量一陣後，也跟了過來。

抓住軟梯後，蘇家輝抹了把臉，大口喘著氣，如果年輕時這點體力不在話下，但現在這身板實在勉強。他吐去幾口苦澀的海水，朝上看了看，罵道：「怎麼這麼高？」因爲看起來有六七層樓高。他定了定神後，咬牙開始朝上爬，幸虧下面全是海水，知道即便摔下去也摔不死，否則如果在半空中往下看，保證兩腿發軟直發抖，嚴重一點的，甚至會腿抖得難以站穩。

漸漸接近船舷了，先前的那些黑點慢慢變得清晰，卻讓蘇家輝的心裡如同一面鼓被敲了起來，驚恐不已——黑盔黑纓之下，一張張慘白毫無血色的臉，眼睛裡卻似乎射出淡淡的淺藍色幽光，幾縷未束緊的白髮，散落拂過臂膀處的獸首護肩……

蘇家輝越看越不敢往上爬，咽了幾口口水，不禁朝下看看其他人，然後又朝遠處看看蝦米號，確定自己不是在做夢——這艘長久以來在東海海面出現的鬼船上，竟然全是彷彿從地獄中出來的鬼魂陰兵?!

剎那間，蘇家輝有種置身於電影片場裡的感覺，似乎在參與一場電影拍攝，他甚至想抬頭看看攝影機架在哪裡。在不遠處，還在隨波起伏的蝦米號，又明確地告訴他，這不是古代，這不是拍電影，這就是現實。

儘管吃驚不解，但比心裡預期的好很多，因爲原本做好的打算是上面全是地下人兵士，蘇家輝知道，世界上的大部分鬼船，都是眞正從地下而來，是眞正地來自地獄！而這些人，雖然像極了陰兵，但與他理解的地下人不同（我不知道那之前他是否曾經親眼見過地下人，但從杜志發回憶的情況判斷，或許他是見過的，這裡姑且就用他理解的地下人來表述吧），就這樣在驚慌與疑惑中，蘇家輝最終攀上了船身，兩名兵士將他扶住，一下子便把他拽上了甲板。

蘇家輝實在說不出話來，微張著嘴四處打量。船上的這些陰兵，此時也不發一言，然後杜志發他們陸陸續續也全都被拉上了船，眾人站在船舷邊，就像劉姥姥進了大觀園，不敢聲張，只敢探望。

這時，一名身穿銀色鎧甲，將軍模樣的人，同樣滿臉毫無血色，像在冰櫃中被凍了幾百年，但五官長得霸氣邪性，身後帶著幾名同樣充滿煞氣的兵士站到蘇家輝面前。一開始蘇家輝只顧看旁邊，及至回頭見到這幾人時，嚇了一大跳，正在驚魂未定時，那人突然單膝跪倒，抱拳拜道：「大明中軍都督府左都督——常榮，拜謝各位救命之恩！」他這一拜不要緊，整船甲板上的兵士，全都跟著單膝跪倒，拜了下來，並且嘴裡跟著說：「拜謝各位救命之恩！」

蘇家輝這把老骨頭當時眞是被這陣勢嚇傻了，差點就要朝後面直挺挺躺倒，幸虧杜志發扶住了他。其他人也均面面相覷，不知什麼名堂。

見他們仍舊沒人說話，這個自稱常榮的人站起身，兵士們也都站了起來，他問：「敢問各位，現在是哪位皇帝榮登大寶？」

蘇家輝咽了幾口唾沫，壯起膽說：「你們出發時是哪個皇帝？」

杜志發躲在蘇家輝的肩膀後，也跟著嚷嚷：「是啊，你們是什麼人？」

「吾等乃大明水師，奉皇帝命，於宣德七年，前往海外公幹。返航途中，行至東海後，遭遇鬼船包圍，拼力奮戰許久，鬼船雖消失，但吾等忽如被罩於琉璃瓶中，自此艦不受帆控，終日漂流海上，至今約有五百七十年矣。」

老鬼被驚得結巴起來，指著說：「你……你……你們竟然知道自己在海上已經漂了五百多年？」

杜志發說：「孫悟空被壓在五行山下五百年，至少還有露水喝，有牧童送果子吃，你們在這船上五百七十年，吃什麼？喝什麼？」

一個水手顫巍巍附和道：「常人就算有吃有喝，又哪裡能活五百歲？他們究竟是什麼？」

蘇家輝朝常榮看了看，又朝旁邊的兵士瞥去，雖然個個跟鬼一樣，慘白得嚇人，頭髮也都全白，但沒一個面黃肌瘦，不像是缺衣少食的模樣，唯一奇怪的是，每個人的眉頭，都或多或少緊鎖，似乎正在默默忍受某種傷痛，但並未表露出來。

常榮想了片刻，然後說：「請各位到艙裡，坐下邊歇息邊談吧。」

旁邊兩名兵士，大手一揮，說聲：「請。」事已至此，上都上來了，怎麼也得去看看啊，於是在引領下，眾人朝船艉走去，那裡似乎有好幾層高樓。

行進途中，蘇家輝看到船舷邊放著一門門大炮，模樣有些奇怪，跟電視裡放的古裝劇裡的大炮不一樣，便問：「這些是什麼火炮？」

常榮說：「此乃以佛朗機炮爲模，我大明水師加以改進，整體澆築，後裝填，輕者千斤，重者三千斤，可射五里至十里地，稱爲宣威無敵大將軍！」

老鬼跟輪機打了半輩子交道，看到這些鋼鐵玩意就來勁，一邊拍著炮身，一邊說：「書上不是說佛朗機炮是嘉靖年間才傳進中國的嗎？怎麼你們那個時候就有了？」

常榮奇道：「嘉靖是誰？」

此時蘇家輝的緊張之情已經大爲緩解，笑著說：「是你們皇帝之後的皇帝，哈哈。」

常榮道：「佛朗機炮在永樂帝時便已有，但咱們大明混一號上的這些，只是依據其爲範本，實際大爲不同，每層船身兩面均配有數十門，幾無賊船可近吾身。即便那些鬼船也照樣被我們轟爛不少。」

杜志發奇道：「你們眞跟鬼船打過？」

「如非遇到鬼船，我們也不會淪落至此。」

大家進了船艉的艦橋，裡面窗明几淨，各類航海器材器具擺得井井有條，其中一張桌子上擺著大張地圖，蘇家輝走近一看，整張圖的底色爲鵝黃色，最上面寫著幾個字——大明混一圖，想來，這就是此船得名的原因了。

這時，杜志發說：「常將軍，哦，常都督啊，有沒有一點水或者酒，我們剛從海裡上來，有點冷，也有點渴了。」

常榮面露難色，沉吟片刻後，說：「不瞞諸位，我們整船兵士，已經都快忘了水和酒是什麼滋味了。」

蘇家輝渾身打了個顫，問道：「難道你們五百多年沒喝過水？」

「想喝，想得幾乎發瘋，但大海裡全是鹹水，又從哪裡來的淡水呢？我們就像是瀕臨餓死或者大漠中瀕臨渴死的人，這種饑渴交加的感受，伴隨了我們五百七十年，這五百七十年中，我們無時無刻不在品嘗忍受著瀕臨餓死和渴死的人的切身感受。」

杜志發有點不敢相信，說：「那不得把人逼瘋了？」

常榮苦笑著搖搖頭，說：「瘋瘋不掉，死死不掉，就這麼讓你一直活著，一直航行，一直忍受饑渴。這整船兵士誰沒自戕過？結果呢，就是這樣。」說著，出人意料地從腰間拔出寶劍，倒轉劍柄，劍尖對準心窩處，稍頓一下後，噗一聲，劍入血肉，直接從前胸進，從後背肩胛處出。

眾人嚇得幾乎跳了起來，誰都沒料到常榮會來這麼一齣。但此時常榮竟然站起身來，緊蹙眉頭，咬緊牙關，似乎正忍受著刀劍刺入身體之痛，不過，既無鮮血飆出，而且整個人看起來除了疼痛以外，也無半點行動受阻的樣子。

杜志發想起蘇家輝在地下室中展示給他看的不死水母，跟這人的狀況幾乎一模一樣，驚叫了起來：「不死水母？」隨後立刻改口道：「不死人？」蘇家輝則貼牆站著，緊張得有點不敢說話。

老鬼哆哆嗦嗦地問道：「你……你這什麼意思？」

常榮握緊劍柄，咬碎鋼牙，又是噗一聲，活生生將劍拔了出來。

杜志發幾人看得幾乎又跳起來一次，渾身雞皮疙瘩直豎。

可常榮仍舊屹立不倒，長抒一口氣後，將劍重新插進腰間的劍鞘，坐下來說：「這下你們懂了嗎？整船的人，無論採用什麼辦法，都無法死去，亦無人生病、發瘋，生老病死對我們而言，簡直就是奢望。但人的各種痛苦，我們卻能切身體會到，饑餓、疼痛、乾渴、冷暖……」說著，拿起桌上的一只犀角酒杯，摩挲著杯口，輕聲說：「我想喝水，已經想了五百七十年了，哪怕只有半口也好……」

他聲音雖輕，給人的震撼卻難以想像。從那時起，杜志發明白了一個道理，世界上最痛苦、最恐怖的事情，並不是你受了多少折磨，被渴死、被餓死、被凍死，甚至如同古人被用三千六百刀凌遲，一刀刀割死，這些痛苦嗎？確實痛苦，但並非最痛苦，因爲這些折磨終究有個盡頭，比如昏厥，比如死亡，但比這些更爲痛苦恐怖的是，一直讓你品嘗這些痛苦折磨，卻總死不了、瘋不掉，沒有盡頭，就像常榮這船人，被折磨了五百七十年，這種痛苦，恐怕才是眞正令人想起便毛骨悚然的……而那時的杜志發並不知道，我已經嘗試過了那種活生生被凌遲的痛苦。

老鬼左右思量，仍覺得不可思議，脫口問道：「怎麼可能會這樣？」

常榮轉頭盯向他，說：「我也很想知道。」

杜志發望向蘇家輝，但蘇家輝仍舊站著，不發一言，似乎在等待時機。

老鬼問：「你們的船不在東海時，是去了哪裡？」

常榮仰頭幽幽地說：「在一片陌生的海域，但同樣也出不去，還是被罩在裡面。」

眾人正被這匪夷所思的情況困擾，忽然外面傳來了輪船汽笛的聲音。杜志發走到船舷外看，此時海面上空陰霾已經全部散去，正逐漸露出午後的陽光，波光粼粼的海面，一艘遠洋漁船正在蝦米號與大明混一號之間遊弋，並且間隔著發出汽笛聲，似乎是在詢問情況。

老鬼也走了過來，看了兩眼說：「沒事，這是漁民見到這麼大的船，過來看熱鬧的。阿發，這樣，我先帶著我的人下去，回蝦米號，如果碰到船過來，就說是在拍電影，你和老蘇盡快商量個法子，看到底是跟他們走，還是怎麼辦。」

杜志發點頭說好，正準備往屋裡走，老鬼從後面一把拉住他肩膀，低聲說：「我看這船玄得很，你讓老蘇別要珠子不要命。」

杜志發低頭咬咬嘴唇，說：「我看師父他，八成是準備把命豁出去了。要是一會這船開走，我們沒下去的話，你就自己走吧，別等我們了。」

老鬼一跺腳，嘆了口氣。兩人走回艙內，桂清暉喊了幾個手下，就準備離船回蝦米號。蘇家輝連忙喊住他們，然後走過去，說：「差點忘了，我帶的器材還在你們船上。」老鬼說：「那我讓人再送上來。」

「多謝了。」

「保重，老兄弟。」

幾大箱子的器材終於全都運上了大明混一號，老鬼的船員們則徹底離開了，蘇家輝似乎反而放鬆了些，問：「常將軍，你們船上一共多少人？」

常榮站起來環視一番，慨然道：「大明混一號，水手、工匠、博士、醫官六百人，兵卒將士一千人，察合台戰馬四百匹，宣威無敵大將軍火炮三百門。你若有難，只管開口，吾等自當效勞。救命之恩，實無以爲報！」

杜志發驚訝著說：「乖乖隆地咚，韭菜炒大蔥！一千六百人，四百匹馬，三百門火炮，眞他媽趕上航空母艦了！」然後轉朝蘇家輝說：「咱大明朝時就這麼厲害，怎麼後來反而不行了呢？」

蘇家輝說：「鄭和下西洋後，明朝就開始海禁了。這些造船技術均已失傳，即使讓現在的人造這麼大的木船，大概都造不出來。」

常榮沒理會這言語，直接說：「你們兩個，是不是有什麼麻煩？」

蘇家輝笑了笑，擺擺手說：「不是，我問你們多少人，是想弄些淡水來，你不是說很久都沒喝過水了嗎？我們下面的船上倒是有水，但一千六百人，恐怕不夠。」其實當時蘇家輝心裡很想立刻跟他說去亞松森藍洞的事，但想到他們忍饑挨餓了這麼久，一救出來就跟人說要幫忙，似乎不太好，所以尋思過陣子再講，反正自己死也得賴著這條船了，他一輩子的夢想，都寄託於此。

常榮道：「大可不必。反正我們也死不了，這麼久都已經熬過來了，不差這一時半刻。孫悟空跳出了五行山，還愁弄不到水和吃的嗎？」

蘇家輝聽他執意如此，便也不再勉強，片刻後問：「常都督，現在早已不是大明朱家的天下，改朝換代許久了，你有什麼打算嗎？」

常榮說：「我想先回岸上做些補給，讓全船將士好生休養生息一陣子，然後看看當今天下形勢，再做定奪。須知現在大明混一號上，隨便一人一馬，那可都是不死之身，這一船人馬，頂得上雄兵數十萬，足以席捲天下，光復大明。」

他這番話說得不聲不響，卻聽得蘇家輝和杜志發心驚膽戰，杜志發忙說：「哎，哎，常都督，現在天下太平，老百姓全都安居樂業，沒人想打仗的，而且早已不用刀槍劍戟，全都是槍炮，還有原子彈，那玩意威力大著呢，一發炮彈，一個小島都給轟沒了。千萬別想著什麼反清復明，找個偏僻的地方，好生養著才是。」

「反清復明？清是什麼？」常榮奇怪地問。

杜志發說：「咳，你看我這嘴，越說越糊塗，以後再慢慢跟您解釋吧。」

蘇家輝一看這形勢，再不說不行了，但你要是完全靠嚇唬威脅，人家也不是吃素的，說不定會有反效果，還是得打感情牌才行，於是趕緊道：「常都督，我們師徒倆確實遇上點麻煩，現在想求將軍您幫幫我們。」

常榮哈哈笑道：「吾等俱為不死之身，小島可以被轟得沒影，但大明混一號上的任何一兵一卒一馬一炮，可都不會有絲毫損傷。我本想上岸，看看如今天下到底是何模樣，究竟誰人可制得我這不死之師，看看我軍是如何無可匹敵，所向披靡，縱橫於天下。」頓了下，轉個身：「但既然你們兩個救了我們，幫你們自是應當，本將說話算數，儘管開口，你們想做什麼？」

蘇家輝囁嚅了半天，道：「我們想去南洋。」

「南洋？南洋哪裡？我們大明混一號，最後便是經過那裡的黿龍海眼回來的。」

蘇家輝瞬間激動起來，說：「黿龍海眼？我們就是想去那裡。」杜志發聽得一愣一愣的，問：「我們不是去亞松森藍洞嗎？」蘇家輝小聲說：「黿龍海眼是古時候的說法。」

常榮左右晃了晃腦袋，說：「眞是造化，哎，難不成老天讓我們漂流五百年，爲的就是等著送你們再去一次？」他表情頗是無奈：「也罷，去就去吧。但可說好，送到那裡，咱們便就此別過，兩不相欠。」

蘇家輝說：「多謝都督，但我還有個小要求，就是必須在十八天之內趕到，如果提前到達，也必須待到從現在起第十八天的時候，因爲到時會有人接我們。」

杜志發更是聽得愣住了，心想：哪裡會有什麼人去接我們。但沒敢說出來。

常榮想了想，道：「那可得抓緊些，現在就起航，說不定還能提前個一兩天到。」

蘇家輝心中石頭終於落了地，說：「非常感謝。那我們如果現在就起航，將軍平日在途中可有落腳點，能中途進行補給的？」

「這個不用你操心，附近便有處鷹狩島，可以先將淡水補滿。其餘往南邊走邊說吧，等到了南洋，陳祖義當年的各處小島城寨，隨便一處，一般人都別想找到。那上面的瓜果野獸，多不勝數。」

「陳祖義？」杜志發問，「怎麼好像有點耳熟？哦，想起來了，明朝海盜頭子啊！盤踞南洋麻六甲附近，劫掠過往船隻，攻打附近城池，簡直就已經不是海盜了，算是一方諸侯了吧。」

常榮嗤道：「他也能算諸侯？笑話，只不過是個跑到天高皇帝遠的地方，落草爲寇的貨色罷了。唯一拿得出手的就是狡兔三窟，藏身之處極多，南洋海域，有很多常人極難尋到的地方，都被其做了賊窟。但大明海禁，卻也是因爲此人而起，從此點來說，他倒算是個人物。」

蘇家輝有些奇怪，問道：「大明海禁，爲什麼是因爲陳祖義？」

常榮道：「陳祖義原本是廣東潮州人，素有野心，洪武年間便帶著全家漂洋過海，去了南洋，那裡天高皇帝遠，當地藩國又懦弱無能，管不住他們，故而日益強大。因爲陳祖義的名號越來越響，所以不斷有人從廣東、福建，甚至江浙一帶的沿海地區，出海下南洋，去投靠他，最多時，手下多達數萬人，而且大部分全是從我大明而去。成祖對此極爲震怒，若長此以往，豈不是用我大明的子民，給他陳祖義在南洋做了嫁衣？況且，那時陳祖義已攻占南洋各藩國的城池幾十座，再發展下去，恐怕眞能被他做個土皇帝。因此，成祖下令懸賞花紅五十萬兩白銀，捉拿陳祖義，最後是鄭和於永樂五年，帶兵在南洋將其捉拿回國，梟首示眾。從此大明便開始海禁，以免再有如陳祖義者，跑到南洋海外作亂。」

杜志發一拍腦門，說：「全反了，全反了。我之前聽人說明朝海禁是因爲倭寇入侵，那時我就納悶，難道海禁能抵擋倭寇？你明朝海禁了，難道倭寇就不來了？你把自家大門關上了，難道土匪就不砸門了？這個問題我一直沒能想明白，今天聽你一說，恍然大悟，原來之前的分析全反了，海禁是想管住家裡人不往外跑，這就說得通了。」

日薄西海，大明混一號升起十二道風帆，朝東南方向駛去。夕陽的餘暉將天邊燒得火紅，常榮和一干將士在船舷處出神地盯著。當勁帆鼓起，帶動怪獸般的巨大船身，乘風破浪，正式開啓了他們的新航程時，大明混一號上的人們全都歡呼起來。

常榮喃喃道：「我等這一天太久了。」

自從宣德七年起至今，五百多年的時光，這群可憐的人一直如同琥珀裡的昆蟲，不受控制地重複航行，沒有終點，沒有方向，他們的人生彷彿像個活著的木乃伊，被繃帶纏繞綁定在這艘船上動彈不得，直到蘇家輝在既有意又無意中將他們救了出來。

在困境與絕望中，有些人會大徹大悟，體會到人間的悲哀苦痛，昇華成爲英雄；但有些人，卻會在困境與絕望中，壓榨出每個人都具有的陰暗面，並讓陰暗占據光明，他們咬牙切齒地向上天發下毒誓，不出則已，一旦出世，定要掃平天下，讓所有人都嘗遍他們曾經受過的苦，要用天下人的痛，來補償他們曾經受過的幾乎無盡的地獄酷刑。

所以，同樣是絕境，會產生兩種人——英雄或魔鬼。我是不是英雄，我不知道；但常榮，似乎不是前者。至於他們爲何會遭遇如此境況，蘇家輝會在其後告訴杜志發。

第二十五章

百頭黿龍

當我繼續向小島游去時，復甦的水下嗅覺帶給我隱隱的不安，但奇怪的是，這次不同往常，以前如果嗅到什麼，便會直接在腦海中顯示出畫面，哪怕那種生物我從未見過。或許只要是我這條血脈源頭的那條龍見過，便都可以在我的眼前顯現出來。而此時，儘管嗅到不同尋常，儘管帶來隱約的危險感，卻感知不到任何具體形象。

我懷著十二分的警戒之心，一路游去，最後終於踏上其中一座小島的海灘。

放眼望去，整座小島呈波浪山字形，面積很小，我登陸點的前方有座小坡，坡後是全島最高點，再往後偏一點，又是一個小坡。除了海灘沿岸全是自然排列成鋸齒狀、帶暗色花紋的高低岩石，島內見不到一點山岩，滿眼盡是綠色的草地，綴著野花，寧靜而恬美。

我拉開胸前防寒服的拉鍊，透了口氣，然後朝最高處走去，想到那裡再用磁場觀望鏡，朝四周極目遠眺，測定龍氣的所在。這次可比上次去十獄閻殿，有經驗得多了。

上坡的時候，我路過一處凹坑，裡面的水清澈無比，有半個籃球場大小，坑的四周和小島海灘類似，天然排列著被擠成鋸齒狀的岩石。但走近朝裡一看，才嚇了一跳，覺得叫凹坑不太合適，說成深井或許差不多，但又比井寬多了，所以姑且稱爲深淵吧。裡面的水極爲透澈，而且池壁和底部長滿了飄逸的長葉水藻，人朝下看，一眼就可見到底部，據我當時目測，至少有十幾公尺深，那種深淵既視感，能讓人的懼高症、幽閉症一併發作出來。我蹲下洗了把臉，然後試著喝了幾口，覺得沒問題，水質非常好，甚至有股甘甜味。我正起身準備離去時，忽然瞥見深淵對面的一個角落裡，似乎有幾點光芒閃過。地下沒有太陽，因此無論海水還是島上，普遍是一種透著憂鬱的陰沉寧靜，所以這種鑽石般的閃光，特別耀眼。

我疑惑著走了過去，雖然那些光亮一閃而逝，但我發現對面角落的水裡，在成群綠色水藻的簇擁中，長著一棵赤紅的珊瑚樹。從淵底生根，長到水面，橫向擴張，火焰般的枝條占滿整個角落。

當時我非常震驚，因爲通常高大一點的是海樹珊瑚，業內簡稱爲海樹，比珊瑚便宜很多。常見的海樹品種有——海柳樹、海鐵樹，一般長到五六公尺就不得了了。而這深淵據我估計，有十幾公尺深，這棵火樹珊瑚從池底一直長到臨近水面，大約十公尺高，而且它還是貨眞價實的珊瑚，不是海樹，實在太爲罕見。

可能這樣講，大家還沒什麼特別的概念，我再舉個例子吧。珊瑚樹每十年才長高一公分，一兩公尺的原枝珊瑚樹能賣幾千萬；海柳也是，比珊瑚樹高不了多少，最多四五公尺。那這棵高達十幾公尺的火樹珊瑚，能值多少錢，算一算，你就能明白我當時的震驚了。

但很快我便又發現了更驚人的現象，這棵火樹珊瑚的各個枝條以及枝頭上，有一種形狀奇特的貝殼附著，宛如大樹枝頭結的果子。這些貝殼雖是雙殼類的，但底部有吸盤，牢牢吸附在珊瑚樹上。此時兩扇殼緊閉著，乍看之下，像一片片闊葉，又像一隻隻巨型蝴蝶。

我尋思：「這可怪了，珊瑚也好，貝殼也好，但都沒辦法發光啊，那剛才的閃光從哪來的呢？」於是蹲下身，伸手搆到最近的一只貝殼，用力摘了下來。

托在掌心，拿在手裡，左看看，右瞧瞧，這時在換手的無意中，我感覺到裡面有什麼東西。於是左手捏住貝殼，右手一抖，化出焰刃，將其撬了開來。這一撬，令我大吃一驚，裡面竟有顆鴿子蛋大小、渾圓的白色珍珠，此時從殼裡出來，露出真容，大放異彩。

我笑了笑，算是明白剛才的閃光從何而來了。一定是原本這些貝殼全都張開吐露著，大概受了我觸碰水的驚嚇，陡然滿樹貝殼盡皆合攏，將珍珠的光澤藏了起來。

但剛才的亮點不止一個，難不成別的裡面也有？於是我跟著又連採五只貝殼，竟然發現每個裡面都有珍珠，但品種分為兩類。第一種是剛才說的鴿子蛋；第二種貝殼就不同，小一號，貝殼的顏色為落葉黃，產出的珍珠只有小指指甲蓋大小，但珍珠的顏色為純金色。

我將這四大兩小共六顆珍珠裝進了腰後的採珠包，然後又將這棵火樹珊瑚仔仔細細瞧了一遍，發現第二種落葉黃的小號貝殼很少，幾乎不怎麼看得見，估計整棵樹，連我剛才摘的兩只算在內，一共不會超過五只。其餘都是大顆的鴿子蛋貝殼，就像秋天的果實，掛滿枝頭。

因爲我並非衝著這些珍珠而來，所以驚嘆片刻後，就起身繼續朝最高點走，如果杜志發在身邊，想必不採完整棵珊瑚樹上貝殼裡的珍珠，是絕不會離開的。

但更驚人的事情發生了，我走了不到八九步，便又發現了一處同樣的深淵，而且裡面長著兩棵珊瑚樹，一棵是火樹珊瑚，另一棵是紫色的，高度也都是十幾公尺，也攀附滿了大號的鴿蛋蝴蝶貝，中間偶爾夾雜著金丹落葉黃貝殼。再接著走，簡直就是見怪不怪了，原來山坡上布滿了類似的深淵，裡面是相同情形，最大的一處深淵裡，我大致數了數，大概有八九棵各色珊瑚樹，上面所攀附的貝殼，多得不可計數。

後來呢，我才知道，這種東西叫作珠玗之樹。珠自然指的是那些攀附在枝條上的貝殼裡的珍珠，這些珍珠，其實屬於異珠的範疇，但那時我並不知道，而且它們的神奇，也並非由我發現，所以具體的情況，此處按下不表，後面隨著事情的發展，大家自然會知曉它們的神奇；而珊瑚自古就屬於寶玉石範疇，是一種有機寶石，所以玗指的便是這種極其名貴的珊瑚樹本身，說是天價，並不爲過。

當我踏上坡頂時，郭美琪開始呼叫：「楊宣，我們已經駛離藍洞底部的水平橫向通道，進入地下海。現在剛剛浮出水面，雷達顯示前方有三座島嶼，你在哪裡？」

「我在東南方向第一座小島的最高點，準備開始使用磁場觀望鏡測定龍氣，等你們過來。」

「好的，我們很快就到。」

磁場觀望鏡中的世界，色彩繽紛，基礎樣貌有點類似X光的片子，底色是黑的，然後在這個基調之上，各種物體便顯示出不同的顏色，甚至連岩石周圍都有顏色。這些色彩便代表不同的磁場，或者說能量。

所以，還是那句話：一切關乎能量。世間的萬物都有能量，只是高低強弱、組合成分不同。即便一塊木頭、一把勺子，也都是有其自身能量的。但後來我才明白，最爲重要的區別其實是極性不同，好比磁場的南北極，或者電的正負極。但郭品海發明的這種可攜式磁場觀望鏡，沒辦法區分出這種極性的差別。我不得不在這裡叮囑一句，請朋友們務必在此提前注意下首次出現的「極性」這個概念，因爲這關乎異珠能量網形成的能量結界與地下人的終極關係，同時這也是宇宙間的基本規律。

其實中國本土的哲學觀——陰陽、五行，便是對此處「萬物皆有能量，能量皆有極性」的詮釋之一，幾乎可以完美概括能量的基礎要素。

龍氣是龍體具有的特定磁場能量，據說是五彩之氣，但五彩到底是什麼樣的，我從沒見過，所以這時不禁略微有些擔心，生怕哪裡都沒有所謂的五彩龍氣，那就不知該如何是好了。

不過越擔心什麼就越來什麼，我站在山頂轉了幾圈，愣是什麼顏色的磁場都看到了，就是沒見到什麼不同尋常的五彩之氣。我嘴裡小聲罵了一句：「他媽的。」然後放下觀望鏡，惱火地原地坐了下來。過了會，心裡尋思：游蜂們能用望氣術找龍，那龍氣應該一定是存在的，但會不會是因爲離得太遠看不見呢？就好比你在中國，哪怕用天文望遠鏡也看不到美國，因爲地球是圓的。雖然如果這裡有龍的話，肯定不可能像中美離得那樣遠，不過也許道理是對的，說不定這個地下世界眞是球體呢？那如果離得比較遠，就算龍氣會直衝雲霄，但你就是看不見那道氣柱磁場。

我在心裡喃喃念著：直衝雲霄……直衝雲霄。這時，我猛地站了起來：「對了，氣柱看不見，那或許龍氣可以在雲霄映照出對應的東西來呢？」於是趕緊舉起磁場觀望鏡，改爲朝天空觀察。這次轉了半圈之後，我果然在西北方向的天空，找到一處掩映在雲裡的五彩之氣，又持續盯了片刻，發現那個看起來月亮大小的圖案，竟然隱約是個龍形！就像一條藏在雲海裡的龍！哈，這個發現實在令人振奮，我不禁握著拳頭揮動了起來。但唯一美中不足的是，我沒辦法知道那裡離這座小島實際有多遠，就好比古人看北極星，它能指明方向，但誰都不曉得距離。

不過有了這個方向判定，至少我的心寬了些，只要照著那個方向走就成。這當口，耳機裡傳來聲音：「楊宣，我們即將接近你所在的小島，準備從東南側登陸。」

「好，我下來接你們。」

這個島嶼的海灘很不尋常，就像是深水港，不會隨著靠近島嶼變得越來越淺，而是可以直接將深潛器開到岸邊。郭美琪先跳上島嶼，周喆將艙裡的三個背包扔了出來，當然還有兩支M16步槍，其中一支加掛了榴彈發射器，另外還有兩把手槍。這些都是給他們用的，我從青龍事件之後，基本上不再需要槍。

「這裡好安靜啊。」郭美琪環顧島嶼四周道。

「確實，我一直逛到山頂，也沒見一隻動物。除了這些珠子。」我伸手從腰後掏出那六顆珍珠。

郭美琪和周喆各拿了一顆，仔細看了起來。女人天生愛美，郭美琪看著手裡那顆鴿子蛋，驚喜地問：「這些珍珠哪裡來的？海裡的？」

周喆拿的是小的那種金丹，看看身後的地下海，說：「恐怕是這島上的吧？海裡似乎沒東西。」於是我將發現的經過講了一遍，並帶著他們去了最近的一兩處深淵。看完之後，周喆問：「現在我們怎麼辦？」

我指著西北方向，說：「龍氣在那邊，等稍微休息一下後，我們就得過去。」頓了一下：「不知道那邊是陸地，還是仍然是島嶼。」

郭美琪說：「我去開雷射雷達。」飛龍號的深潛器上配有在當時非常先進的雷射雷達測繪系統，雖然在水下潛航時主要靠多波束聲納系統構建DTM（數位地形模型），以DTM爲基礎再形成海底的地形地貌圖，但只要中途浮上水面，便可使用雷射雷達測繪，此時停靠在海岸邊，更是沒有問題。在簡單模式時，可以直接測定前方地物距離、大致形態等，比如之前郭美琪剛進入地下海，浮出水面，便立即測定出前方有三座小島；全景模式時，會釋放出無人機配合，能夠測繪出更爲精細的地形地貌等資料，並在螢幕上顯示出三度空間地理資訊。

深潛器的頂部開啓一扇小視窗，兩架銀色的無人機先後飛了出來。

周喆看著覺得很新鮮，說：「哇，這輩子頭一次見無人機，還一次兩架。」話音剛落，從裡面又飛出來一架。周喆更興奮了，喊道：「哈，還有一架。哈哈。」待系統調整好方向之後，它們便朝西北方向飛去。大概是出於測繪技術方面的要求，三架無人機間隔很遠，且兩前一後，形成倒三角形。

由於深潛器停靠在小島東南側，朝龍氣方向去的話，需要飛越整個島嶼。前面兩架基本上是靠著小島兩側邊緣，中間一架則沿著中線。就在這時，突然從我們兩側以及身後，三個方向的水中，猛然竄出三隻黑色帶鱗甲，長著成列倒鉤的怪物，既像巨蟒，又如同龍的脖子，而這三隻怪物的腦袋又似龍非龍、似鼉非鼉，且均有一隻獨角，同時張開大口，將空中的無人機咬碎。

我和周喆原本正全神貫注盯著飛機看，沒料到突然間竟出現這一幕，都被驚得愣在那裡。但不容反應，三條高高在上的鼉龍的腦袋旋即掉頭，直衝我們而來，奇怪的是，牠們就像是長頸龍，只有披著黑鱗的脖子，以及脖子上從上往下的倒鉤，卻不見身子在哪裡。不過光是脖子就能將人嚇傻，簡直如同半個身段出水的史前巨蟒。

周喆立刻朝坡上奔去，因爲離我們最近的一條鼉龍就在背後的海裡。我轉身盯著那條從上往下壓過來的鼉龍，頭髮開始變得火紅，烈焰雙刃也已在手。

片刻後，我的面前矗立著三條下半截身子在海裡，上半身拱形彎曲，與我幾乎面面相對的鼉龍。因爲我此時已經知曉自己的龍鱗癒合能力，所以暫時並未立即以雷電攻擊牠們，但空中已然捲起烏雲，雷聲隱隱，一觸即發。

在這對峙的當口，跑到半坡的周喆，舉著手裡的自動步槍便開始猛烈開火。那三條鼉龍立刻狂性大發，旁邊的兩條由兩側繞向周喆，中間的一條直接怒張大口，露出滿嘴鋸齒向我咬來。

瞬間三道閃電劈下，中間一道直擊鼉頭，兩側兩道擊中鼉身。我面前的鼉龍腦袋被雷霆擊中後，重重摔到地上，將海灘邊凸起的岩石撞出一個巨大的缺口。

郭美琪剛才大概一直在深潛器中觀察形勢，此時猛然跳了出來，但因我與鼉龍離得太近，因此轉而舉槍朝西南側的怪物射擊。

我趁勢朝前一個魚躍，兩柄焰刃分由兩側插進鼉眼，接著跳上鼉頭，從其頭頂向腦袋上猛扎。與此同時，雲中的閃電不間斷地朝旁邊兩條鼉龍劈下，郭美琪邊打邊朝周喆方向退去，最終兩人在高處互爲犄角，各自對準一條鼉龍的腦袋猛烈開火。

我胯下的鼉龍，雖然雙眼已瞎，腦袋被戳了數劍，卻猛地昂起身子，甩向半空。當我幾乎要摔下去時，右手握住焰刃，猛然扎進其頸部，就好比攀岩的人在岩壁上打下一根鋼釘。但豈料焰刃過於鋒利，且墜勢很強，所以我竟然握著劍柄沿著鼉身一路下滑，最後摔到地面時，那十幾公尺長的鼉脖頸竟被我從側面自上而下給剖開了。我倒地後不久，那條鼉龍便也從空中重重摔了下來，緊挨著我砸下。

另兩條鼉龍，因受不住雷霆之威，以及郭美琪和周喆兩人的輔助火力，猛然回到了水裡，那景象如果說「縮回」了海裡可能更準確。因爲三條鼉龍的下半身，自始至終都沒有出過水面，一直都只是長達十幾公尺的上半截身子，昂立在水面之上。

小島漸漸又恢復了平靜，郭美琪和周喆驚魂未定地繼續舉著槍，站在那裡警惕地朝四周觀望。過了許久，才下坡走來。

當兩人經過一處長滿珊瑚樹的那種深淵旁邊時，猛然間有一道黑影竄出，將其中的珠玕之樹撞得粉碎，珊瑚碎片以及許多貝殼全都被甩出水面，落到島上。而那黑影竟然與剛才的那三條鼉龍長得一模一樣，昂首到半空中後，便彎曲脖頸，向兩人襲去。

我見狀不妙，朝他們狂奔而去的同時，運雷而下，同時郭美琪與周喆再度開火。豈料，片刻之後，整座島上所有的深淵之內，竟然全都竄出了黿龍，一時間，光是這些怪物破洞而出，甩帶出來的珊瑚碎片和貝殼，就如同下起了冰雹。

我在坡下看去，那景象恐怖至極，至少有百十條汽油桶粗細的黿龍，從洞穴中竄出，全都張著血盆大口，露出利齒，狂蟒一般扭曲、甩動。整個島嶼上方的天空，此時滿是陰暗凝重的烏雲，宛如黑夜，無數道閃電接連不斷砸下，連接著天地之間，組成了暗夜中的雷電森林。

郭美琪與周喆此時已被完全驚呆，放棄了射擊，因爲身邊到處都是惡魔般的黿龍，只能拼盡全力朝坡下飛奔。而我的雷電在幾乎籠罩全島所有範圍時，必須集中萬分精力，露出他們周圍的空間。

原本毫無樹木的小島，在此時的黑夜中，瞬間長滿了紫色的雷電之樹，密如森林，那些群起而舞的黿龍，在這樣的背景之下，拼死扭動，襲向郭周二人。但隨著我的怒氣不斷升騰，閃電森林逐漸由紫色提升爲紅色，最後竟至金色，那是我當時能夠達到的最高等級。瘋狂舞動的怪獸，逐漸成批地倒下，而一路跌跌撞撞過來的郭美琪和周喆，等最終到達我身邊時，都已面無血色，嚇得話都說不出來了。

小島終於逐漸恢復了平靜，天空的烏雲散去，我們三人癱坐在岸邊，望著滿坡躺著的黿龍屍體，簡直如同經歷了一場煉獄級的噩夢。

萬幸的是，這些黿龍，包括先前的三條，不知爲何，都是只有上半身露出水面，或者洞穴深淵之外，下半截身子卻永遠只能在裡面，所以我前面用了「縮回」那個詞，因爲給人的直觀感覺，就好像是軟體動物將身子伸出自己的甲殼一般。如果這些東西，不是什麼黿龍，只要都是大蟒蛇，我可能無論如何也救不了他們。

許久之後，郭美琪打破了沉默，問：「這些東西到底是什麼？」

周喆仍舊喘著氣，道：「誰知道啊？黿龍？好像中國古代記載過這種東西。」看著那些足有挖土機鏟鬥大小的黿頭，他心有餘悸地說：「太他媽嚇人了。」

郭美琪順著最開始在岸邊攻擊我的那條黿龍的脖頸走了幾步，問道：「爲什麼牠們似乎都鑽不出來？下面永遠在水裡？」

我站起身，說：「知道我有種什麼感覺嗎？我覺得這些黿龍就像是從什麼甲殼裡鑽出來的，他們的身子下半段都連在一起，所以出不來。」

「九頭蟲？」周喆問。

郭美琪說：「九頭蛇還差不多。啊不，是百頭蛇。」她邊說邊朝海邊走：「我到那邊看看。」

我一把拉住她的肩膀，說：「我去看看。妳留在這裡。」

「小心點啊。」周喆喊道。

我沿著黿身來到海邊，稍微觀察了片刻之後，便跳進海裡，順著牠水裡的部分往下尋找。隨著不斷下潛，追蹤到最後，發現這怪物的身體竟然是從島嶼下面的一個洞穴中出來的。我用雙臂儘量摟住黿身，兩腳蹬住洞口旁的岩壁，想試著將牠拔出來，可這幾乎是不可能的，幾番嘗試後，最終放棄了這個想法，原路潛回。

告訴他們這個情況之後，我們又來到一處從坡上深淵裡鑽出來的鼉龍那裡，合力將其往外拽。也不知道是我們三人的力氣太小，還是牠們本就是出不來的，反正這漫山遍野的鼉龍屍體，全都跟下半身卡在洞裡似的，個個如同大半截狂蟒。

周喆坐在坡上，隨手撿起地上的一塊貝殼，是珠玕之樹上的那種，哼了一下，然後扔掉，說：「現在好了，無人機也沒了，怎麼辦？」

郭美琪說：「這沒太大影響，頂多我們不能測繪實際地形地貌的三維資訊而已，該去照樣去。深潛器又沒壞，雷射雷達也沒壞，而且還有多波束聲納系統和側掃聲納，去哪都行。」

「那我們吃點東西，稍微休息一下，然後就過去。既然已經到了這裡，可就沒有退路了。」我看著周喆，「所以現在你即使想回去也不行，除非郭美琪也想回去。」

周喆這個老頭子立刻嚷了起來，說：「嘿，嘿，楊宣你哪隻耳朵聽見我說過要回去了？」

我忙點頭做個手勢，笑著說：「我就這麼一說，不想走更好，那就這麼定了。」

第二十六章

弗朗索瓦

深潛器和飛龍號相比，速度很慢，令人沮喪，但速度慢也有個好處，就是續航能力極強，最多可達六十八個小時。離開小島時，我們特意繞開旁邊的兩座島嶼，因爲有了初次的經驗，所以三人一致認爲，島上的情況，應該與第一座小島相同，全是隱藏的鼉龍。

接下來的航行過程極其無聊，儘管這艘深潛器的空間相對而言已經算大的，能容納四個人，硬塞的話，還能再裝進一個，但對我來說，簡直狹小到不能忍，連腿都伸不直。在經歷了與周喆聊天幾乎聊到兩人都想不到任何話題，聊到幾乎昏厥之後，我再也受不了了。我出了深潛器，改爲游泳，他們繼續開深潛器。

一到水裡，我就像是一個暈車的人下車吹到了涼風，頓時覺得精神暢快。一番伸展拳腳之後，最好的狀態下甚至能游得比他們的機器還快，幾度在前面帶路，是眞正的領航員。那感覺，不是蓋的。中途我甚至飾演了一兩次大鯊魚的角色給他們看，那是我在GODS時，被關在水棺裡練出來的——活捉並生吃魚類，但如果不是太過無聊，我是幾乎不會做這種事情的，因為那會勾起我最慘痛的回憶。

而郭美琪確實厲害，深潛器大部分時間都是由她駕駛和操作，一千儀器設備用得順溜無比，那樣子就好像說她以後能開太空船，帶我去外星移民，我都信。畢竟人與人的家學不同，我記得跟她第一次見面時就說了，她對水感興趣，是屬於典型的隔代遺傳，來自她爺爺郭品海。郭品海又研究了一輩子水生生物，跟團隊出海科學考察時，也總是帶著她；另外呢，她父親郭應鈞喜歡深山老林，所以後來打造了自己的林業帝國，經常帶著郭美琪去打獵，還記得她小時候因為打獵，被那隻邪惡的兔子帶迷路的事情嗎？這些對於她後來的成長，都是極有影響的。比如用槍，一般女孩子是練不到她那身手的。甭說女孩子了，很多成年男性二十五公尺遠打胸環靶都能脫靶，而郭美琪在高嶺大廈時，在那麼緊急的情況下，打簡赫沒有一發不中的。

唯一不足的是，她太倔，倔到有時我都受不了，如果她不是我女朋友的話，我大概會用「不見棺材不掉淚，不撞南牆不回頭」來形容這種人，有時候很明顯是她判斷錯誤，但就是一根筋，不到最後吃苦頭，她絕不肯醒悟或認錯。比如當初她執意說那幾場地震是自然的，每次都震倒維文珠寶，也是偶然事件，差點沒給我氣死。

至於簡赫為何每次都要針對維文珠寶，我們後面會講到的，慢慢來。

經過了一天左右的航行，我們終於沿著西北方向到達了一塊大面積的陸地。當踏上它的那一刻，一股原始森林的氣息便撲面而來，到處是參天的大樹，叫不出名的粗壯灌木與葛藤，幾人高的無邊草叢……當初的沃焦島像是夏威夷那種熱帶風情，但缺少原始氛圍；而這裡，連小溪裡的石頭，似乎都散發著億萬年前的古老質感。

爲了留個後手，郭美琪和周喆先帶著行囊、槍支以及各類物資上了岸，由我將深潛器下潛到深水中，最後再由逃生管道出艙，浮了上來，等於讓深潛器隱藏在海裡，將其本身以及剩餘物資保護好。

接著，我們三人確定好方位之後，便開始行進，而透過磁場觀望鏡，我驚喜地發現，天空中的龍氣，此時已經有了一些厚度，比原先的單純平面感立體了一些，這證明方向沒錯，只要沿著這個方向走下去，遲早會到，但問題是，需要走多久呢？

首先擋在我們面前的是一大片近兩人高的蒿草地，這裡說是蒿草，其實我並不十分確定那是哪種植物，因爲我們三人都不認識，有點像是蘆葦與蒿草的結合體。郭美琪和周喆拿著砍刀，邊劈邊開路，我則用焰刃。那草裡有一種草籽，會讓人皮膚過敏。周喆一邊撓著脖子，一邊罵道：「我看我們得換條路，在這裡面走太受罪了，我怕人沒走出去，先過敏成豬頭了。」說著，渾身一陣抖動，將手伸進後衣領，表情很是痛苦。

其實我也受不了，說：「眞想放一把火，一口氣將這些破草燒乾淨。」郭美琪走在最前面，撥著面前的蒿草，轉身說：「這裡的草這麼密，要眞燒掉，我們也逃不了，那不是自己燒自己嗎？」

話剛說完，隨著她面前蒿草被全部撥開，出現的景象，令我們三人怔在原地——眼前是一片大草原，不是內蒙古那種遍地綠色的感覺，而是像非洲的蒼黃色調，草也不同，都是稀疏齊膝；隔一段距離便會有五六棵或十幾棵挨在一起的大樹，形成一方小據點。在草原中間，有一條約十公尺寬的河流，靜靜地流淌。但最令人震驚的是，靠近我們這一側的河岸邊，正有三隻健壯如犀牛的動物在飲水，牠們的頭部像是巨大的蜥蜴腦袋，在平整厚實的額頭上，頂著四隻成方形排列的尖角；渾身披著墨綠色的硬甲皮膚，全身連同長尾上都長滿了矛刺。身體上的矛刺粗壯較長，但相對稀疏，每根刺大約有半公尺，就像是短矛；尾巴上的矛刺相對較細較短，但很密集，如同一根滿是釘刺的粗壯的甩鞭，讓人毛骨悚然。

我們三人雖未說話，但心中應該都同時認爲，這一定是地龍中的一種。後來事實證明，牠們與之前在魚鷹監獄事件中出現的那種類翼龍生物，都屬於地龍的低等種群，我將其命名爲——短矛龍，而將魚鷹監獄出現的則命名爲鋸齒翔龍，因爲後者身體雖然不是很強壯，但咬合能力超強，一個人如果被其抓到半空拋下，另一條搶過來，只消一嘴，人就能被咬成兩半，如果是一群鋸齒翔龍，那麼在空中就可將其分食完畢，極爲恐怖。這兩個名稱以及後來我取的一些，在未來的日子裡，逐漸成爲通用名稱。

就在這時，短矛龍中的一隻竟然抬起頭，轉向了我們，或許是聽見了我們剛才說話的動靜，也可能是嗅到了來自蒿草叢中的危險。不等我們反應，那條短矛龍立刻轉身，即刻啓動，低頭抵角狂奔而來，而旁邊兩條也緊隨其後。牠們的速度極快，如同風馳電掣，儘管我立刻便調動五雷，但心中還是大叫不好，萬一劈不中，或者不能全中，又或如同百頭鼉龍那般，一擊不死，那郭美琪和周喆就慘了。就在我集中精力，閃電即將劈下的同時，打頭的那條短矛龍卻忽地掉進了一個深坑，而那個深坑似乎是突然出現在地面的，因爲在此之前誰都沒看到，接著後面兩條躲閃不及，也都接二連三，跟著栽落進去，揚起一陣塵土。

這下更是讓人驚呆了，草原上突然出現的那個坑，足以裝下一頭成年非洲象，這到底怎麼回事？可如果原先就有的話，即使我們三人沒看到，難不成那三條短矛龍也沒有發現？

正當疑慮之際，背後忽然響起一道拉槍機的聲音，接著竟然聽到一個人的聲音喊道：「Ne bougez pas!（不要動！）」明顯不是中文或者英語，憑直覺應該是歐洲的某國語言。

我們轉過身，驚見一個滿臉大鬍子的白人男子，舉著一把老式步槍，對準我們。我往前走了一步，這傢伙急了，槍攥得更緊，又喊了一句：「Freeze!（別動！）」天，又換成了英語。

我見他很緊張，擔心他開槍打到另外兩人，可我覺得地下世界突然出現一個跟我們一樣的地表人，說不定能問出些什麼，所以暫時不想直接傷他。我一邊繼續緩緩走動，但是舉起雙手，一邊故意用中文問：「我聽不懂，你會講中文嗎？」以此來將其注意力集中到我身上。

天知道怎麼回事，大鬍子竟然又喊道：「我叫你們丫的別動，不然我開槍了！」中文，還是帶北京腔的，即使發音聽起來不是很地道。

這時我看準機會，用一絲極弱的細電砸中槍管，這傢伙猛然一縮手，步槍掉落在地，被我一下子撿起，而他正不由自主捂著發麻的手，驚恐地看著，完全不明白剛才一刻到底發生了什麼。

我立刻卸掉彈匣，拉槍機退出已經上膛的子彈，然後一把扔給周喆，說：「別害怕，我們是朋友。」

他甩了甩仍然麻木的雙手，見我奪了槍，而郭美琪和周喆也有槍，但沒有對準他，因此原本緊張的神情稍微有所緩和，片刻後問：「你們是什麼人？」這時，身後那個大坑裡不斷傳來短矛龍掙扎時發出的嘶叫。

他的裝束很奇怪：一雙黑色的長馬靴幾乎及膝，側面鑲嵌著一豎排金屬鉚釘；原本白色的褲子，大概因沒有清洗，感覺很髒汙；灰色的襯衫外套著一件貼身的白馬甲，同樣滿是汙垢，唯有金屬鈕扣閃閃發光。這身衣服給人的感覺像是十九世紀中期歐洲的風格。這人個子挺高，頭髮很長、微捲，滿臉的大鬍子，但即便如此，我想年齡也不是很大，絕對不會超過四十歲，如果刮了鬍子的話，可能更年輕；身材屬於精幹的類型，長臉深目綠眼高鼻，但整體看起來非常滄桑。

「我們是來科學考察探險的，你呢？」

到這時，他幾乎已經完全放下戒備，神情開始激動，片刻後，伸出右手走了過來，道：「我叫弗朗索瓦，法國馬賽人。我是個探險家，尋找百頭鼉龍時，到了這裡，可再也回不去了。」

我和他雙手握住，弗朗索瓦順勢跟我擁抱了一下，我能明顯感到他激動得整個身子都在顫抖。

分開後，我說：「我叫楊宣；那是郭美琪，Maggie；他是老周，周喆。」頓了會，我又問：「你怎麼會講中文？」

「我在中國待了八年，一直到來這裡之前。」

郭美琪指著遠處那個大坑，問：「那是怎麼回事？」

「跟我來。」弗朗索瓦帶著我們走了過去。我們來到大坑旁邊，小心翼翼朝下面一看，才發現，這個大坑竟然是個陷阱，裡面倒立著數十根尖刺。兩條短矛龍被釘得嚴實，但並沒有完全死去，還在掙扎；第三條身上受了些傷，踩在下面兩條短矛龍的身上，兩個前肢拼命朝上抓撓著。

弗朗索瓦說：「這是我設的陷阱，除了這裡以外，前面還有幾處，都在河邊，因為動物不管去哪裡，每天都要到河邊喝水，在這裡設陷阱逮動物，很容易。」

周喆說：「難道，你吃這些？」

「否則還能吃什麼？牠們雖然皮厚得跟盔甲似的，但肉的味道還不錯。」他說著，朝向周喆，「能把槍還給我嗎？」

周喆朝我看看，將槍慢慢遞給了他。

弗朗索瓦重新裝上彈匣，上膛後站在坑邊，舉槍朝坑裡瞄準，接著先是一聲槍響，子彈射中最上面一條短矛龍的左眼，接著又是兩槍，分別打中下面兩條的眼睛。再過了一會，三條短矛龍便逐漸停止掙扎，似乎是死了。

郭美琪奇道：「你為什麼打眼睛？」

弗朗索瓦說：「牠們的皮很厚實，很難打穿，即使打穿也很難死。只有眼睛是弱點。」

聽他這麼一說，我立刻想到趙金生那時就是用肩扛式反坦克導彈，恰好射中了青龍的左眼，為我爭取到了時間，所以我在上本書中曾經寫道：「也是從這一次起，我明白了，眼睛是龍的一個重要弱點部位。」

在這點上，海龍與地龍是一致的。

青龍已經是等級較高的海龍，眼睛都仍然是弱點。對於短矛龍、鋸齒翔龍這類低等級的地龍而言，渾身的皮膚如同盔甲，很難打透或眞正打傷，但眼睛幾乎就是死穴。只不過，要想在牠們行動自如時，準確命中眼睛，就是一件難度較高的事情。

雖然地下世界裡沒有黑夜，但人體不會因此就不需要睡眠。經過之前一天的航行，我們三個人幾乎都沒怎麼休息，此時總算在這片大陸上略微站穩腳跟。於是我問：「你有住的地方嗎？」其實我一是想問他點事，二是想找個安全的地方來休息一番。

「怎麼了？」

「想找個地方，請教你些問題。」我朝四周看看，「要在這也行。」

弗朗索瓦聳聳肩，說：「還是去我那裡吧，離這不是很遠。不過，你們得幫我扛點肉回去。」

說完，他用一根繩子繫在旁邊一棵樹的樹幹上，另一端繫在自己腰間，最後跳進了坑裡。

第二十七章

海眼漩渦

1.

儘管天氣晴朗，但大明混一號似乎永遠籠罩著一層幽深的黑暗，怎麼也消退不盡。在船頭巨大的獸嘴瞭望口處，蘇家輝坐在那裡，盯著海天的盡頭。海風將他原本就沒有髮型的頭髮，更是吹得亂蓬蓬；額頭上的幾道皺紋更加深邃；倒是最近的海上航行，曬出古銅的膚色，遮蓋住了他以前的病態，因此顯得稍微有精神了些。

杜志發端著一碗水走了過來，在他身旁坐下，說：「師父，喝點水吧。」

蘇家輝接過來，輕輕說了聲謝謝。

「以前在地下室看您的不死水母，就夠震驚的了。現在可好，整整一船不死人。」杜志發點上一根煙說。

蘇家輝用很納悶的眼神盯著他：「你哪裡來的煙？」

杜志發笑笑，道：「跳船之前，我回艙裡拿的。」

「你不是說去拿錢包的嗎？」

「是啊，剛好錢包旁邊還有包沒拆的煙，我順手也放進口袋裡了。嘿嘿，沒拆過的，所以沒濕，哈哈。」

蘇家輝伸手說：「給我來幾口。」

杜志發往口袋裡伸去，說：「我給您拿一根。」

「別了，一共就一包，省著點。」蘇家輝攔住。

於是杜志發又抽了一口之後，遞過去，說：「我剛才到下面馬廄看了，連那些馬都是不死的。」蘇家輝接過煙，吸了兩三口後，又遞還給杜志發，掏出一把小刀，說：「還有你更想不明白的呢。」說著，用刀尖在兩人坐著的木質地板上刻起字來，「看這個。」

杜志發見蘇家輝刻了兩個字「不死」，便問：「這字，怎麼了？」

可話剛說完，這兩個字竟然按照筆劃順序，由前往後依次消失了。杜志發驚訝地摸摸木板，完好無損，彷彿從未在上面刻過字一般。

「這……這怎麼回事？」

蘇家輝這次換了個地方，在兩人旁邊的牆上，同樣刻下「不死」兩個字，但這次刻得更深更大，說：「這一切，就在這兩個字上。」等他話說完，兩個字也消失了。

「不死？」

「對，就是不死。」蘇家輝從杜志發手裡接回煙，抽了兩口還回去，繼續說：「每個人都聽說過不死，可眞正能夠透澈理解不死的人，又有幾個？不死，代表永不消失，代表永恆。永恆的幸福自然極好，但如果是永恆的痛苦，那就是眞正的生不如死了。這些道理很少有人明白，就拿你而言，你一開始連長生和不死都分不清楚。」

「我現在知道了。」

「不，你還是不懂。因爲你只知道人和動物的不死，但不明白，其實一切東西都可以不死，比如……」他指著剛才刻字的地方，「這塊木板。」

「木板，也能不死？」

「難道還要我再示範一遍嗎？我告訴你，這艘船上不僅僅是人和馬，也不僅僅是木板，而是整艘船上的一切，都是不死的。」蘇家輝轉頭盯住杜志發，「這艘船上的一切，將永遠不會消失，永遠保持原樣。」稍一停頓，「大明混一號，是一艘不死之船。」

杜志發挑起眉頭，驚訝至極，問：「可這是爲什麼？還有它外面一開始爲什麼會有隱形罩？」

「能量，世間萬物都具有能量，哪怕一顆石子、一塊木板，世間所有的一切都跟能量有關。眞正的不死水母是因爲受了不死珠的磁場輻射，那麼同樣的，我猜，大明混一號一定是在經過鼋龍海眼，也就是亞松森藍洞時，受到了不死珠的輻射，變成了不死之船。」

杜志發仍舊不能理解，道：「可是隱形罩呢？」

蘇家輝眯起眼睛，說：「你還記得常榮說，他們之前遇到了鬼船嗎？真正的鬼船，地下人的那種。」

杜志發點點頭。

「知道嗎？地下人的能量，與我們的能量，是完全相反的。」

「相反？什麼叫相反？」

蘇家輝想了想，說：「打個比方，如果我們地表人的能量是正極，那麼地下人的能量就是負極，是完全相反的。而地下核心部分，有一種礦石，叫作虛空之石，那種石頭會吸收能量，就像黑洞一樣，無盡地吞噬能量。如果一個地表人，靠近虛空之石，那麼他自身的能量，先是會被吸光，再接著就會變爲負極，負增長。到最後，這個地表人雖然外表、相貌、人種特徵大部分仍舊保持不變，但其實他已經成了地下人，並且將會被異珠能量網永久地攔截在地下。」

杜志發徹底怔住了，消化了許久之後，說：「師父你的意思是，大明混一號在與鬼船交火的過程中，被鬼船上的某種東西，比如虛空之石，吸收了能量，成了地下人？」他抓抓腦袋：「可這不對啊。如果是地下人，他們就沒辦法像現在這樣，在地表航行啊？」

「他們現在其實既不是地下人，也不是地表人，而是介於兩者之間。如果我猜的沒錯的話，常榮他們現在的能量既不是正的，也不是負的，而是爲零。根據世界各地關於鬼船的傳說，絕大部分船隻在遇到它們之後，都會消失，很多地方是高發區，比如百慕達三角。其實這些消失的船，都是被鬼船吸收了能量之後，能量爲負，最後到了地下，並且永遠不可能出來，所以鬼船之上，我想一定有虛空之石，或者類似的東西或者武器。但大明混一號是個例外，它很可能是在經過鼉龍海眼時，無意中受到了不死珠的輻射，那時候就已經是不死之身了，而不死的一個內在特徵是，能量永遠不會爲負。所以它們在與鬼船交戰，被持續吸收能量時，最極端的情況，就是能量爲零。」

杜志發喃喃地說：「能量爲零？」然後恍然大悟：「難怪這幫人個個看起來都跟吸血鬼似的，慘白得嚇人。」

「而且都是白頭髮，眼瞼充血。」蘇家輝補充道，「異珠能量網就像楚河漢界，將能量一分爲二，地表人因爲能量爲正，所以在上面；而地下人因爲能量爲負，所以永遠被攔在地下。而大明混一號，因爲能量爲零，所以只能在地表與地下之間，來回飄蕩，而那層隱形罩，就是異珠能量網的能量結界。我後來引下雷電，等於瞬間讓他們增加吸收能量到了零以上，所以最後將他們救了出來，那層能量結界也消失了。」

杜志發問：「但是，既然有異珠能量網，那地下人和他們的鬼船，爲什麼還能出來呢？又是怎麼回去的呢？」

「你忘了我說過，鬼船都是有時間性的，現身一段時間之後，就會消失。他們並非完全不能出來，而是因爲能量結界的緣故，出來不久之後，就會被重新攔到地下。你可以將這個過程想像成一條大魚衝擊漁網，漁網並非堅硬如銅牆鐵壁般，一動不動。漁網是會動的，魚也會向前衝擊不少，但魚終究還是被攔在網中。而一旦能量結界攔截生效，我想那時候的運動就並非經典物理學的運動了，而可能是近似量子物理學、量子力學的情況。在量子物理學中，連時空都可能是曲線、拋物面，甚至是閉環的，這些就不是一兩句能夠說清楚的了。你只要記住，常榮他們自己說，除了在東海航行以外，他們就是在一個陌生的海洋航行，兩者間來回變換，船不受帆控，我想那個陌生的海洋，一定就是某處地下海。這就已經充分說明了，能量結界的量子特性。」

杜志發重新點上根煙，猛吸一口後，說：「難道不死珠一直在輻射？那世界上豈不是有很多不死族？」

蘇家輝笑了笑，說：「肯定不是的。不死珠也需要龍牙的作用，才能形成磁場，發揮效用。所以我認爲大明混一號那次遭受的輻射，一定是那條守護不死珠的龍，出現了什麼特殊情況，或者無意中銜取了不死珠，激發了磁場。一定是偶發事件，否則，豈不天下大亂了？當然，這種偶然事件，雖屬極小機率，但也肯定不是唯一的，否則就沒辦法解釋那些不死水母了。或許幾十年、幾百年，會遇到一次吧。」吹了會海風，他繼續說：「但不死珠，只能作用於地表事物，也就是能量爲正的人或東西，對地下能量爲負的事物無效。所以它能夠保證受體的能量，永遠不爲負。」

杜志發說：「嗯，所以常榮他們才是零，否則早到地下去了。」他笑著搖了搖頭，感慨道：「師父，您這些學問，都是怎麼知道的啊？我看梁丕，或者麥教授，都不一定會知道這些東西。」

蘇家輝笑了，說：「還記得我說過的嗎？有的人生來是爲開闢事業，老天自會讓他明白該明白的一切。要弄清一個很複雜的問題，你得學會抽絲剝筍、連環推理。最初的線索是從研究世界各地的鬼船事件開始，爲此我還曾經親自去過百慕達，最後機緣巧合，得到了紐約一家華人機構的幫助，他們提供了很多一手資料，比如關於虛空之石的。當一團毛線，你找到了線頭，後面的就能慢慢解開了。只要你有耐心和毅力，加上科學的推理。」

「您太厲害了。」

「任何事情都有兩面，如果我不是知道這麼多，恐怕也不會招致殺身之禍。」

杜志發小心翼翼地問：「那您後悔嗎？」

「後悔？阿發，你得記住一句話：事業總有代價，成功必有犧牲。況且，每個人都有自己的命運。」蘇家輝嘆了口氣，「不過，雖然我能接受我老婆的命運，但我也一定要爲她報仇。」說到這裡，他的眼眶紅了，直接拿過杜志發手裡的那根煙，送到顫抖的嘴唇中間，吸了一口，瞧向一旁，「我很想她，眞的……」

杜志發看到這裡，不由得也是一陣心酸。

2.

飛龍號原本一直在亞松森藍洞海面上待命，因收到次日將有超強颱風，屆時會遭遇特大海上風暴的天氣預警，故而船長決定暫時去馬里亞納群島最南端的關島海港避險。

就在飛龍號收錨，準備離開時，船員們忽然發現從西北方向駛來一艘龐然大物，當這個海上怪獸最後停靠到他們附近，抛下千鈞巨錨時，飛龍號上六七十位船員，幾乎全都聚集到甲板上或船舷處，目瞪口呆地抬頭仰望。

一開始他們還以爲可能是附近美國海軍基地的某艘航空母艦，但最後發現竟然是艘十五世紀木質結構的帆船，巨大的船身給人泰山壓頂般的感覺，船頭中層那黑洞洞的瞭望口，彷彿能夠吞噬一切。

由於太過震撼，飛龍號特意繞著大明混一號繞著圈子開了起來，就像一隻大鵬繞著巨龍在翻飛，直到過足了癮，才不捨地離開，朝關島駛去。

大明混一號船頭上，常榮望著從深藍色的鼉龍海眼旁划過的飛龍號，道：「蘇家輝，那艘小船不是接你們的嗎？」

「不是，接我們的船明晚才會來。」

常榮轉身，按著蘇家輝的肩膀，道：「好，權當在這休整一天。我派幾艘小船划到島上找些淡水，打些獵物，你們要一起來嗎？」

「多謝都督，不了，我和徒弟還有些東西要準備。」

常榮輕聲嗯了一聲，又看了蘇家輝幾眼，然後轉身離去。

杜志發看著常榮走遠後，說：「師父，我擔心如果不告訴他們到時會起風暴漩渦，到了下面之後，他們會不會惱羞成怒？」

蘇家輝嘆了口氣，說：「你還有別的辦法嗎？想趁著漩渦下去，只有這一條路。但如果實話實說，打死他們也不會幹的，說不定直接就把我們扔到海裡餵鯊魚了。」

「但到了下面之後，我們還是跑不掉啊。」

「所以，我們必須裝作一無所知。只要他們以為是不巧倒楣碰上了漩渦，就不會拿我們怎麼樣。」

杜志發看起來仍然有些緊張，又問：「師父，你有沒有想過，萬一眞下去了，到時怎麼再上來？漩渦是能帶著我們下去，可沒辦法再把我們捲上來啊。」

「你相信我，會有辦法的。」

杜志發眨眨眼，似乎在說：「怎麼叫人相信？」過了會又問：「還有啊，我突然想到個問題。守護不死珠的龍，豈不是牠自己也是不死的？一條不死的龍，我們怎麼可能打得過？」

蘇家輝看了看杜志發緊繃的臉部神情，突然間笑了，也不知是不是故作輕鬆，說：「看你嚇的，都還沒下去呢。」稍稍緩了口氣：「對採珠而言，龍其實是不需要殺死的，常人也殺不死，所以這條龍是不是不死，根本沒有影響。採珠最根本的方法是——兵分兩路，一路人馬負責引龍，吸引住龍的注意力，將龍引出巢穴；而另一路人馬負責採珠。也有其他辦法，比如古文裡常說的，趁著龍睡著時，偷偷進去把珠子採了；要麼是直接屠龍，而後採珠……但這些，都屬於極端情況，引龍採珠才是最合理的。」

「是啊，嘿，我怎麼一時糊塗了。上次在十獄閻殿，最後其實就是相當於簡清明和楊宣他們引龍，我和老梁進去採珠的。哈哈，是啊，這辦法對。」

蘇家輝走近一步，更加壓低嗓子，說：「而現在，這艘大明混一號，不但可以帶著我們去龍穴，而且還可以提供一整船的不死軍團，來替我們引龍。我本是採珠的，但後來為什麼開始研究鬼船？就是因為想要解決這個問題。」

杜志發終於笑了起來，帶著驚喜，似乎已經看到了最後自己將不死珠捧在手裡的景象，說：「師父，你簡直就是個神人。」

「神人？」蘇家輝聳聳肩膀，「我只是將全副精力集中到了一點而已。」

「您是從小就採珠嗎？」

「我爸是個大學物理老師，我怎麼從小採珠？從小他就教我數理化，希望我能夠成爲物理學家，事實上，我自己也是眞的挺喜歡物理的，尤其是生病之後，這二十多年，除了研究中醫，就是在研究物理。」

「那後來怎麼走上採珠這條道的？」

「因爲我十八歲時，父親得了一種奇怪的皮膚病，一開始是十個手指頭上起黃豆大小的膿包，中間還有個小孔，就像是被釘上了一個個鉚釘，後來擴散到全身，很恐怖嚇人，看遍各個醫院都看不好，甚至無法確診是什麼病。最後遇到個遊醫，自稱上芝郎中，開了一帖藥，其中最主要的藥材就是珍珠，並且不是外敷，而是內服。可那時候弄珍珠哪有那麼容易啊，藥店也沒有，誰知這上芝郎中掏出一個錦囊，裡面裝滿了一種紫紅色的珍珠，大小如花生。母親說買不起，那郎中說能出多少就出多少吧，我媽擔心那是個騙子，最後只給了人家一瓶老酒。就這樣，一瓶酒換了一袋珍珠，我媽將珍珠磨碎了給我爸喝，當天夜裡我爸發了一身大汗，我媽幫他擦身子時被嚇壞了，無數小蟲子從那些瘡裡逃命似的往外鑽，等最後都跑乾淨時，我父親都快虛脫了。可是第二天他就開始好轉，半個月差不多就徹底好了。從那之後，我就對珍珠特別感興趣，可是沒地方賣啊，也買不起，最後就自己走上這條路。」說罷，他咂了幾下嘴，搖搖頭，「但直到現在，我都沒弄清楚，那是什麼珍珠。這麼多年，從來就沒發現過那樣的。」

3.

次日午後，天空毫無徵兆地突然陰沉下來，海風由暖逐漸變寒。以死亡藍洞爲中心的海域，開始波濤翻滾，即便大明混一號如此龐大的巨獸，也顛簸不已。

常榮正在指揮船員們迅速收起風帆，忽然間，船身猛地一震，接著整艘船開始變向加速。一名水手在遠處喊道：「都督，船走錨了！」

所謂走錨，是指因風浪太大，原本鉤住海底固定物的船錨，突然滑脫，失去作用。而這種時候，對於沒有機械動力的古代帆船而言，就只能聽天由命了。

常榮對旁邊的副將道：「傳令下去，所有人全部進入艙內。」話音剛落，一個巨浪將船頭頂起，整條船幾乎呈四十五度傾斜，十幾個船員立刻被拋出船身。

常榮和身邊副將也摔倒在地，幸好手快，攀住甲板上一根立柱，待船體稍微平穩後，立刻回艙。一進艙裡，那閻王似的副將，直直揪住杜志發，跟拎小雞似的，罵道：「都是你們惹的禍，偏要在這裡等什麼人來接。」然後再猛地一把推開，杜志發一頭撞在牆角，卻不敢言語。

接著他又走向蘇家輝，說：「現在好了，到海底找龍王來接吧！」

常榮扶住桌子，盡量使自己減少晃動，說：「韋馳，怪他們做什麼？海裡行船，大風大浪是常有的事，不來這裡難道就碰不到風浪了嗎？」

副將一肚子氣，道：「可是咱們行了五百年，都沒少一個弟兄。剛才那一下子，十幾個弟兄就掉進了水裡。要能死了倒也罷，萬一卡在海底的石頭縫裡，上又上不來，死卻又死不掉，永遠受那溺斃之苦，簡直，咳……」

這時，船身晃得更厲害了，似乎旋轉了半圈，整個房間裡的擺設撒了一地。蘇家輝緊貼木牆，費力站起，說：「讓二位將軍遭此險境，實在過意不去。將軍一言九鼎，而我也是守約之人，確實跟別人定好了日子，才不得不來。」

常榮沒再言語，跌跌撞撞走到窗戶前，望向外面。只見原本此起彼伏、雜亂無章的浪潮，此時，以藍洞為中心，成為低點，周圍的海浪連成一片，由內向外逐次升高。漩渦的景象雖不明顯，只是雛形，但常榮敏銳地察覺到了，兩手撐住窗台，死盯片刻之後，大喊：「不好，要起漩渦了！」迅速轉身：「韋馳，傳令升帆、順風順舵、直掛遠離。」

副將急道：「都督，此時升帆，萬一需要掉頭，船會翻的。」常榮吼道：「快去！再不掉頭順帆，全船人都得被捲進海底！」

蘇家輝和杜志發兩人此時半蹲在窗戶前，看著外面彷彿末日來臨之景，驚得不敢亂動。而已經撤進各個船艙的甲板部水手們，在將令之下，全都跑了出來，各司其職，頂著狂風海浪，開始掛帆，更有甚者竟冒著巨大顛簸爬上桅杆，穿桁引繩。

不幸的是，此時大明混一號的船頭方向為逆風，常榮的口令是讓眾人將船頭掉轉至順風位，而後滿帆駛離，不管朝向哪裡，只要能以最快速度離開漩渦就成。所以副將韋馳的擔心得到了應驗，需要一百八十度轉向，在這如此狂浪滔天的海面操作，而且是滿帆狀態下，簡直如同自殺，一百艘船裡九十九艘都會翻船。

艙中，杜志發顧不上抹去嘴角的血跡，兔子般哆哆嗦嗦問旁邊的蘇家輝：「師父，他……他們能開走嗎？」

蘇家輝不知從哪裡找來根麻繩，一端繫在立柱上，另一端正在往腰間繫緊，此時手忙腳亂間，連忙扔了另外一根給他，道：「趕緊把自己繫起來！」

「繫……繫自己幹嘛？」杜志發一眼大一眼小，惶恐不安地問。蘇家輝說：「等等陷入漩渦之後，旋轉的速度將超過想像。如果你不想被摔死、撞死，就快點繫緊。」杜志發兩個眼珠賊鼠一樣轉著，依樣畫葫蘆，捆紮了起來。

海眼周圍的漩渦終於成了形，但同樣驚人的是，大明混一號竟然成功掉轉了航向，此時順風滿帆，恰好處於漩渦的次高邊緣，沿著切線方向努力朝外開著。

常榮立在艦橋外面，雙手緊握扶欄，看著眼前越來越高的水牆，眉頭緊鎖，卻不願回去。韋馳奔到後面，喊道：「都督，快進艙吧。」

「將士們呢？」

「全去船艄了，水流太急，舵難以把控。」

常榮轉身帶著韋馳到了舵艙，只見約莫有兩百個兵士聚集在此處，每十人一個轉盤，經由軲轆連接傳送，最終透過合力控制船舵。此時大明混一號必須至少要斜向上行駛，才有可能離開漩渦，而如此就必然造成船舵與漩渦水流方向有所偏差，必須時刻保持舵向，於是眾兵士均使出渾身氣力，拼死抵住轉盤。

可是海面上漩渦的成形幅度遠遠快於大明混一號的駛離速度，上一刻船還在次高邊緣，此時已經落至中上部，在水急速流轉的情況下，船舵不但能夠保持方向，而且能不斷不破，已經堪稱奇蹟。

但無論如何，隨著漩渦的瘋漲，船身越來越傾斜，當與水平線超過四十五度時，艄艙終於開始潰亂，水手們不斷滑向船艉，最終九個轉盤均輪空，最上面的一個也僅剩八人。常榮帶著韋馳，衝上去頂住。然而，當大明混一號的船身最終達到接近九十度角時，一切人爲的力量都成了徒勞。

這艘海上巨獸終於徹底失控，迷失在以鼉龍海眼爲中心的巨大漩渦之中。艦橋艙裡，蘇家輝與杜志發緊抱立柱，如同房樑上的兩隻老鼠。而窗外的海水，已由水簾變爲水牆，最終白茫茫一片，讓人分不清置身何處。

4.

永恆有兩種，不死或時光靜止。

無數人追求前者，但大明混一號會告訴你不一樣的答案；如果你想嘗試後者，蘇家輝和杜志發會告訴你，永恆的恐怖。因爲在漩渦中，時間如同靜止。當置身事外，看著死亡藍洞以磅礴之勢吞噬一切，你會感到震顫；但捲入其中，卻如同進入了永恆，你將感受不到時間的流逝，彷彿瞬間進入了無邊的荒原。

只要一切靜止，時間便會化身爲惡魔，緊緊掐住你的脖子，讓你窒息，將你逼瘋。

隨著大明混一號的不斷旋降，所有人都迷失在一片深藍中，一個空靈飄幻的女聲遊蕩在心間，淺吟低唱：「就像波濤之於海岸，海洋的一部分；繁星在上，夜空的一部分。現在我漂向你，我夢想一條河流，河水如此湛藍。願我住在這裡，希望你在這裡……」❖

女聲逐漸消失，取而代之的是一陣滄桑卻自由的部落男音，如同曠野之風吹來，隨後雄渾的戰鬥號角響起，將蘇家輝與杜志發拉回現實。

當兩人重新看到窗外的海面與天空的白雲時，不禁驚喜萬分，小心翼翼地走出船艙，當徹底看清這個世界時，杜志發激動地說：「我們下來了，師父，我們真的下來了。」

蘇家輝臉上閃過一絲興奮，但隨即便將興奮隱藏到皺紋中，小聲說：「淡定些，千萬別讓他們聽到，珠子離這裡還遠著呢。」

這時，常榮出現在甲板上，隨即下令船隻停靠於最近的一座小島休息，而後朝兩人走了過來，狐疑道：「你們，知道這是哪嗎？」

杜志發左右看看，道：「這不是海嗎？我們出來了，出漩渦了！」

說完，故作開心地朝蘇家輝看看，又朝常榮看了看，但見常榮仍舊凝眉不展，斜眼盯著他，裝出來的笑容立刻就被嚇得縮了回去。

「送了你們一路，想起來，還沒問你們是幹嘛的。」

蘇家輝剛準備開口，誰知常榮搶先道：「讓他說。」

杜志發緊張地瞪大眼，道：「我……我們是撈珊瑚的。」

「撈珊瑚爲什麼偏偏要到黿龍海眼來？」

「因爲東海的都被人撈完了，所以與人約好了，到這邊來。都督您也知道，南洋這邊的珊瑚品質很好。」

這些話是蘇家輝早就與杜志發約定好的，甚至連珊瑚的品種、價錢都已背熟，此時哪怕兩人被隔開問詢，也能對上。

說完這些，杜志發心中鬆了口氣，覺得不會有問題。常榮確實也沒有再問，但過了片刻，朝左右道：「將這兩人扔到海裡去。」

蘇家輝一聽，急道：「都督，爲什麼啊？我們做錯了什麼？」

「或許你們沒錯，或許確實是我們運氣不佳。本都督原先也尋思，遇上風暴怪不得你們。可是後來，風暴成了漩渦，須知人遇風暴容易，但漩渦，而且偏偏還是在黿龍海眼的漩渦，哼哼，這就由不得人不起疑心了。」

蘇家輝說：「都督，您是說我們知道有漩渦，才故意讓你們來的？可天底下怎麼可能有這樣的人，自己來送死？」

常榮看著逐漸接近的小島，說：「你們可不一定是來送死的，因爲你們知道海眼下面，別有洞

❖ 該歌曲爲丹麥樂隊Bliss的Wish You Were Here。

天！也許，你們的目的就是想來這裡。」

「來這裡？這……這是哪？我們不是出來了嗎？」蘇家輝鐵了心，仍舊裝作渾然不知。

「廢話少說。」他朝手下吩咐，「扔下去。」

幾名虎狼之士立刻擁了上來，分別抓住兩人，朝船舷邊拖過去。杜志發急了，喊道：「都督，我們可是救了大明混一號的啊！您不能亂殺好人哪！」

見常榮仍舊不爲所動，蘇家輝終於憋不住了，掙扎著喊起來：「我可以帶你們出去。我能帶你們再上去！」

常榮立刻道：「慢著！」接著走了過來：「你說你能帶我們上去？」

「我能。」蘇家輝咽了口唾沫，「但是都督，剛才我徒弟說的都是實話，我們確實不知道這個漩渦，否則誰會連自己的命都不要呢？」

「那你怎麼知道這是哪，還說能帶我們出去？」

「我原本以爲已經出了漩渦，可聽您剛才所言，才明白錯了，這裡大概是海眼之下。我常聽人說，海眼之下有神龍隱匿，海眼爲入口，神龍則鎮守出口。如果我們現在確實是在海眼之下的話，那只要找得到神龍，便尋到了出口，也就能上去了。」

「可神龍如何才能尋得？」

「龍氣爲五彩，直衝入雲霄。我家祖上三代皆爲風水先生，是以懂得望氣術，能尋得眞龍所在。而都督和將士們皆爲不死之身，神龍雖厲害，但奈何不了你們，所以一定能夠出去。」

常榮聽了這話，摸摸下巴，思考片刻後，道：「好，就由你帶路。若真能出去，這筆帳一筆勾銷；否則，別怪本督恩將仇報！」

蘇家輝朝前看看，指著近在咫尺的小島，說：「寶船停靠之後，我須得登上這座小島，到坡頂制高點處，才可能望得到龍氣。」

「准。」

5.

蘇家輝和杜志發划著一艘小艇向島嶼駛去，停靠島岸後，兩人背著背包跳下。杜志發找了塊地方，砸下船樁，將小艇繫好。

蘇家輝打量著周遭，鼻子嗅了嗅，道：「阿發，你聞到什麼味了嗎？」杜志發收起錘子，擦了下額頭上的汗，聞了片刻後，說：「好像有點草味，像是公園裡剛用打草機割完草。」

「不是，我覺得是股腥味。」

杜志發一邊朝前走，一邊半轉身說：「腥味？這是座小島，又不是海鮮市場，哪來的腥味？」這時，腳下不小心被根爛木頭絆到，一跤跌倒。他嘴裡罵著，但覺得手底下軟軟的，不像撐在地面上，便低頭看去。

這一看不打緊，嚇得一股寒氣從脊樑直竄而上，發現地上那東西根本不是什麼爛木頭，而是一顆形似狂蟒的三角黑鱗腦袋，此時眼珠子已經爛掉，剩下一個黑窟窿，更加顯得猙獰。

杜志發見到這個，連滾帶爬朝蘇家輝跑去，哆哆嗦嗦指著說：「師父，那裡……那裡有條蟒蛇。」

兩人先是緊張地盯了許久，接著蘇家輝小心翼翼走了過去，靠近之後，試探性地踢了幾腳，發現沒動靜，最後確定已經死透了，兩人才踱到了蟒頭的位置。

杜志發看著這死物頭上的獨角，以及脖子後面由上而下的一列倒鉤，問：「這什麼玩意？」

蘇家輝蹲了下來，用匕首挑起來左右看了看，說：「鼉龍。」

「鼉……鼉龍？」

「是啊，否則亞松森藍洞爲什麼在古代中國，被稱爲鼉龍海眼呢？」蘇家輝站起身，「我早就猜到這海眼之下，會有鼉龍，但沒想到，竟然死了。」

「死了還不好？要是牠沒死，我們可就掛了。」杜志發心情大好起來。

蘇家輝踢了鼉龍腦袋一腳，繼續朝前走。當兩人踏上山坡，走近幾步後，頓時被眼前的景象驚呆了——漫山遍野全都是橫七豎八的鼉龍屍體，遠遠看去，彷彿是一片樹林，被一場雷電全都砸得焦黑倒下。

杜志發被那股隱隱飄來的腥臭熏得差點作嘔，半晌後才問：「師父，這到底怎麼回事啊？」

「鬼知道。我×，這看起來像是遭了天雷天火了啊，被老天爺全都砸死了。」

兩人用毛巾當口罩，綁在頭上，開始緩緩穿過這片鼉龍屍林。杜志發無意中看到地上有些貝殼，出於職業敏感，蹲下身來撿了一個，打開一看，卻被這意外的發現驚得眼睛如銅鈴，喊道：「喂，師父，這裡有珍珠！」

蘇家輝在前面轉過身，看見杜志發左手拿著一種形似蝴蝶的白色貝殼，右手手指捏著一顆鴿子蛋大小的珍珠，而且大白天的情況下，還放出光芒，不禁走了過來，接過去仔細瞧了瞧，問：「你從哪弄的？」

杜志發指了指地下，然後又撿起一個，打開，發現裡面還有，這下簡直是欣喜若狂，一把扯掉將嘴鼻罩得嚴嚴實實的毛巾，興奮地說：「哈，這他媽還有！哈哈！」

蘇家輝蹲下身，卻撿起一根紅色的珊瑚殘枝，辨認了片刻後，朝旁邊一條鼉龍出來的洞穴看了看，皺眉想了想，然後站起來，說：「走吧。」

「別啊，師父，我店裡什麼貨都沒有，這下好了，遍地珍珠，全是超高品質啊，哈哈，這下發了。」就說話的這點工夫，他又剝開兩只，兩顆大光明珍珠入手，連同一開始的，全都塞進腰後的採珠囊裡。

可蘇家輝對此似乎並不感興趣，卻也不想掃杜志發的興，於是坐在山坡上，將毛巾扯掉，點燃一根已所剩不多的香煙，靜靜看著。這時，杜志發又狂喜地叫起來：「我×，還有金色的！」他那一邊採珠，一邊高喊的樣子，就像一個賭徒連連滿注押中大小。

等了良久，珠囊都快裝滿，可杜志發絲毫沒有打算停手的意思。蘇家輝走過來，彎腰拍拍他的肩膀，說：「喂，阿發，差不多了，我們該走了。」

「師父，機會難得啊，也不知道這輩子還能不能再遇到了。老天爺給的，多裝點吧。」

「那你繼續採，我去坡頂。」

杜志發停下來，抬頭問道：「怎麼好像您不是很在乎這個？」

「如果採不到不死珠，即便滿倉庫的這些，對我而言也沒有意義。」說完，蘇家輝轉身朝坡頂走去。杜志發不為所動，身上的珠囊裝滿後，取下大背包，將裡面的雜亂玩意全都掏出來扔掉，然後接著採珠往裡塞，心裡恨不得將整艘大明混一號都裝滿。

蘇家輝獨自一人站到坡頂，開始提氣調息，仰望四周之後，目光最終鎖定西北方。

第二十八章

陸橋三山

1.

弗朗索瓦、我和周喆，三人各扛著一條剝了皮的短矛龍腿，郭美琪走在中間，最後來到山腰上的一處洞穴。走進去之後，發現裡面竟然很是通透闊達，中間是一個天然形成的石頭水池，光線從上面射進來。

我不禁抬頭望去，這才發現，山頂是空的，而四周則朝外部陷進去，可以遮風擋雨，整個洞穴像極了南方帶天井的四合院老宅。

等四人都進來後，弗朗索瓦在洞口旁邊開始搖一個軲轆轉盤，一道厚實的大鐵板便緩緩降下來，將洞口擋住。

我很是驚訝，問：「你這鐵板從哪弄的？」

「只要待的時間夠久，你就會發現，其實這個世界裡什麼都有。」他從中間的水池裡打來一桶水，開始洗那塊短矛龍肉，「上面的沉船，大部分都漂到這裡來了，好東西可多得很。」

「上面？」郭美琪問，「哪個上面？」

「地表世界啊，我們來的地方。整個地表與地下的水系全都是相通的，上面的沉船，九成以上最終都會到這裡的地下水系裡。只要有耐心，就能撿到好東西。」說著，伸手指向一個箱子，「把它打開。」

我將信將疑地打開箱蓋，裡面的東西著實令人晃眼，整整一箱子的金幣。這時，他已經熟練地開始用鐵絲穿肉，抹上些佐料，並架到架子上，開始生火，然後走了過來，用腳將蓋子關上，說：「可惜，在這裡，金幣根本沒用。」轉頭朝向我：「你說想問我些東西，想問什麼？」

「你說你是追蹤百頭鼉龍，才到這裡的。那麼百頭鼉龍到底是什麼？」

他坐到火堆旁，開始轉著烤肉，說：「從南洋的一個海眼下來之後，你會發現三座小島。」

郭美琪說：「海眼？你是說藍洞嗎？」

「我不知道你們怎麼稱呼，在中國，稱作鼉龍海眼。不過我覺得，應該和藍洞是同一回事。海洋上一個深藍色的洞，不就跟海裡的一隻眼一樣嗎？」

周喆說：「又是海眼，又是三座島，那一定就是我們下來的亞松森藍洞了。」

「要解釋百頭鼉龍其實有點複雜，你們可以先在腦袋裡想像一下一隻巨鼇，這隻巨鼇大到像是一座小島，以至幾乎所有經過的人，都把牠的殼身當作島嶼。」弗朗索瓦的眉頭動了動，「當然了，由於巨鼇幾乎不怎麼動，所以事實上牠的殼身幾乎與島嶼無異，上面有泥土，有草皮。」

我們三人面面相覷，郭美琪奇道：「難道，我們登上的那座小島，竟然是鼉龍的背甲？」

「這沒什麼奇怪的，這種事情在海洋中太正常了，當年我在追蹤Kraken時，至少發現三種海怪都有這種僞裝島嶼的效果。」

我心裡一緊，問：「Kraken？你追蹤過Kraken？」

「是啊，我一輩子都在研究海怪，要不然也不會流落到這裡了。不過，Kraken可不是某一隻海妖，而是一個種類，那一類巨型章魚都可以稱爲Kraken。」弗朗索瓦替短矛龍肉刷了點油，「接下來，你們再想一下，如果這隻巨鼇，有九個腦袋，那是什麼情形？」

周喆說：「九頭蟲？九尾狐？」

「錯了，那些是一個脖子或一條尾巴上，長九個。但百頭鼉龍，是在殼身上有非常多的竅孔，每個竅孔裡都可以鑽出一個脖子，一個腦袋。這才叫作百頭鼉龍！」

到這裡爲止，我們總算明白，那個島上到底是怎麼回事了。過了會，我問：「你說你在中國好多年，到底爲什麼？還有，你是怎麼來到這裡的？」

「我年輕時，在法國馬賽當警察，後來無意中看到了兩本書Conchyliologie systématique, et classification méthodique de coquilles（《系統貝類學及貝類分類學》）和Histoire Naturelle Générale et Particulière des Mollusques（《軟體動物普通與特殊的自然歷史》），是由一個名叫Pierre Denys de Montfort（皮埃爾·德蒙福特，法國軟體動物學家）的動物學家、地質學家編寫的，裡面提到了巨型章魚，還有插圖。不知爲何，我一下子就著魔了。但是很可惜，這位作者本來很出名，但就因爲痴迷於研究海怪，一直被人嘲諷，被科學界打壓和排斥，最後像個叫花子一樣餓死了。死則死矣，但還是沒人相信他一直宣揚的海怪學說，所以，結局眞的很悲慘。這件事情對我影響很大，我覺得很不公平，所以從那時候起，我決心一定要將他的海怪研究堅持下去，我要告訴全世界，這個世上確實有常人不知的怪物。」

周喆說：「所以你因爲追蹤這些海怪，最後追到中國來了？」他朝郭美琪指指：「就跟她一樣？」

「我不知道她什麼情況，我是搭乘基幹步兵第一〇一團的船到了越南的西貢，再經過廣西進入中國的。爲了打聽關於鼉龍海眼的事情，在中國一直待到同治七年。」

我連忙打斷，說：「等等，等等，你說什麼？同治七年？」

「是啊。」

周喆也驚奇道：「你說你在中國待了八年之後，才到了同治七年，然後去了鼉龍海眼，之後一直在這裡，生活到現在？」

「大致上，就是這樣。」

我的天，如果這人不是瘋子，說的不是瘋話，那麼照這麼算來，他已經活了一百三四十年了，可他看起來，即便留著大鬍子，也就四十歲上下，還很英俊。

其實如果蘇家輝和杜志發在場，拿大明混一號做個比較的話，可能大家就不會那麼驚訝了，但我們三個人可是第一次碰到這種事情，震驚之情可以想像。

郭美琪說：「可是，你……你怎麼不死？」

「我雇了一條船來海眼，待了幾天發現太深，根本沒辦法下到底。就在那時，開始起了風暴，海面形成漩渦，最後船被捲進這裡。」

我問：「漩渦？什麼漩渦？」

「以鼉龍海眼爲中心的一個超級漩渦，相信我，只要見過一次，你這輩子都會做噩夢的。船上的人在漩渦裡就死了一半，剩下三個人和我漂到了鼉龍背甲島，結果在那裡，又死了兩個，剩下我和小武抱著船的碎片。」

「那小武呢？」郭美琪問。

「他跟我兩人在海上漂，中途我們被海浪沖散了，我到了這裡，不知道他被沖到了哪。這些年我幾乎找遍了這塊陸地的每個地方，都沒發現小武。」

周喆皺眉道：「這麼說，你們進來時還不是不死的，但在這裡生活的過程中，發生了些什麼，令你能夠不死。」

弗朗索瓦說：「也許吧。」

我們那時還不明白，任何地表上的人，如果在這裡長期生活，都有可能成爲不死之人，只要你運氣夠好，能碰上不死珠產生磁場輻射，儘管這個機率極低。但是，這裡的幾乎所有物質，都沒有不死屬性，因爲它們是暗能量，而不死珠只對明能量的地表物質有效。所以短矛龍等，無法擁有不死屬性，只不過皮糙肉厚，很難被打死而已。

「好了，光顧著講我，說說你們吧，你們來這裡做什麼的？」

我說：「這裡的地形你熟嗎？我們也是探險隊的，想去西北方向找一種礦石。」

「西北方向？我們腳下的這片大陸，就是西北東南走向的。」弗朗索瓦用一根燒黑的木棍，在地上畫著，指著西北方的盡頭，「頂端這裡一共有三座山，其中的兩座靠在一起，像個朋字，但在海裡，不過有一座陸橋跟大陸相連；還有一座山像個半島一樣，伸進海灣裡，山體上全是窟窿，我稱爲萬竅山。你們如果要往西北方向走，最終的地方，就是這三座山。」

郭美琪問：「離這裡大概有多遠？」

「步行的話，差不多要六十天。」

「六十天？」周喆小聲驚道。

「是啊，這還是一切順利的情況。但實際上，如果不能像我這樣不死，拖上幾個月才能到也不是不可能。你們過來看。」弗朗索瓦起身通過一個鑿出來的石階，登到上面一處較高的瞭望口，我們跟上去，透過視窗，下面的景象一覽無餘——三人最開始進入的那片蒿草地之外，也就是大陸的中央，是蒼黃色的大草原，東北邊緣處有連綿的山脈；如同非洲草原的各種獅子、水牛、長頸鹿、大象一樣，這裡的草原上遍布著短矛龍、掘龍和行地黿龍。短矛龍自不必提，掘龍比短矛龍還要大一號，身體呈拱形，頭頸位較低，渾身無刺，披著堅硬的灰色鱗甲，四肢長度相仿，最爲厲害的是四隻爪子，據弗朗索瓦說，牠們連火山岩都能掘開；行地黿龍的脖子很長，身上綴滿了突出的盔乳，就像穿著厚實的古代鎧甲，單看脖子和腦袋的話，與百頭黿龍十分相似，特點是額頭獨角，脖子背面一排倒鉤，其實那些倒鉤主要是背鋒十分銳利，就像一個個刀片，再加上黿龍的脖子如狂蟒般，可以輕鬆地運用這些刀鋒，割破敵人的身體，同時又可以在纏住敵人時，達到防禦效果，令敵人無法輕易下嘴。但與百頭鼉龍不一樣的地方是，行地鼉龍的脖子和腦袋上，照樣披掛著異常堅硬的鱗片。

看著這一切，我們三人確實被震住了。撇開此行的任務或者恩怨等不談，這幅畫面簡直壯麗無比，彷彿回到了史前時代；但如果深入其中，自然也是危險至極。

「你們想穿越這片大陸，就得對付這些傢伙。」弗朗索瓦下了台階，「其實要迅速到達的話，還有個辦法。」

我問：「什麼辦法？」

「坐船繞過去，最爲便捷。好比從日本南面的九州，到北面的北海道，可以直接從外面海上坐船過去，繞開這些可怕的畜生。」

「可是我們的船開不到那麼遠，步行六十天的路程，實在沒辦法。」

我看向郭美琪，她也點頭說：「是的，深潛器開不了那麼遠。」

周喆問：「那你有船嗎？你肯定有船，在這裡將近兩百年的時間，怎麼也得搞艘船吧？」

「這裡的樹木密度很高，在水裡浮不起來。如果用沉船的鋼板，我找不到工具，而且在沒有機械的條件下，單純靠人力製造鋼鐵船隻，那不可能。所以到現在，我連艘小鐵皮船都沒有。」

周喆說：「那我們只能步行了。」

弗朗索瓦輕聲笑了起來，說：「未必，未必，人聰明是因爲有腦袋，沒有船，我們還有別的。」他帶我們來到另一側的瞭望口，指著下面說：「看看吧。」

只見下面是一個封閉的小型谷地，裡面有五六隻雙腿站立的動物，但其實有前肢，只不過前肢的長度僅有後肢的二分之一左右，因此一般狀態下是後肢直立的，像袋鼠一樣粗壯的尾巴可以輔助站立。但是當牠們四肢著地時，脖子會由前伸四十五度，變爲垂直向上，腦袋水平向前，脖子底部與身體之間會形成一個凹槽，此時的尾巴就變爲水平朝後了。不過最引人注目的一是身體的顏色——全身墨綠色，但墨綠色之上隱現著梅花鹿一樣的斑紋，因此有花紋的部分形成一種綠黃交織的感覺，但斑點是血色的；二是牠們的腦袋——像是巨大的鴨頭，但完全說是鴨頭也不恰當，因爲整體還是有龍的感覺，頭頂長著兩根呈外八形的角，且分支分叉極多。

「在這塊陸地上，這些是僅有的無害動物，牠們性情很溫馴，遇到危險只會逃，所以跑得很快。」他揮揮手說，「走吧，帶你們下去試試。」

我們先是從洞穴裡翻到山坡背面，然後跳上一架弗朗索瓦自製的簡易升降機，來到了後面的谷地。那些動物發現了我們，但並沒有驚慌逃跑，而是繼續吃著草。

四人緩緩走近，郭美琪問：「牠們叫什麼？」

「哈哈，我叫牠們馬龍，因爲我騎牠們。」

我努努嘴，說：「這個名字不好，馬龍，還以爲是個人名呢。我看不如叫頸槽龍，牠們脖子最下面與身體接觸的地方，有個凹槽。」

周喆說：「嗯，這名字不賴，像那麼回事。老弗，你示範一下吧。」

弗朗索瓦走上前，摸了摸其中一隻的身子，接著輕輕按住牠的脖子，那條頸槽龍便放低上身，變爲四腳著地，同時昂起脖子。弗朗索瓦雙手一撐，便坐了上去，坐的位置恰好就在頸槽。

這龍先是保持四腳著地，緩緩遛著，及至弗朗索瓦大喝一聲之後，猛然抬起前肢，變爲兩條強壯的後肢發力，開始奔跑起來，那速度眞不是蓋的，我覺得似乎沒有比汽車慢多少。但令人詫異的是，牠們用雙後肢跑動時的速度，竟然遠比四腳著地時快。

弗朗索瓦一邊騎著頸槽龍，一邊朝我們大聲呼喊：「來啊，一起來啊！」

2.

休息了一夜之後（如果地下世界裡有黑夜的話），我們踏上了向西北前進的征程。弗朗索瓦幫我們將行囊物品等都裝到頸槽龍身上，當然他自己也配了一隻，沒他當嚮導的話，可能會耽誤不少時間。雖然我倒不太擔心危險，因爲我相信這些低等地龍還沒辦法對我造成傷害，我有能力保護郭美琪和周喆，但如果總是不小心遇到成群的短矛龍、掘龍、行地鼉龍等，乃至更兇殘的其他種類，那也夠煩心的，特別是在數量極多時，要應付起來難度更大。

臨行前他刮去了鬍子，煥然一新出現在大家面前，我們都很意外，按西方標準的話，應該算得上帥大叔。

我問：「你想回去嗎？」

「回地表？當然想。不過，也許不開心的時候，我還是會再下來看看，到這裡度個假之類的。」

他跨上龍頸，看著遠方，「但是現在，我真的已經迫不及待想回家了。從昨天見到你們開始，我覺得像是到了天堂，有人說話的感覺，眞的太棒了。」他轉頭朝周喆與郭美琪瞧了瞧，看他們準備得怎麼樣了，然後問我：「對了，你們那個……那個深潛器，裝得下我嗎？」

「當然，就算裝不下，我把我的位置讓給你。」

「讓給我，那你怎麼辦？」

我見大家都已經準備完畢，兩腿朝龍頸猛夾一下，帶頭朝前奔去，大聲說：「我游回去！」

3.

頸槽龍沒有鱗甲，只有略起皺褶的糙皮，所以這種食草型地龍，成了其他種類地龍的捕食對象，因此牠們也被迫變得更爲機警和善於奔跑。但無論如何，頸槽龍還是屬於地龍的一員，牠們是暗能量，任何地下世界的暗能量物質，由於異珠能量網的存在，都只能在地表世界待上較短的時間，所以在魚鷹監獄出現而又消失的鋸齒翔龍，按理來說，應該是被能量結界重新帶回了地下。

弗朗索瓦帶我們避開了中央大平原，走東北邊緣的山路。那些山都是綿延的丘陵，很多還是紅土，物種明顯比中央平原少了許多，經常疾馳個一小時也遇不到東西，唯有天上偶爾會出現一些翔龍。我曾經用電劈下來過一條，只是用單電不用集束閃電的話，威力小很多，且對於這些有著厚實盔甲的地龍，頗爲麻煩，所以弄了很多下，但還是將弗朗索瓦驚得夠嗆。

經過一週左右的奔馳，我們終於來到了山脈的盡頭處，當四人騎著頸槽龍，立在山頂朝下望去時，看到了原先弗朗索瓦描述過的景象——

這片陸地的最頂端是一塊平坦的谷地，谷地的西北邊緣聳立著直插雲霄的高大山脈，上面百孔千瘡，是爲萬竅山；萬竅山的一部分構成了谷地的西北邊緣高地，但另有一部分伸進了海裡；谷地外面是大海，西北方向不遠處的海中又有兩座高山，基部似乎靠攏在一起，我稱爲朋字山；大概是因爲海底火山噴發後熔漿冷凝的緣故，使得原本孤獨矗立在海中的這座朋字山，與大陸之間形成了一道狹窄的陸橋；萬竅山、朋字山、陸橋，這三者之間圍成一處不寬的海灣；谷地進入陸橋的地方開了一個大口子，就像是山門。也就是說，要去朋字山，必須先通過低窪的谷地，到達谷地西北方的山門，經山門通過陸橋，然後到達海中的朋字山。

而朋字山就是龍氣所在地，此時用磁場觀望鏡看去，一道五彩龍氣騰起，雄渾無比，令人毋庸置疑。

但我們現在面臨著巨大的困境——數量驚人的短矛龍，以及行地鼉龍，遍布谷地的各個角落，要想從中穿過去，而不引起牠們的注意，絕無可能。這些龍與頸槽龍不同，是雜食動物，不但食肉，也吃草。

於是我們暫且在谷地上方的山頂駐紮下來，籌劃這最後的行動。

「你們確定是要去海裡的那兩座山嗎？」弗朗索瓦問。

我拿起水壺，喝了一口水，說：「當然。」接著把磁場觀望鏡遞給他：「你看。」

過了片刻，他放下觀望鏡，難以置信地說：「我在這裡過了一百多年，還不知道原來那下面有龍。不過這邊海裡有火山我倒是知道，上次來時，整個海面都在沸騰翻滾。」

我又盯著下面看了片刻，回頭跟他們商量，說：「要不然我和老弗過去，採到珠子後再回來。你們兩個就在這裡等著。」

郭美琪和周喆互相看看，暫時沒說話。我又補充道：「重點是如果我一個人，怎麼都好辦。從這裡跳下海，直接游到島上去都行。弗朗索瓦也沒事，他不會死，但美琪妳和老周我就不放心了。萬一那些龍蜂擁而上，到時電都沒辦法電，怕傷到你們。」

郭美琪站起來，走到山體邊緣，向下看著說：「這裡不能下海嗎？」

弗朗索瓦道：「這塊陸地從中間開始的海岸，就全是大片大片的尖利礁石，而且巨浪從不間斷，否則也不會有那麼多沉船漂過來。就算我不會死，也不敢在這些地方下水，因爲那些巨浪會將水裡的一切捲到岩石上，拍得粉碎。除非你能夠從海中間下水，而非從海岸下去。」他指著我：「即使你很厲害，但只要沒克服波濤的影響，就沒辦法從這裡下水游走。」

周喆指著萬竅山說：「那我們從萬竅山最北面跳海游過去，不就行了？它是直接伸到海裡的。」

「萬竅山最北面那裡的海浪應該已經緩和許多，而且距離朋字山是最近的地方。本來是可以，但關鍵問題是，要到達萬竅山，你還是得經過谷地。因爲如果我們從這裡沿著谷地邊緣的山坡繞過去，到達萬竅山西南坡時，你會發現，那裡是個很大的懸崖缺口，根本過不去。要上萬竅山，只能從谷地過去，否則就是從海上過去。」弗朗索瓦站起身，環顧四周，「所以無論如何，谷地都是必經之路。而經過谷地的話，就必然選擇陸橋，因爲陸橋比萬竅山可好走多了。」

我轉身朝郭美琪和周喆說：「你們陪我到這裡，已經是到了最終的地方了。美琪妳也去過十獄閻殿，知道最後龍出來時，妳和老周其實眞的是幫不上忙的，反而可能會令我分心，所以你們在這裡等我就好。」然後朝向弗朗索瓦：「你也可以不去，雖然你不會死，但你會痛，你有喜怒哀樂和恐懼感，要是被龍直接吞進肚子裡，那就不好玩了。」

他們三人雖然默不作聲，但沉默就代表了認可，因爲我說的是實情。

但三人目送我一個人過去面對危險，只要是眞正夠意思的人，誰都會覺得過意不去。尤其是一個眞正愛你的人，她更不會放心。

郭美琪說：「那你打算怎麼過去？」

我指著谷地說：「現在看這些地龍雖然都是分散遍布在各處，特別是山門那裡聚集很多，我可以先騎頭槽龍，在谷地裡兜圈子，引起牠們的注意。只要牠們跟著追，但又追不上頭槽龍，那我就能慢慢使牠們聚成一個圈子，越聚越多直至空出山門。最後時刻，我再直插山門，衝上陸橋。」

弗朗索瓦說：「這個主意不錯，你放心，通常只要不是偷襲，那些雜食龍是追不上頭槽龍的。但一定要把握好奔跑兜圈子的方向。」

「爲什麼不直接將牠們電死？」周喆不解地問，「那不是更省事嗎？」

弗朗索瓦道：「不，那樣不行，短矛龍臨死之前會發出一種尖叫，那是種求救信號，會引來更多同伴。所以，你看我殺短矛龍，都不超過三隻，並且是一槍命中眼，讓牠們來不及發信號。這麼大量的龍，如果再召喚來更多的同夥，會非常麻煩的。」

郭美琪說：「他說得有道理。而且你不能每次都用集束閃電，那樣你的身體受不了。但如果只用單電或掌中雷，牠們的盔甲又太厚，難以快速殺死，就像上次電那條翔龍，有點麻煩。」

弗朗索瓦補充道：「我們第一次見面時，坑裡的三條短矛龍，還記得嗎？有兩條身體全被倒刺刺穿了，但其實牠們根本一點事情都沒有，只要能出來，照樣可以橫衝直撞。所以你如果用單電，就必須擊中牠們的眼睛才能一招斃命，眼睛是龍唯一的要害。不過，你如果可以一直用集束閃電，那就沒什麼問題了，那個威力確實大。但Maggie說那樣你身體會撐不住。」

事情就這麼定了，在最終準備下谷地之前，我問：「弗朗索瓦，你在這裡這麼久，見過地下人嗎？」

「地下人？這裡除了這些龍，只有我，我一百多年都沒見過人了。」

我點了點頭，騎上頸槽龍，朝坡下的谷地奔去。

按照既定的策略，我從東北方向斜切進去。幾乎是踏入谷地的同時，附近的兩小群短矛龍便奔了過來。我從側面朝後看著牠們，想再試一試，於是使用單條雷電不停砸向龍群。雖然中電的短矛龍往往會即刻翻倒在地，有一些還會被後面避閃不及的同伴踩上幾腳，但接著牠們就會像跑步摔了一跤一樣，站起來，繼續追趕，並且怒氣更盛，嘴裡發出一種嘶鳴。當一群短矛龍同時發出這種信號時，果然從東南方向的谷地入口處，趕來更多的同類。

但最要命的是，這些不停倒下而後爬起來的龍，幾乎破壞了我想要達到的圓圈陣型，使得跟著我的龍群，全都是散亂無章的，難以達到將山門處全都引乾淨的目的。

可是因爲集束閃電極爲耗費體內能量，不到最後關頭我不會輕易施展。上一次眞正使用，還是在趙金生用反坦克導彈擊中青龍的眼睛之後。而現在這滿山谷的龍群，估計即使我用集束閃電，最終累得趴下，也沒辦法消滅乾淨，何況牠們還在不斷召喚更多同類。

於是我只能一心一意用引龍的戰術，耐心地一遍遍繞著谷地奔行。

胯下的頸槽龍如同一隻狂奔的蹬羚，後面則是密密麻麻的獅虎豹狼，就在頸槽龍跑得快要口吐白沫時，山門處的龍終於漸漸少了，全加入了這場「逐鹿盛宴」。當最後只剩下三條短矛龍擋在山門時，我看準機會，驅使頸槽龍直插過去。可那三條短矛龍竟然低頭抵角衝我正面直撞而來，在眼看就要撞上的時候，頸槽龍瞬間轉向，幾乎是九十度的轉彎，衝上右側的石堆，然後從石堆上幾乎是傾斜著身子重新回到路線上，這個過程中，我差點就要被甩出去，甚至一度左手臂都已經快要蹭到地面。

終於，我穿過山門，衝出了谷地，毫不猶豫地奔向陸橋。谷地之外，陸橋之間，幾乎沒有地龍，因爲那裡全是山石，沒有草料。但因爲我衝了出來，所以谷地裡那些地龍窮追不捨，全都傾巢而出。

當我的頸槽龍踏上陸橋的那一刻，後面的短矛龍與掘龍等剛好趕出山門。那陸橋，最初的部分兩旁沒有遮擋物，往外就是大海；再朝前一點之後，開始有小丘陵立在兩旁，走到那裡時會感覺像是進入了山間小道。

我原本的計畫是差不多到了這裡之後，就會將後面的龍群甩開足夠距離，然後我可以停下，只需要一次集束閃電就能把跟著追進陸橋的龍群的先頭部分擊斃，只要打頭的那部分倒下，因爲陸橋狹窄的緣故，自然會堵住後面的龍群。那時候我就能從容使用單電，再打死一部分，將進入陸橋的道路徹底堵死，就能安心進入海中的那兩座山。

可就在此時，從前面陸橋右側的丘陵小山之上，跳下一個人影，穿著黑色風衣，跳下之後借著下降的重力勢能，直接單膝跪地，右手掌順勢砸向地面。當他最終抬起頭，看向對面的我時，我認出了那張正在邪笑的臉——簡赫。

陸橋開始震動起來，兩人之間的地面，迅速裂開數道縫隙，並迅速朝我這側擴大，很快便延伸到頸槽龍腳底，塌陷斷裂開來。在這危急關頭，頸槽龍腳底一使勁，蹬踏著一塊已經開始掉落的石板，奮力朝對面躍去。在牠騰空躍起的剎那，身後的陸橋又繼續塌陷了一大截。

等到頸槽龍落到對面時，陸橋中間已經斷裂開一個長達八九公尺的大缺口，下面就是海水，成了一處懸崖。那些狂追而來的短矛龍、掘龍等，在缺口處狂躁地向對岸嘶吼，但因爲後面的數量太多，以致最前面不斷有龍被擠下懸崖。

就在落地的那一瞬間，我不等頸槽龍減速，直接從其後背上躍出，騰空死抱簡赫，兩人一直滾撞到旁邊的岩壁，最後我搶到上位，一手死死卡住他的脖子，另一手中的信仰之刃燃起，朝他頭部刺去。但簡赫的雙手抵住我的手腕，不過因爲我怒氣實在太盛，他雙手竟擋不住我一臂，眼看刀尖逐漸下降，已經快要刺到額頭，這時簡赫身子往右側一閃，雙手卻將我的勁力卸向左側，焰刃的刀鋒蹭著其左臉頰倏地劃下，然後刺進土裡。

趁我勁空的一瞬間，他屈膝抬起左腳，將我踹開，我們重新分離，相隔三四公尺遠，怒目對視。而他臉上剛被我刺出的那道傷痕上，現出一道黑鱗，旋即便又消失。

第二十九章

新仇舊怨

天色墨黑，雷霆隱閃，頭髮如火焰般燃燒。「你果然來了。」我說，「既然先到了，為什麼不先採不死珠？」

簡赫嗤笑道：「你以為我傻啊？那條海龍可不是那麼好對付的，萬一我在引龍的時候，你突然出現，幫牠殺我個措手不及，我豈不是賠大了？」

「所以你就在這裡等我？」

簡赫做個不的手勢，說：「我可不是在這裡等你，我是在這裡等著殺你。與其擔心你偷襲，不如先將你解決。」然後雙手攤開，變態一樣笑道：「在採珠之前，我要先殺你。」

「但，萬一是我殺了你呢？」

簡赫瞬間由笑轉怒，沒有回答，而是轉身揚起雙臂，塌陷處掉落的那些巨石，瞬間便從海中升起，帶著零落的水珠朝我砸來。這狹窄的陸橋之上，兩側皆是崖壁，並無躲閃之處，兩塊岩石砸中我的同時，數道閃電也從烏雲中砸下，直中簡赫。

我被撞得飛起，重重摔到崖壁上；簡赫也被閃電砸倒在地，但仍舊咬牙用手支撐著上半身。不過自從范德華對我做過手術後，痛感對我而言就大爲遲鈍了，及至出現赤氣雙劍後，疼痛就再沒有出現過，加上已覺醒的快速恢復能力，使我能夠立即起身，從手中抖出雙刃，朝簡赫快速奔去。他似乎不明白爲何與上次相比，我像換了個人，掙扎著站起來。

就在即將接近他的時候，我一個飛身前衝，烈焰雙刃高舉；簡赫卻敏捷地滾上旁邊的一塊石頭，接著石頭猛然上升，恰好使我撲空在地。

隨後那些碎石又開始騰起砸來，這次我心裡已經有所防備，撲空之後旋即翻滾，目光捕捉到空中的簡赫，剎那雷霆劈下，接著運起掌中雷，將迎面而來的飛石擊碎。

簡赫如同斷線的風箏，斜斜栽落，身上衣服幾乎盡被燒毀，卻兀自不倒，扯掉背心，赤裸上半身，喘著粗氣如頭狼一樣看著我。

「你最厲害的把戲不過是地震，但地震傷不了我，就算是飛石，我能防也能扛。你死定了。」

簡赫胸中的怒氣越燒越旺，仰頭朝天怒吼，這時陸橋重又開始震動，我心道：這傢伙不會是瘋了，要跟我一起落到水裡去吧？

陸橋兩側的小山從頂部不斷滾下碎石，接著驚人的一幕出現，兩側的山體基部竟然開始撕裂，像是被巨人連根拔起一般，逐漸向空中移動。

那一刻，我確實驚詫於簡赫的能力，竟然眞的可以移山，所謂鞭山移石，所言非虛。我已沒有選擇，就在兩山在我面前逐漸升起並靠攏的時候，從頭頂空中旋轉著的一處黑紅色烏雲裡，炸出集束閃電，眞正的五雷轟頂，沿著兩座小山中間的空隙，以萬鈞之勢劈下。

電光石火中，簡赫全身燃起離散的烈焰，卻爆發出一聲狂喝，倒下的同時，兩座小山帶著無數碎石，黑壓壓朝我飛來，我無處可躲。

天空下起小雨，沖刷在臉上，將我激醒。我睜眼望著天空，剛想起身，卻發現整個下半身全被壓在山下，絲毫動彈不得。這時，不遠處卻傳來窸窸窣窣的聲響，一個人影跌跌撞撞，連滾帶爬緩緩走來，到我身邊後跪下，笑了起來。雨水將他身上的焦黑沖去，卻露出大片的黑鱗，這些黑色鱗甲幾乎覆蓋了他全身的百分之八十，不過這次，黑鱗並未能及時退去，這也就意味著，他身上的傷口即使憑藉龍血體質的快速恢復能力，也暫時不能癒合，只有等傷口可恢復時，這些鱗甲方能消失。

簡赫笑著，不過即使笑也只能斷斷續續，接不上氣，但他仍舊開心，嗓子變得粗啞，說：「楊宣啊楊宣，你還是輸了，像上一次那樣，輸了！」說罷，不知從哪裡摸出一把匕首，唰地插進我的右前臂，穿透之後，釘到地上。

「你錯了。」我用左手拔去匕首，同時指間的電流朝前射出，將簡赫擊得撞到後面的岩石上。他半躺著，靠在岩石邊，說：「再來啊，再來一次集束閃電啊。呵呵。」

但正如他所言，我體內龍珠的能量，原本可供集束閃電連續使用數次，不過此時整個下半身都被壓在山下，雖然不會感到疼痛，但其實能量已混散，龍牙與異珠的能量無法有效運作，所以，沒有辦法繼續使出威力最大的集束閃電。但使用單電，又根本沒辦法對他形成實際傷害，而且實際上，此時的情況，在電了簡赫一次之後，即便只是單電，我也很難再次有效使出。

簡赫情況應該類似，我看他連一塊碎石都沒辦法運起來，否則就不會是用匕首刺我，早就用巨石招呼了。

我們就像兩隻互相奈何不得，拼得傷痕累累、精疲力竭的猛虎，各在一側，喘著粗氣，望向對方。就在這時，一雙穿著黑色越野靴的腳，出現在不遠處的視線裡，這雙靴子我很熟悉，但旁邊停著一條我從未見過的龍，並且是海龍，品種完全陌生——深藍與淺藍色相間的鱗甲，紫紅色的鬚和鰭，體形比十獄閻殿的青龍要小很多；四隻爪子踏在地面，相較於軀幹而言，腿稍短；與青龍相比，這條龍最大的特徵是有顯著的頭盾以及尖長的龍吻，就像鱷魚那種狹窄尖長的嘴。

後來我知道，這種龍叫作蟠龍，屬於海龍中的一個特殊種群，曾經擔負一項特殊的任務，或說工作。此時，牠正在簡赫造成的陸橋懸崖邊，微微曲項，看著對岸仍舊堵得嚴嚴實實的地龍群。

那雙黑鞋，踏著地面上的碎石，緩緩走了過來，及至近處，我撐起身子看去，發現竟然眞的是——周喆，因爲我認識他的黑色高幫越野靴。

「你他媽的又是從哪裡冒出來的？」簡赫背靠在岩壁上罵罵咧咧。

周喆此時像是完全換了個人，如果不是長相還跟原來一樣，我甚至會認爲就是兩個人，因爲精氣神已完全不同。原先的周喆，是個五十歲左右的男人，頭髮蓬亂，被妻子拋棄，流落在美國當黑戶，覺得人生毫無希望；而眼前這人，精神抖擻，蓬鬆無形的白髮全都滑向了後方，梳成了整齊的背頭，連鬍子都似乎清爽了許多。

我有點不明白，也不能確定，但心裡有種直覺感到非常不安。「看來你的幫手來了啊。」簡赫朝我說。

「我是你們兩人的幫手，來幫你們死的。」

到這裡爲止，我確定了心中的不安，周喆，他是別有所圖的。但是我笑了起來，說：「這年頭行走江湖得牢記一句話——不要裝模作樣，不要把別人當傻子。簡赫一見面就說要殺我，結果弄成現在這樣；你現在一上來就說要殺我們，我怕到最後，還不知道會成什麼樣呢。」我費力地挪動一塊石頭到我背後，靠上去，皺眉齜牙問：「我說周喆，你他媽是不是腦子有毛病啊？被老婆逼瘋了吧？」

「很抱歉，我叫乾樸，周喆只是個假名。另外，送消息給你們的那個戍者，也是我。」

「戍你媽戍啊，老子的人快來了，我看你還是等著被打成篩子吧。」簡赫嗤之以鼻。

周喆，哦不，現在應該說是乾樸。乾樸轉過身，略帶笑意地對簡赫說：「你的人？等在朋字山腳那幾個，還是在潛艇裡那幾個？他們可能暫時來不了了，因爲還有幾條蟠龍在看著他們。不過你放心，他們只要不亂動，就不會有生命危險，我們鯤鵬會，從不亂殺人。」然後回頭看我：「還有你的女朋友跟那個，弗朗索瓦，都好好的。只不過你們兩個，必須死！」

簡赫有氣無力地拍了拍手，晃著腦袋說：「厲害啊，能控制海龍，呵呵。」跟著表情一轉，皺眉問：「但死之前，我想弄明白，爲什麼你會來得這麼巧？又爲什麼要殺我和楊宣？」他皺眉想了想：「對了，還有你說的那什麼鯤鵬會，幹什麼的啊？是不是跟那個貝塔斯曼書友會一樣啊？」

乾樸知道簡赫是在有意戲謔他，毫無表情地抬起手腕看了看錶，說：「我可以講給你們聽，但如果你們想以此拖延時間，等到能量恢複，那就是痴心妄想了。在我講完之前，你們恢復不了。」他點上一根煙，瀟灑地吐了個煙圈：「我們鯤鵬會，千百年來一直在與海龍一起，維護異珠能量體系，確保地表世界的安全。」

我搖頭說：「不得了，保護地球。我想問問，地球超人是不是你們鯤鵬會的？」

見我們倆都一樣德性，乾樸停了下來，看他那模樣，我連忙說：「得，你繼續說。只不過異珠能量體系和什麼地表世界安全，有什麼聯繫？」

「這不是三言兩語能講明白的，長話短說，頂級異珠被採，就會破壞能量網，並釋放出地下世界的暗勢力，地下人和地龍都屬於其中。確保這張能量網的安全，就是我們的任務。雖然在漫長的歷史中，有過很多險要時刻，但從來沒有像現在這樣危急過，那都是因爲出現了簡清明，以及更爲重要的……」他轉向我，「你，楊宣。」

我費解道：「我？」

「沒錯，就是你。你雖然與簡清明勢不兩立，但你忽略了一點，你和簡清明都是絕頂的採珠人、游蜂。特別是當你有了鬼雨異珠的魔力之後，你對異珠能量體系的威脅已經上升到最高等級。看看你現在，甚至在呼風喚雨、掌握五雷的魔力之後，接著覺醒出無限制潛水、赤氣雙劍、龍鱗自癒、水下呼吸與水下嗅覺……難道你從沒有意識到過，你這樣的人竟然成爲游蜂，那簡直就是災難！」

「去你媽的，我不是游蜂，別拿簡清明跟我比。」

「你不是游蜂？」乾樸笑笑，「是啊，你不是游蜂。但游蜂只不過是個名而已，看看你實際上做了什麼，青龍是不是你殺的？鬼雨異珠是不是最終到了你手裡？你現在是不是來採不死珠的？你以後會不會繼續去採別的異珠？」

「這一切都非我所願，我是被逼的。」我簡直憤怒到極點，指著簡赫，「如果不是他要來採不死珠，我絕對不會主動過來的！」說到這裡，我突然愣住了，半晌後道：「我明白了，不是簡赫要來採的，是你設計的圈套！是你把我們兩個人引到了這裡，讓我們相鬥，最後你漁翁得利。」

乾樸笑了笑，說：「你總算明白了，但還不徹底。其實那次在高嶺大廈，你們兩人相遇，就已經是我安排的了。而這次，我不但發了簡訊給你，簡赫也收到了。只要你們能進來，怎麼樣都是死。知道爲什麼嗎？因爲守護不死珠的是條不死金龍。你們怎麼打？只是高嶺大廈那次，中途出了些意外——第一，我沒料到你那麼不經打，頭一次見面時，我看你電壞那兩車人，以爲你很厲害呢；第二嘛，沒料到半路殺出個程咬金，救了你們。」

簡赫驚怒至極，扶著岩壁站了起來，指著他說：「是你劫走了我父親？是你用炸彈炸死了他？」

「沒錯，是我。在你第二次造成地震時，我就已經料到是人爲的，到第四次時，我基本上就能肯定是衝著魚鷹監獄而去的了，因此我提前準備好了，我的人一直在跟蹤你，所以你父親被你救出後，立刻在路上就又被我們劫走了。怪只能怪你自己不小心，怎麼能只帶那麼點人呢？你有魔力，但擋不住我們人多，重機槍打在身上，挺舒服吧？」他比劃了下，「平心而論，突發情況下，你的魔力沒有楊宣好用，他的攻擊性非常強悍，但你的地震和移石，要依賴很多條件，才能發揮出最恐怖的效果。」

簡赫踉蹌著衝了過來，揮拳就打。乾樸輕鬆避過，順勢在他膝蓋後彎處一踢，簡赫便跪著摔倒在地，滑到了我的旁邊。這種情況下根本沒辦法跟乾樸打，何況，他旁邊還有一條海龍做侍衛。這人的時機，眞的抓得很精準。

「你爲什麼那時候不趁機殺了簡赫？」我問。

「如果那次我能殺了他，也就不會有現在的事情了。他那時候已經可以自癒，而且移石的威力也不小，好在我們狙擊的地形位置很好，很少有石頭，讓他不易發揮。但最後我們還是死傷慘重，不過好歹將他父親簡清明搶走了。正因爲殺不了他，所以才把你們引到一起，兩龍相爭。但你們很難殺，我早有預料，所以才會在之前就提前接觸你，想引你到美國來。」

我回想著以前的種種，問：「所有這一切，難道都是你安排的？」

「我不想把自己描繪得太神，實話實說，整件事情到現在爲止，有一些小情況是我始料未及的，所以這裡面除了我們鯤鵬會，一定還有別人加入。但具體是誰，他們的目的是什麼，我還在調查。」

「比如？」我問。

「比如我們初次見面時，想劫持你們的那兩車人，那就不是我安排的。我當時只是在你們從波士頓開出莊園後，就一直跟蹤著，想弄清你的魔力達到了什麼水準。在看到你對付他們時施展魔力的速度和身手之後，我覺得你一定跟簡赫一樣，很難被我們殺死，所以設計讓你們兩人一戰。這個計畫持續到現在，終於實現了。」乾樸把手插在口袋裡，緩緩踱了一兩步，「還有就是在高嶺大廈時，最後出現的那架直升機，直升機上的人，以強大的火力攻擊了簡赫，卻將你救走了。這令我很意外。我想，這個直升機跟最初的那兩車人員應該是一路的。」

我腦海中想起了GODS基地，這些人既然不是乾樸他們鯤鵬會的，那就一定是GODS的，但GODS難道不是跟簡赫一夥的嗎？那他們的直升機爲什麼要攻擊簡赫呢？我有些疑惑。

「好了，該說的都說完了。」乾樸掏出一把手槍，抖了抖手臂，「兩位還有什麼臨終遺言嗎？」

我啐了口口水，說：「你可以殺了我，但我想在死前讓你明白，我楊宣不是你想像的那種人。」

「哪種人？」

「我不是採珠的，我也不是屠龍者。我所做的一切，都是被迫的。青龍出來，是因爲簡清明將龍髓打進了郭美琪的體內，青龍是追著郭美琪出來的，如果簡清明沒替她注射龍髓，青龍根本不會追上來，自然也不會被我殺掉；至於鬼雨異珠，那是杜志發要採的，我只不過爲了救他，才無意中觸動了龍牙。再說即便我們不採，簡清明也會採。」

乾樸說：「是啊，每個人都是被逼的，每個來採珠的人都是有充分理由的。可是當你決定來這裡之前，你自己是怎麼說的？我來替你回憶一下，當時我問：『楊宣，你有沒有想過，萬一那封簡訊是假的，簡赫根本沒有去呢？』你說的是：『如果他沒去，那我就自己把不死珠採過來。這樣的東西，永遠不能落在別有用心之人手裡，否則扔在那裡，我始終不放心，萬一以後有人去採呢？』

對嗎？」他撥弄著手裡的槍枝：「人不能以正義的藉口，去幹罪惡的事情。在我們鯤鵬會的眼裡，任何尋採頂級異珠的人，不管什麼原因，都必須被制止，直到你失去這個能力爲止。我從最初得到你這個龍王的消息之後，就明白，你絕對再也脫不了身，事實證明，我的判斷沒有錯。雖然你確實是被逼的，如果沒有那些邪惡與黑暗的人，你確實不會主動採珠，但邪惡就跟光明一樣，是永遠存在的，那你就會一直採珠，並爲自己找一大堆正義的藉口，好讓自己像個英雄，好讓自己問心無愧。但眞正的英雄，是我們，是鯤鵬會，我們千百年來一直在守護異珠能量網，與你們這些人對抗，但我們從來沒有採過一顆頂級異珠，這就是對你最好的反駁。」

簡赫對我說：「你不要跟他認眞了，他是不懂變通的一根筋。好人壞人都分不清，還守護地球呢。」儘管鼻子裡流著血，但他仍舊一副很鳥的模樣，像極了他父親。

我說：「我最後問你一個問題。野兔這種動物，到底是好的，還是壞的？」

乾樸似乎很意外，不是很明白我想說什麼，略微想了一下之後，道：「野兔自然是好的，至少不壞，總歸不可能像猛獸那樣襲擊人類吧？」

我笑笑，說：「但野兔在澳洲氾濫成災，以至於在澳洲文化中認爲最邪惡的動物不是豺狼虎豹，而是你覺得至少不壞的野兔。」

乾樸皺起眉頭，問：「你到底想說什麼？這跟我們現在的事情，沒有半點相通之處。」

「當然有。我想告訴你的是，任何事情都並非絕對，任何規矩都並非永遠正確。如果你以野兔至少不壞這樣一個觀點，發誓這輩子永遠不傷害兔子，那麼，一旦遇到野兔氾濫成災的情況，你就只能自己打自己的臉。你如果不明白自己原先的規矩定錯了，一根筋，執迷不悟，那就只能吞下嚴重的惡果，害己害人。所以，永遠不要定死規矩，而是定原則，在原則之上，建立各種情況的具體應對方法。你說任何尋採頂級異珠的人，不管什麼原因，都必須被制止，直到失去這個能力爲止。簡單點說就是——只要尋採異珠，就得死。表面看起來道貌岸然，但這就是一條死規矩，如果你不能幡然醒悟，以後一定會後悔。」

乾樸笑著搖了搖頭，那神情似乎在說：這人簡直就是個瘋子，不可理喻。但我繼續朝他道：「鯤鵬會是對的，維護異珠能量網也是對的，但你們是錯的。你才是自己口中所說的假借正義之名，行罪惡之實的人！」

乾樸捏了捏手中的槍，沉默了片刻之後，說：「時間到了，你們兩個，誰先來？」不等我們說話，他又走到簡赫面前，拿槍指著他：「對了，我還有件事情沒有問你。你爲什麼每次都要震塌維文珠寶的樓？如果不是多此一舉，我可能沒辦法提前發現你的企圖，也就劫不走你的父親。」

「維文？哼，我們簡家跟他們不共戴天。你們可能都不知道，其實南珠王當年在慈禧死後，就著手準備將游蜂營轉移到美國了，而且已經派了不少人過去。但維文家族那時候跟我們一樣，也是採珠的，仗著自己是地頭蛇，對我們游蜂營的兄弟，趕盡殺絕。這黑手，一直持續到他們轉爲珠寶公司才停止。你說，我能饒了他們嗎？」

乾樸道：「這都幾代人的事情了，你還那麼看重？」

簡赫昂著頭，說：「中國自古的規矩——父債子償，人死債不爛。只有這樣，人才不敢作惡。」

乾樸嘴角掠過一絲笑容，慢慢抬起手槍，直直對準簡赫的眼睛。但就在這時，遠處海中的朋字山方向，傳來陣陣炮聲，這下驚住了我們，但更爲吃驚的是乾樸。他手裡的槍沒有放下，迅速回頭，朝後看去，不明白發生了什麼。因爲原本一切都在按照他的精密計畫運行，而腳本裡怎麼也不可能推演出，在這個時候出現連續的炮聲。

那條原本待在懸崖邊上的蟠龍，立即極其不安地來回遊走起來，是的，牠雖然沒有翅膀，但能在空中飛行。簡赫趁機抓起被我扔在一旁的匕首，用盡全身力量，猛地插進乾樸拿槍的手背，手槍瞬間掉落，卻被我撿起。我二話不說，舉槍便射，可那蟠龍竟倏忽間護到了乾樸跟前，幾發子彈全都打在龍鱗之上。

但蟠龍不敢衝過來，生怕離開乾樸，便會留下空檔，沒辦法替他擋住子彈。這時乾樸似乎極爲擔心朋字山的情況，加上形勢瞬間出現了逆轉，自己負傷，又一時拿不下我和簡赫兩人，因此躍上龍背，那蟠龍竟就背負著他朝朋字山方向飛了過去。

簡赫罵罵咧咧，道：「靠把槍就想殺我？太他媽幼稚。」

這時，海裡忽然掀起巨浪，波濤大作、洶湧澎湃，片刻後一條金色的巨型海龍從朋字山附近的水中，一躍騰出，發出震耳欲聾的龍吟嘶嘯。我和簡赫此時待在陸橋上，面前被他弄來的兩座小山擋著，看不到那邊情況，只聽到這非比尋常的嘯音，實在著急。

「想想辦法，把我搬開啊。」我急道。

「你以爲集束閃電鬧著玩的啊？哪有那麼容易恢復？」簡赫氣呼呼道，很明顯還在生氣，伸長脖子朝那邊看，接著就想爬過去。

「我氣劍都可以出了，你就一點沒好轉？」說著，我雙手抖出焰刃。但與此同時，也忽然想到個辦法，不需要依靠簡赫，無須將整座小山移開，只要用信仰之刃挖開壓在上面的部分石頭就行。

隨著土石不斷被挖出，不過一會的工夫，我就從下面爬了出來，儘管雙腿全部爲金色鱗甲所覆蓋，但經過片刻的緩和之後，我還是能成功站起身。隨著四肢血脈重新流通，龍牙異珠的能量再次匯聚，充盈了全身，我明顯感覺到，魔力再次恢復了。

而隨著無意中的一瞥，發現地上碎石浮動，我明白簡赫也開始復原。兩座小坡分別朝陸橋兩側移去，二人從中間的縫隙穿了過去，看到了震撼人心的景象——朋字島上遍布著黑衣黑甲的兵士，均腰挎佩劍，手持火槍；島外的海面，停靠著一艘龐然巨艦，張著獸嘴；隨著海浪的顛簸，面對朋字山一側的船舷，現出成排黑洞洞的炮口，接連不斷噴出火焰和濃煙。

在他們對面，朋字山腳的海灘上，一條金色巨龍正用利爪與龍尾，橫掃這些入侵的敵人；在其左右的空中，另有五條藍色的蟠龍，上下飛騰，其中之一就是初時守護在乾樸旁的那條。

這一大五小，六條海龍，面對從大明混一號下來的密集士兵，以及船上的數百門巨炮，鏖戰不已。雖然龍擁有絕對的優勢，但奈何大明混一號上的所有事物皆爲不死，那些槍炮雖爲幾百年前的設計，但威力竟不弱，彈藥在龍身上持續炸裂，不時將神龍們逼得躲閃後退。但這六條龍，似乎也是不死之身，畢竟在朋字島出現，那一定是守護不死珠的，是以大明混一號威力雖大，卻沒辦法眞正傷到神龍。

接天山脈之下，綿延海灘之上，數千不死凡人和永恆巨艦巨炮，對決一大五小六條不死神龍，那場面，絕非震撼足以形容。

見此情形，我立刻便朝左前方奔去，因爲這機會當眞難得，這些我當時不知從哪裡冒出來的傢伙，牢牢在前線牽制住了龍，我便可輕易入水進入龍穴，採到不死珠。現在，只要爬上陸橋左前側的坡頂，往外跳進海裡。

就在我踏上山坡的第一步，後背就受到一記重擊，憑經驗可知，那是塊石頭。我怒目回首：「簡赫，你現在還想幹什麼？」

「想溜走採珠？沒那麼容易！」

怒火的副作用又開始燃燒，我說：「你父親簡清明不是我殺的，你還要怎麼樣？」

「一碼歸一碼。我父親不是你所殺，並不代表我就會將不死珠拱手讓給你。不死珠，只能歸我所有，我要用它來實現我父親的願望——重建游蜂營，一統天下。」

這個不可理喻的傢伙令我徹底震怒，瘋如其父，若不死珠當眞落入他手，全人類都會遭殃。於是狂雲瞬間捲起雙旋渦，分別從左右兩側劈下兩道集束閃電。與此同時，我盡展雙臂，兩掌中的奔雷在臂力甩動之下，如同兩條紫色的蟠龍向他游擊而去。

四電合擊之下，簡赫如同炮彈般被擊得飛出，生生撞到後面的岩壁上。我緊跟著朝他狂奔而去，信仰之刃燃生，這一次，他再也無力躲閃，兩柄焰刃直插簡赫的雙眼，甚至透過頭顱，插進後面的岩石。

我圓瞪龍眼，緊攥劍柄，貼著他的臉說：「帶著你的野心，長眠在這地下吧！」說完，抽出焰刃。簡赫就此順著岩壁軟軟癱倒，再沒能說出一句話。

再無阻攔之事，我奔到陸橋坡頂，一個魚躍，鑽進波濤裡，奮力朝朋字山游去。雖然這裡已經離陸地海岸很遠，但還是能夠感覺到浪潮的巨大衝力，弗朗索瓦說沒辦法從陸地那邊下海，所言非虛。

就在已經快要接近的時候，令人驚訝的現象發生了，海底開始出現火，起初只是如蛛絲般的裂縫地火，接著慢慢上湧升騰，裂縫不斷擴展，最後整個海底湧滿了火山中流出的那種灰燼岩漿，並且仍舊在不斷翻滾。

海水的溫度快速升高，熔漿高度不斷上攀，我實在心有不甘，咬牙繼續前游，朋字山底的龍穴入口我已經能夠隱約看到，但那些從海底噴發出來的岩漿，卻不留餘地地漫過了洞穴，將入口封死。如果再不離開海水，我可能將會被岩漿吞沒。

此時此刻，我別無他法，只能快速上浮，選了一處最接近的沙灘上岸，而且不敢停頓，朝朋字山直奔而去。這幾條不死龍，我並不害怕，那些奇裝異服的驍勇兵士，我也不以爲意。我唯一擔心的是正從海底噴湧而出的岩漿，它們會不會填滿龍穴，會不會將不死珠封死、銷毀？

很快地，朋字山山體開始冒出濃煙，緊接著兩座山所在的島嶼開始顫抖起來，海水就像在杯子中被劇烈搖晃。隨著震動不斷加劇，只見在山底往上不遠的位置，破開一個小洞，赤紅的烈焰岩漿從洞口流了出來。

隨著岩漿持續湧出，裂開的那個小洞不斷擴大，最後形成一個巨洞。熔岩像決堤的江水般傾洩而出，依照地勢，又朝陸橋流去。這座陸橋，原本就是因爲火山噴發的熔漿冷凝後形成。只不過這次的流向稍有偏差，幾乎是緊挨著老陸橋流進海裡，如果岩漿噴發的量足夠的話，也許會形成一座新的陸橋。

就在此時，那巨洞裡，一個龐然巨獸出現，身上淋著不斷滴下的熔漿，隨著身體兩側巨翅的抖動，將眞面目展現在世人面前——全身燃燒著地獄火的一條地下惡龍，遍體閃著暗光的黑色鱗甲！

這下，不光是我驚呆了，連同那千餘名大明混一號的兵士都呆住了。原本正在鏖戰的六條神龍，旋即轉身，朝這條地龍飛去。

火山繼續噴發，從明字山各處縫隙裡流出，大地仍舊在震動。那魔龍振翅，朝前飛去，對面的六條神龍迎面而上，剎那，中有黑金二色纏繞，旁有五道藍光翻飛。這七龍借著地火噴發，在島上混戰開來。

魔龍仗著體形龐大，看準個空檔，一嘴咬住金色神龍的脖子，然後從空中壓下，雙龍重重摔到海灘上，將無數兵士壓倒在身下。而那金龍旋即盤身而起，穿過魔龍的雙翅，巨蟒纏樹一般，將那體大身重的魔龍緊緊纏繞，並越勒越緊。五條蟠龍則如惡犬一般，找準魔龍雙翅、尾部、腹下等薄弱部位，猛撕狠撓。地獄魔龍雖然氣力十足，但怎麼可能將不死金龍咬死，是以越是消耗，劣勢越明顯，隨著金龍纏繞得越發緊密，最終不得不鬆開利齒。但金龍得勢，哪裡肯放牠一馬，再耗下去，那魔龍非得被硬生生擠成龍乾不可。就在這時，魔龍先是用四足蹬開幾條蟠龍，接著忽地從口中噴出烈焰，而金龍因爲原本脖頸被咬住，位置沒變，龍頭恰好正對著這噴湧而出的地獄火，堅持片刻後，終於猛然鬆開身子，朝一旁閃避開來。

魔龍與六神龍重新拉開架勢，相向對峙。

我面對這七龍混鬥，一時間不知該不該幫，或者應該幫誰，當然直覺上，我覺得那六神龍應該是好的，畢竟那就是我們所熟悉的龍的模樣。

這時，只見地獄魔龍衝著空中發出嘶鳴，片刻之後，從四面八方飛來數量驚人的鋸齒翔龍。接著，這魔龍又是一聲尖叫，像是號令一般，滿天的鋸齒翔龍，便開始向六神龍發起進攻。

儘管翔龍只是屬於低等地龍品種，但恰如成群的螞蟻可以毀滅一切，如此多的翔龍，就像吸血螞蟥一般，團團圍咬住蟠龍。而金龍身上更是被撲得密不透風，幾乎看不到金色鱗甲，只能不斷以身體撞擊著朋字山，或者在海灘之上翻滾，以壓死那些翔龍，甚至有一次直接鑽入海中，衝進水下的熔漿裡，想將滿身的黑色螞蟥全都燙死。但等到出水之後發現，那些鋸齒翔龍似乎是不怕熔漿的，此時如同燒紅的火蝙蝠，仍舊沾在金龍身上。

但令人詫異的是，那地獄魔龍並未動手，似乎像是在冷眼靜觀，當牠認爲的時機到來時，猛然揮動雙翅；幾乎與此同時，一條剛剛掙脫的蟠龍，也騰空而起，直衝向左側山峰的山腰。

到這時爲止，我已經可以判定，那從地獄熔漿中出現的魔龍，一定是邪惡的，因爲鋸齒翔龍是幫助牠的，而鋸齒翔龍是襲擊魚鷹監獄的罪魁禍首。於是，天空的閃電重新開始從烏雲中劈下，萬電森林之景再現。

因爲這裡，除了鋸齒翔龍和地獄魔龍之外，皆爲不死之身，能被雷霆傷到的，只有牠們，不用擔心誤傷。一面是火山熔漿仍舊噴湧，另一面是烏雲密集、紫電如林，那電火交加之景，配上陰沉的深海怒濤，彷彿煉獄。

竄出的那條蟠龍，飛竄至山腰，那裡有一人，似從那裡的山洞中拔出一根金色權杖，走到了洞外的峭壁上，杖頂端是神鷹展開的兩隻翅膀，鷹翅中間是一條豎立的神魚，魚嘴中原本吐出圓頭杖頂，此時圓頭之中卻射出藍色之焰，使得整根權杖看起來如同一桿標槍，一桿帶著神鷹雙翅的藍焰標槍。

我花了很長時間，才確定那人是乾樸，只見他跨上蟠龍頭部，右手緊握藍焰金杖鷹翼槍，以幾近垂直的方式，向下俯衝。

而魔龍正向山底牠現身的那個巨大洞穴飛去，蟠龍如隕石般降落，直接砸在魔龍的後背上，但魔龍似乎全然不顧，仍舊繼續飛行。

只見乾樸從蟠龍背上躍下，雙手緊握鷹翼槍，以全身勁力下刺，狹長鋒利的藍焰槍頭全部沒入這地獄魔龍的背甲中。

吃此一痛，魔龍陡然在空中轉了超過九十度，乾樸站立不穩，掉了下去。那蟠龍一個竄騰，搶地飛去，在離地三四尺的時候才堪堪追到，及時將他救下，重新馱回自己背上。

但此時的魔龍，已經進入洞穴，消失在熔漿烈焰的火光之中，不知去向，但在最後時刻，朝洞外發出一聲足以穿透九重雲霄的龍鳴。

原本與神龍纏鬥的鋸齒翔龍，此時的數量雖然僅剩最初時的一半不到，但如同戰場上的猛士聽到了衝鋒號角一樣，全都放開神龍，在空中重新集結，然後成群結隊朝魔龍消失的洞穴飛去，同樣消失在洞口的火焰中。

六條神龍，在沙灘上聚首，此時大明混一號的那些兵士似乎也疲倦了，紛紛重整陣型，擺出防禦姿勢，卻不再主動進攻。

乾樸從蟠龍後背下來，走到金龍身邊，輕微摩挲了牠的金角片刻後，那龍竟然張開緊靠腦後的一片最大鱗甲，鱗甲內部是中空的，足有一人大。乾樸令人匪夷所思地爬入這片金鱗當中，接著金鱗合攏，就像飛機關上了艙門。

片刻後，金龍騰地而起，竟也朝朋字山底部破開的那處洞穴飛去，緊隨地龍之後，竄進裡面。五條藍色的蟠龍，跟著魚貫而入。

大明混一號上吹響了回營號角，兵士們開始集結，我這才發現沙灘上有許多巨網，還有發射器具，莫非是一開始用來獵捕蟠龍的？接著，一個黑鎧士兵從我面前經過，他後背上竟然斜背著一支步槍，我頓時搞不明白這到底是怎麼回事了。看著這麼多奇怪的人，心裡難免犯嘀咕，因爲他們看起來也跟弗朗索瓦一樣，是不死的，一小群還能對付，但是萬一他們全都來抓我，就麻煩了。雖然目前看起來，他們還沒有這個意思，但眼前的這些人只是士兵，他們沒有主動權去抓誰，只是奉命行事。也許他們的將領，還沒發現我，萬一將領發現我，發令要抓我，那就說不準了。

雖然這個憂慮一直在，但此時我最爲擔心的是——郭美琪和弗朗索瓦現在何處？是否安全？乾樸這個狗×的，假如不多嘴說那一句他們很安全，我倒不擔心，因爲他們畢竟留在後方了；但他偏偏那樣一說，弄得我這時見不著他們，心慌不已。

就在這時，我後面傳來一聲：「楊宣，嘿，楊宣。」聽到那聲音，當場我就怔住了，轉身一看，竟然是梁丕梁大紅！

第三十章

曲項望天

1.

「老梁，你怎麼在這？」我簡直不敢相信。

「我被簡赫那個狗×的綁架了。」梁不工啐口唾沫，剛準備詳談，被我打斷。我看著眼前這些人，說：「這些人不知什麼來頭，萬一要抓我們可不好對付。我們最好趕緊想辦法，先離開這裡再詳談。」

梁不工眼珠轉了轉，說：「潛艇在水裡，我們可以先上潛艇再說，上面還留了幾個人。」

「能帶我們走嗎？」

「當然，我人緣不賴，他們雖然是簡赫手下，但跟我交情挺好。」梁不工得意地笑了笑。

「在哪裡呢？」我目光瞧向海面。

梁丕指向萬竅山與海島之間的海灣，不過找了半天，竟然沒有看見，抓著頭說：「奇怪，本來就停在這裡的，浮在水面上。」

「哪去了？」

梁丕一副抓狂的模樣，罵道：「這幾個龜孫子，見到又是大船，又是龍，又是火山的，一定嚇跑了。」

我連忙拍拍他的後背，說：「小點聲，別著急。也許他們不是跑了，而是剛才火山噴發時，被海底湧出來的岩漿弄壞了，沉掉了。」

梁丕急得說不出話來，又將海面搜尋了一遍，仍舊是沒有蹤影，不過潛艇沒找到，卻指著萬竅山說：「咦？那兩個是什麼人？」

我順著他手勢望去，發現離這裡最近的萬竅山北端的外側山岩上，站著兩個人，依稀看得出似乎是郭美琪和弗朗索瓦的模樣。我頓時興奮起來，可偏偏就在這時，身後響起一個聲音：「喂，你們兩個是什麼人？」

我轉身一看，最擔心的事情發生了，一個將領模樣的人正帶著幾個兵士走了過來。

梁丕馬上說：「我們的船沉了，被沖到了這裡。也不知道這是哪裡？」那人皺眉盯著我們打量了片刻，然後對手下說：「帶回船上去，稟報常都督。」

一聽這話，我心說大事不好，於是瞬間雙掌雷電擊了過去，將幾人打得撲倒在地。這一下不得了，周圍的人立刻全朝我們擁了過來。我對著梁丕大喊：「趕緊游過去。」

「往哪游？」

「對面。」

梁丕也不是個猶豫不決的人，立刻跳進海裡，拼命衝對面萬竅山游過去。我守在原地，不斷擊退一波波的兵丁，過了一會，那些人學聰明了，不再猛衝，而是掏出他們的火槍。見這架勢，我情知硬拼不過了，於是在大範圍內砸下閃電斷後，接著轉身就朝海裡跑去，最後鑽進浪中。

萬竅山與陸橋及朋字山所在海島之間的海灣並不寬，可以說很狹窄，但是比較長，也就是萬竅山伸進海裡很大一部分。當我追上樑丕後，大明混一號那群兵士竟也追著跳進海裡，跟了過來。

當兩人接近萬竅山時，我抬頭看去，上面兩人果眞是郭美琪與弗朗索瓦，於是喊道：「跳下來，跳下來。」大家也許不明白我讓他們跳下來的原因是什麼，因爲這萬竅山遍布著孔洞，從山腳開始就是，此刻後有追兵，我跟梁丕兩人上岸之後，必然要躲進洞裡，利用裡面四通八達的地形，來甩掉那些兵士。而一旦如此，就很容易與郭美琪和弗朗索瓦徹底失去聯繫，鬼知道這山體裡面是什麼狀況。所以，我讓他們跳下來，大家一起逃，總比最後找不到彼此來得好。郭美琪連忙跳進海裡，弗朗索瓦隨即落下。

四人一起奮力游上萬竅山底部，從根基處一個大窟窿鑽了進去。郭美琪從濕漉漉的背包裡，掏出一個手電筒，照亮前方，大家慌不擇路，其實即使想選也不知道怎麼選，因爲的確如同蛛網迷宮一般。

2.

黑暗的洞穴中，兩個手電筒交相照射著前路。

「師父，你說這山怎麼這麼多窟窿和岔道？」杜志發邊走邊說。

「熔漿是從山體內部向上噴發形成的，我們現在走的這些地方，當年都是熔漿流過的地方。」蘇家輝答道。

「簡直就是盤絲洞啊。」杜志發感嘆著，「您那龍牙當初是從哪弄的啊？」

蘇家輝在前面停住了腳步，又是一處岔路口，他仔細觀察著這些火山岩特有的扭曲形態，做出某種判斷，同時嘴裡回應著說：「這你就別管了，反正現在採到珠子了就成。二十多年，難道連顆龍牙都找不到？」

杜志發臉上仍舊帶著巨大的興奮，在蘇家輝停下的這當口，忍不住又將珠子掏了出來，仔細欣賞著。那是一顆發出金黃色光芒的異珠，渾圓無比，足有掌心大小，在黑暗中照出一方明亮，也斜映出杜志發那激動的表情。他嘴裡喃喃地說：「不死珠啊，我終於採到你了。」不久前的一幕幕跟著浮現在眼前——

大明混一號的艦橋裡，蘇家輝對常榮說：「都督，要從這裡出去，唯一的路就在西北方，但是那裡有條龍，把守住了通道，我們只有將那龍殺死，才能從牠所在的龍穴中回到上面。」

「龍穴？龍穴不是在水裡嗎？」常榮皺著眉頭問。

「確實，但進入龍穴之後再往上，就是在山體裡了，那就沒有水了，所有人都可以走上去。」

一旁的副將韋馳道：「那豈不是咱們這艘船上不去了？」

蘇家輝怔了一下，說：「兩害相權取其輕，這樣總比人和船都上不去來得好。」

常榮沉思良久，最終對部下道：「按蘇家輝說的方向前進，做好獵龍準備。」

遠處的朋字山和對面的萬竅山，已依稀可見，蘇家輝站在船頭用帶下來的望遠鏡仔細看了許久，最後興奮地輕聲喃喃自語：「窟窿山，眞有窟窿山。」然後跑到艦橋內，對常榮道：「都督，出口就在前面海中的兩座山裡。只要將下面的龍引出來殺死，我們就能從那裡回到地面了。」

常榮朝一旁的副將問道：「準備得怎麼樣了？」

「所有將士均配備二十八連環火銃，舷炮也已就位，捕網炮還需兩個時辰。」

常榮點了點頭，示意知道了，然後對蘇家輝說：「我醜話說在前頭，如果最後沒辦法出去，我就把你和你徒弟，立刻拖出去扔進海裡。」

「都督放心，我們也想出去的，誰會願意在這待著呢？」說完，蘇家輝慢慢退了出去，等到稍微走遠，立即朝甲板下層奔去，來到一層馬廄裡。四下無旁人，唯有杜志發在走道上給馬餵著草料。

「潛水器材全都準備好了嗎？」蘇家輝走過去，小聲問。

「都在這呢。」杜志發打開面前的箱子，旁邊草垛裡還有兩個背包。

蘇家輝指著背包，說：「你在島上採的這些珠子，實在不行就別要了，下了水沒辦法帶啊。」

杜志發眼珠滴溜轉著，說：「沒關係，我都想好了。到時候我們抱著兩個背包下水，先把背包掛在水下錨鏈上，等採完不死珠回來時，再取走。對面那窟窿山，沒多遠，帶著這背包游得過去。」

蘇家輝嘆了口氣，說：「我就怕因小失大，別不死珠最後採著了，卻毀在那兩袋珠子上。」

「您放心，絕對不會。」

「那好。再過幾個時辰，他們就要開過去了。只等那些兵將上岸，大龍一出水，我們就下去。」

說完，蘇家輝剛轉身準備離去，杜志發拉住他，問：「師父，您眞肯定那裡有座窟窿山，能上去？」

蘇家輝轉身，說：「剛才我已經親眼見到窟窿山了，海裡兩山相連，對面有一座窟窿山，跟書裡講的一模一樣，一定不會錯的。」頓了片刻，他叮囑道：「窟窿山你也不能跟任何人提起，否則他們要是發現我們失蹤了，一定會猜到出口其實在窟窿山，而不是海裡那兩座山。」

杜志發神色緊張地點點頭，說：「我沒說過，跟誰都沒提過。」片刻後又道：「師父，可您爲什麼要騙他們呢？告訴他們出口在窟窿山，大家一起上去不好嗎？」

「你傻啊，那他們還會去引龍、拖住龍嗎？知道窟窿山是出口，他們不就直接上去了？如果沒人引龍，我們怎麼採不死珠？而既然說了龍穴是出口，那我們就不能改口，否則他們知道我們在騙他們、利用他們，你還想活命嗎？」

杜志發說：「嗯，我明白了。哎，我說，師父你那是什麼書啊？寫書那人怎麼知道這裡的情況？」

「那是本清朝的筆記，專門記載奇聞逸事的，就跟《清稗類鈔》、《宋稗類鈔》的性質差不多，光緒年間刊印的。上面說有個人叫武宗英，福建人，同治七年跟著一個名叫弗朗索瓦的法國人出海去南洋，在鼋龍海眼附近遇到漩渦，被捲了下去，但是沒死。後來被海水沖到了一個島上，這島上有兩座山，當然也許是海裡的兩座山合起來成了一個島。他在沙灘上時，先是發現有很多可怕的地龍，接著從水裡鑽出一條海龍，那海龍就在島上跟那些地龍搏鬥。武宗英躲在一塊石頭後面，就嚇傻了，最後被一條地龍追，沒辦法又跳進了海裡，游到了對岸不遠處的一座窟窿山上。那窟窿山高聳入雲，千孔萬竅。」

「地龍不會游泳？」杜志發奇道。

「地龍當然不會游泳，要不然怎麼叫地龍呢？武宗英到了窟窿山之後，沒別的地方可去，只能到處瞎晃，但窟窿山裡萬竅億孔，如同迷宮，他在裡面足足迷路了三年，最終才轉出去，回到地面。」

「迷路了三年？那他還沒餓死？」

「神奇的事情就在這裡，書上說他三年間沒吃飯，只喝洞裡的水，居然不死，而且出來之後身體很好，一直到這本書刊印的時候，這武宗英還好好活著呢，並且相貌跟當年出海時幾乎一樣，五六十歲的人了，還被稱為小武。」

大家也許記得，弗朗索瓦在前面跟我、郭美琪和乾樸也提到了小武，這書裡的武宗英和老弗嘴裡的小武，其實就是同一個人。

蘇家輝接著說：「這麼多年，我對這個故事分析推理盤算過無數次，一是認為這個故事的眞實性極高，因為各方面都與這些年的研究吻合，特別是關於不死珠的；二是我確定，那個兩座山的小島，也就是海龍和地龍群搏鬥的地方，一定是龍穴所在地。所以採了不死珠之後，就可以去窟窿山，從那裡帶著珠子回到地表。」

「萬一您猜錯了呢？」

蘇家輝笑笑，說：「剛才我已經親眼看到了，龍氣在島上，而對面有座接天入雲的窟窿山。」頓了下：「其實即使判斷錯了，我還是有後路。先採珠，採完珠後哪怕窟窿山不在龍穴附近，我們也可以慢慢找，那樣一座高山，我相信找起來應該不是很難，尤其特徵還極爲明顯——萬竅億孔。」

近千名黑鎧兵士開始登陸朋字島，他們約有三分之二手的人持二十八連環火銃，其餘的人推著重型捕網炮，或者兩三人一組扛著形似重弩的中小型捕網發射器。

這時，左側先鋒部隊首先開始有了動靜，至少同時有三組捕網射出，牢牢將一條藍色的蟠龍罩住，與此同時，一起被罩進網裡的竟然還有幾個人。那蟠龍雖沒有想像中巨大，但勁力十足，在低空上下翻騰，以至拉網的兵士越聚越多，同時無數火槍彈藥射向網內。

片刻後，忽然有另一條蟠龍從海中竄出，直直飛向被網住的那條，頓時海面上的兵士，約一半都向左側奔過去。神龍雖猛，但奈何人多勢眾，就在兵士們即將控制形勢時，更多蟠龍出現，沙灘戰場上眞正開始混亂起來。

不過這群兵士非比尋常，連同所乘坐的大明混一號，皆爲不死，是以槍炮巨網，無所不用，驍勇無畏，左右兩側最終竟然各控制住兩條蟠龍。

就在此時，海面上的波濤開始洶湧澎湃，片刻後，一條巨大的金龍從水中一躍而出，衝向沙灘，暫時掃倒約三分之一的兵士，利爪切開罩住蟠龍的巨網。

大明混一號的船舷上，終於開炮，這些宣威無敵大將軍火炮，重三千斤，可射五里至十里地，威力巨大的炮彈，如同一顆顆巨大的火球，射向金龍，在金鱗上不斷爆裂開來。

外面槍炮聲震天，不遠處的海灘上，兵士們正在與一金五青，一共六條神龍鏖戰。大明混一號甲板下的馬廄裡，靠近船艉的木門打開著。蘇家輝和杜志發在忙亂地穿戴著潛水裝備，當最後將潛水鏡戴好後，兩人緩緩走到門前，各自胸前還抱著一個大背包。先是看了看下方的海面，然後對視了一眼，接著，這一老一少兩個亡命之徒，帶著各自的夢想與共同的目標，義無反顧跳了下去。

入水後，先是將背包卸下，用鉤子掛在錨鏈上，接著兩人便游向了朋字島下方，那裡一個巨大的黑暗洞穴正在召喚他們。

進洞之後向前游了幾百公尺，洞穴突然轉爲直上，兩人順著通道上浮，到達盡頭時，發現那裡是一個巨大的水平橫向龍巢，正中間卻是一棵金色珊瑚樹，高十幾公尺，樹梢枝頭攀附著如同黿龍僞島上的那些貝殼，但只有落葉黃的那種，而沒有狀如白蝶的。只是到底哪一顆才是不死珠，又或者不死珠在別處哪裡，這裡的不是？

杜志發繞著這棵金色珠玗之樹上下游動尋覓，心裡著急不已。這時蘇家輝從胸前掏出龍牙，片刻後，龍牙開始微微引動起來，就像是鐵針被磁石吸引。順著牽引的方向，蘇家輝慢慢朝前移動，最終龍牙被引向珠玗之樹的頂端，與中間的樹尖結合。

頓時，滿樹的落葉黃貝殼開始張開，裡面的金丹顆顆泛出光芒，整棵珊瑚樹內部的脈絡紋理中，被一種金色的電流從上往下流通著。但這股電流運行至龐雜的樹根時，竟然未曾停止，而是繼續向下，流到被樹根盤住的一塊橢圓形巨石的表面。待金色電流遍布石塊周遭時，那石頭竟然開始向上移動，更準確地說是像一個盒蓋，正緩緩朝上打開，開到約四十五度時，金光從石塊下面射出。

兩人這才看清了，那根本不是什麼橢圓形的巨石，而是一個巨大的類硨磲貝物種，只是因爲在水下過於遠古，從表面看起來如化石、石塊一樣。而那棵金色珠玗之樹，則是在這個巨型類硨磲貝物種的表殼之上生出。蘇家輝暫時不敢拔掉龍牙，在那裡對杜志發做手勢，示意他趕緊採。杜志發眼神中滿是璀璨的金光，看了蘇家輝一眼後，毅然將手伸了進去，採下了不死珠。

大明混一號水下的錨鏈附近，再次出現兩個潛水夫的身影。他們拔出掛在那裡的兩個背包的鉤子，重新背到胸腹前，而後偷偷朝對面的萬竅山潛游過去。但當兩人行程過半，眼看就要到達時，海底突然開始裂出無數細縫，縫中火紅的岩漿湧出。

蘇家輝指指下面，提醒杜志發，而後兩人拼了命地往前游竄。蘇家輝畢竟年紀大了，而且多年患病，能拼到這份上已經盡了最大力量。此時他已精疲力竭，幾乎很難快速前進了。在前面領先許久的杜志發，無意中回頭一看，發現蘇家輝竟落後那麼遠，而且動作極其緩慢，明白他一定是游不動了。可再看看水下，熔漿裂縫越來越多，缺口都開始紛紛擴大，再不上岸命都沒了。

左右爲難之際，杜志發似乎拿定了主意，毅然回頭，抽出腰間的繩子，直接掛到蘇家輝的腰間卡扣上，而後用盡全力朝前游去，那瘦猴般的身軀，此時卻在水裡爆發出了與之不相配的能量。

兩人最後到達萬竅山底部的一個近水窟窿，跌跌撞撞進入洞裡，將背包扔到一旁，癱倒在地，回首遠望時——朋字山山體如同一座內部著火的大煙囪，濃煙從各處山縫中透出；整個海域開始劇烈抖動，甚至有部分海水開始翻滾、跳動；接著朋字山中底部位置破開一個缺口，熾烈的岩漿從中傾洩而出。

3.

隨著不斷前進和拐彎，無數的岔路，以及越來越沉默的氛圍。我、郭美琪、梁丕和弗朗索瓦，四個人終於停下步子，開始不怎麼擔心後面的追兵。

大家疲憊不堪，身上又都濕漉漉的，於是找了一處較大的空間，停下來歇腳。郭美琪的背包雖然濕了，但我們的打火機一直都是用防水布裹住的，而且這山體內部有很多地方竟然有風乾的樹枝，給人的感覺就像是大型猛禽做窩用的那些枯枝之類，但那些「窩」或者叫「鳥巢」的規模，比地表已知的任何猛禽巢都要大。

知道當時我看到後的想法是什麼嗎？如果鋸齒翔龍需要做窩的話，我認為那些枯枝是牠們留下來的。換言之，這個百竅山有可能是那些地龍，尤其是翔龍們的巢穴。

但自從進來之後，卻沒有發現地龍的痕跡，像是很久沒有東西住過了。

所以我們冒著風險，生了一堆火，烤烤衣服，稍微休息一段時間之後，再做打算。

「老梁，你跟簡赫到底是怎麼回事？」我問。

「他綁架了我，要我帶他從東海下來。下來後，他自己就在陸橋那邊等你，讓我們守在朋字海島上，等將你解決掉後，他就會自己引出金龍，然後讓那些手下下去採珠。」

「他的手下呢？」

「別提了，我們正在那裡，誰知道突然從海裡竄出來一條藍色的龍。」

「那叫蟠龍。」我說。

「你怎麼知道？」

「剛才那個爬上金龍的人說的。你繼續講。」

「那龍就那麼看守住我們，像是在等待什麼命令。然後有艘大船就開過來了，二話不說，下來一大幫人，打頭的發現了那蟠龍，直接就把網射過來。蟠龍就被纏了進去，可網太大，連簡赫幾個手下也被弄了進去，結果全在龍掙扎時被弄死了。再接著海裡又竄出來一條，但擋不住這些人多啊，而且他們好像不死似的，最後一共出現了四條，全給逮住了，弄在網裡。就在這時，不得了，那條大金龍終於出水了，一下子將那些網全都扯斷，四條蟠龍逃了出來，大船開始開炮，這些人也開始開槍。不過後來不知從哪裡，又冒出來一條蟠龍，變成了五條小的。」

我說：「最後那條是從我那過來的。」

梁丕點點頭，接著說：「本來簡赫的手下還剩兩個，結果全被亂槍走火射死了，剛才那槍林彈雨加火炮的，可嚇死我了。剩我一個人，躲在石頭後面。我一見那滿天閃電，就開始找紅頭髮，一下子就找到你了，但不敢過去，直到事情結束後才跑去喊你。」

現在我知道那個從我面前經過的士兵後背上的槍是誰的了。梁丕說完，接著問道：「對了，郭美琪，你怎麼會在萬竅山外面的峭壁上？」

「本來我和弗朗索瓦，還有周喆，在那邊谷地的邊緣高處等楊宣，誰知跟你們一樣，水裡突然出現蟠龍，而且是兩條，周喆那個王八蛋，沒做任何解釋，就被其中一條龍背著飛走了。但臨走前叫我們不要亂動，要不然留下的那條蟠龍會咬死我們。剛開始我們確實沒有離開那裡，但後來看守我們的那條藍龍走了，朋字島這邊槍炮聲震天，等到火山噴發之後，聽見一聲龍嘯，接著四面八方無數翔龍飛了過去，但最可怕的是，連短矛龍、掘龍和行地黿龍這些，也從四面八方趕了過來。我和弗朗索瓦一看到那陣勢，明白連谷地上面也不能待了，用不了多久，這一片就全會是地龍。於是趁著谷地裡的地龍大部分已經被引到了山門外陸橋那邊，我們坐著頸槽龍猛地穿插過去，到了萬竅山在谷地的西北邊緣處，然後趕緊爬上去。我們的計畫是爬到最北端，朋字島對面的地方，跳海游過去找你，所以我們不敢進山洞，因爲進去就不一定能找到路了。基本上就是這樣了，一直到後來遇到你們。」

我咬著牙，狠狠地說：「那個周喆，其實叫乾樸，這一切從最開始就是他一手設計的。戌者，也是他。」然後我將我知道的關於乾樸和鯤鵬會的事情，告訴了他們。

弗朗索瓦站起來，叉著腰四處看看，說：「現在怎麼辦？」

郭美琪說：「能回到陸地上去嗎？只要能回去，我們就可以回到登陸點，開深潛器上去。」

梁丕走到通向外面的洞口，回望著谷地，說：「我覺得我們可能回不去了。」此時谷地裡的地龍，密集得嚇人，幾乎水洩不通，並且遠處仍有黑壓壓的從四方趕來。

「我終於明白魔龍中途和最後的那一聲響徹雲霄的嘶鳴是什麼意思了。牠在召喚地龍。」我說。

弗朗索瓦問：「可意義在哪裡？」

梁丕指著仍在傾瀉岩漿的朋字山，說：「在那裡。岩漿正緊靠著原先的陸橋形成新陸橋，一旦陸橋形成，陸地上的地龍就可以跑到朋字島，進入魔龍消失的那個洞穴。」

郭美琪問：「進那個洞做什麼？」

我皺著眉頭說：「魔龍進去了，鋸齒翔龍進去了，接著乾樸乘著金龍進去了，最後五條蟠龍也進去了。也許，朋字山可以通向地表。魔龍在召喚這塊陸地上的所有地龍，全從那裡出去，到地表世界去。」

其他幾人也都驚呆了，弗朗索瓦說：「看來，谷地裡的地龍永遠不會散去了，即便是原先的情況，我們現在沒有頸槽龍，更別想通過谷地。」

郭美琪不解地問道：「可是，即便朋字山能通向地表，但它是座直上直下的山脈，魔龍可以飛上去，鋸齒翔龍可以飛上去，金龍和蟠龍也可以飛上去，但那些短矛龍怎麼辦？掘龍和行地鼉龍怎麼上去？」

大家回到火堆旁，梁丕摸著那些石壁，說：「你們不是研究地質的，也許對火山不是很瞭解。火山從最底部的熔漿核開始，到最終噴出地表，在這之間的路途中，熔漿會在地下形成非常複雜的路徑，會形成無數的岩漿房。」他抬頭看了看：「現在我們所處的這個大洞穴，就是一個岩漿房。」

郭美琪問：「你是說，這萬簌山曾經也是火山？」

「當然，否則妳以爲怎麼會形成這種地貌？說不定對面的朋字山，在這次火山噴發之後，就會形成與這座萬簌山相同的山體特徵。」

術。」

「老梁你繼續說。」

「接著我要講的，是圖靈公司的火山地貌研究獨家成果，世界頂尖的，除了冰島一些地質學家摸到了一點皮毛以外，這個世界上知道這些的，鳳毛麟角，也許全球只有我一個人掌握了。」梁丕說到這話時，愣了一下，然後似乎自言自語，「或者，不止我一個，以前有個人向我買了這項技術。」

「向你買火山地貌技術？」郭美琪問。

「是啊，不過這人沒錢，最後拿了幾顆珍珠來換。」

我覺得有點不可思議，說：「幾顆珍珠就能換這個？不是我說啊，老梁，你這也太廉價了吧。多大的珍珠啊？」

梁丕做手勢比畫著說：「鴨蛋大小，渾圓、無核、天然海水珍珠，堪稱完美。」

我說：「哦，那還差不多。」他又緊跟著說：「後來這事我還講給麥思賢聽過。」

郭美琪奇怪地問：「你以前不認識麥教授的吧？」

「就是青龍事件過後，無意中聊到的。」

我想了想，問：「那是什麼人啊？游蜂？」

梁丕笑了起來，說：「本來我是不打算賣給他的，但他來了好幾次，最後這人開始攀交情，提起自己父親，這一說倒好，還眞攀親帶故了，他是一個物理老專家的兒子。我以前在大學當老師時，跟那老教授有過些交情。不過你們不認識。」清了下嗓子：「好了，我們言歸正傳。這個火山岩漿從地下噴發，一共會形成三種形式的路徑，這三種路徑，合起來就像是一棵枝繁葉茂的大樹。最主要的通道是直上直下的，相當於一棵樹的樹幹，我們可以假設，魔龍、金龍那些就是從這條通道裡直接飛上去的，最終從火山口出來，你們可以想像下，我×，櫻島火山口飛出來幾條龍，震撼得要死。」

見我們沒什麼表情，他晃晃腦袋繼續說：「其餘呢，還有兩種通道，一種是螺旋式上升的，最後到達地表的位置，會離最主要的火山口較遠，成爲地表某一火山區域的次要火山口，但大部分形成的是破火山口。大家注意，這裡的區別只是一個破字，但意義是不一樣的，以後我可以詳細解釋。第三種我稱爲樹冠形枝丫通道，就像是微血管，從這些通道出去的熔漿，位置離主火山口更遠，遠到你會懷疑，它們之間是否源於同一處火山口內部的岩漿核。所以，一座超大型的火山噴發，影響的範圍是極廣的。」

我問：「那你的意思是，我們可以從這座萬竅山上去？」

「是的。既然回陸地上已不可能，那只有這一條道了。魔龍、金龍、蟠龍全從對面的新火山出去，那是因爲牠們要麼不怕火，要麼就是不死的；剩下的地龍，等岩漿冷凝後，就會通過新陸橋，以及新形成的階梯，進入那處洞口，經由我剛才說的後兩種通道，最後進入地表。而我們，唯一的出路只有這裡，這座億萬年的老火山——萬竅山。」

弗朗索瓦說：「但重點是怎麼走？這裡跟迷宮一樣，完全不知道方向。」

梁丕努努嘴，說：「就算是迷宮，也終歸有一條路能夠出去。但這裡有三條，除了幾乎垂直的主幹道我們沒辦法走之外，另外還有兩條，比迷宮還稍微簡單些。」

「老梁，別賣關子了，快說。」我催促道。

「這三條通道在形成過程中，岩漿的受力是不同的，所以冷凝之後形成的火山岩上，會表現出這種張力，通俗點講，岩石的紋理、扭轉程度與形式都是不同的，我們可以透過判斷岩石，來確定這兩條路。只要這二者之間不搞混，我們就能出去。但要注意一點，我們最好選螺旋上升的路，因為第三種樹冠形枝丫路線，經常會出現死路的狀況，成功率會小很多。」

我問郭美琪和弗朗索瓦：「你們背包裡的乾糧還能撐多久？」

「省著點吃的話，夠四個人撐上幾天。」郭美琪說。

梁丕雙手插在口袋裡，褲腳偶爾還滴著水，說：「不用擔心吃的，只要成功的話，二十四小時之內必能出去；如果走錯的話，即便夠吃幾十天，那也沒用，死定了。」

4•

在萬竅山的另一處地方，杜志發與蘇家輝蹲在一個大水坑旁，用手捧著喝了幾口，然後灌滿水壺。接著兩人癱坐到地上，靠著兩個大背包。

「師父，還有多遠啊？」

「我不知道，我只知道武宗英那時走了三年。」蘇家輝大口喘著氣，胸脯劇烈起伏著。

「您別嚇唬我。」

「不是嚇唬你，雖然我早就判斷出窟窿山是火山噴發造成的結果，也知道該怎麼根據火山岩來走，不過，人做任何事，在沒成功前，最好還是先做最壞打算。」他喝了口水，但不小心全都嗆著噴了出去，又喘了好久，「所以，我這次下來之前，就已經做好死在下面的準備了。」抬頭環顧了岩漿房的四周，「能到這一步，我已經成功了。」

「有命賺沒命花，怎麼能算成功呢？」

「你不懂，阿發，你不懂。人生在世，最重要的是自我認可。我現在把不死珠給採了，這是鯤鵬會前所未有的大潰敗，我給了他們致命一擊，我成功了。我等了二十多年，等的就是這一天。」蘇家輝繼續喘著氣，「雖然……雖然我眞的很想，親眼看看他們氣急敗壞的臉……如果算上之前十幾年，我這輩子一共花了三十多年時間，到今天爲止，證明了我是最厲害的採珠人，頂級的游蜂。就算是南珠王，他也做不到。這個世界上，沒有人能做到。」說著，他完全平躺到地面，望著黑漆漆的洞頂，左手從胸口摸出一張相片，用手電筒照著，那是他夫人的相片，年輕明媚。蘇家輝看著看著，眼角幾滴淚水淌下，他摩挲著相片，輕聲說：「沒妳，不死又有什麼意義？」

歇息了許久，杜志發扶著蘇家輝再次站起來，兩人步履蹣跚地繼續前進。時間總是在這種時候，呈現靜止狀態，數不清的岔路口過後，終於迎來了最長的一段直道。杜志發似乎嗅到了某種氣息，某種地表世界的氣息，心中既緊張又興奮，卻又不敢走快，生怕到頭來一個死胡同，碾碎自己的希望。

幾分鐘過後，兩人終於走到了盡頭，可無數的碎石堆壓重疊，將眼前的路堵得死死的。杜志發心裡快哭了，將那石牆上上下下摸了個遍，根本無路可去。蘇家輝朝四周慢慢踱著步子，最後摸著左側的一塊岩石，說：「炸藥拿出來。」

杜志發緊張地瞪大眼睛，問：「幹什麼，師父？您可不能隨便炸啊，萬一炸塌了，我們就被活埋了。」

蘇家輝用手電筒依序照著周圍的一片火山岩，說：「看見沒，岩漿當年是從這裡流的，而你那堵石牆，是原本就在地下的原生岩，根本不是火山岩。所以路應該在這邊，而且沒有道理斷，這塊石頭應該是後來落下來的，擋住了路。」他用手略微摳了道小縫：「用鎬頭往這裡砸，我來配炸藥。」

杜志發放下背包，取出最外側插著的短柄鎬，然後從裡面又取出用防水布裹得嚴嚴實實的炸藥和雷管等。忙了十幾二十分鐘後，炸藥安好，兩人躲到後面轉彎處。片刻後，碰的一聲巨響，濃煙當中瞬間夾雜著一股寒流衝了進來，充斥著整個過道。杜志發等不及煙霧散盡，立刻就衝了過去。

擋住道路的那塊石頭已經不見，取而代之的是一個一人多高的山洞，洞外，一輪旭日正在群山之間緩緩升起。杜志發和蘇家輝背著背包，出現在下山的道路上，跟徒步越野者或者登山客沒什麼太大區別。兩人路過一塊黑色石質指示牌時，駐足看了一眼上面的字——望天鵝峽谷景點導遊圖❖。

❖ 望天鵝山：距離長白山天池三十二公里；長白山天池為火山湖；望天鵝山為一個巨大的破火山口，其火山地質形態非常獨特。

第三十一章 長白天池

1.

當我們出來時，很明顯，已經遠遠超過了梁丕開始時說的二十四小時，都整整六天了！所以可以肯定的是，梁丕認錯了路，但最後還能繞出來，簡直不可思議。從第二天開始，因爲不知道需要走多久，所以老弗爲了替我們幾個節省食物，開始不再吃乾糧，硬忍著餓。剩下的三人，也幾乎只喝水，實在沒辦法時才吃口壓縮餅乾。

我們四個人跌跌撞撞下了山，遇到人後一問，竟然到了東北的伊通滿族自治縣裡，而我們出來的山，叫伊通火山群，由十六座火山綿延構成。

梁丕聽完當地人說了這是哪裡後，訕訕地笑了，搖著頭說：「他媽的，按照第二種螺旋通道走的，怎麼從第三種樹冠形枝丫通道裡出來了。」

當他後來知道蘇家輝按照他的方法正確走出來了，而且是在二十四小時之內時，嘴裡的茶都噴出來了。我們找了一輛車，司機靠著車門問我們要去哪裡。我說：「去長春機場。」因爲伊通距離長春很近。

司機彷彿很吃驚，說：「你們不知道整個東北的飛機都停飛了嗎？都停六天了。」

我們四人面面相覷，梁丕問：「爲什麼啊？」

司機彷彿難以置信一樣，說：「這麼大的新聞，恐怕全世界也就你們不知道了。長白山天池火山噴發，緊接著從火山裡飛出來一條帶翅膀的大黑龍和無數小龍。火山噴了足有大半天，等噴完，那些岩漿全冷成石頭之後，又從火山口裡不斷跑出些怪物，有些長得像渾身帶刺的犀牛，有的像是長脖子的巨蟒，還有別的。哎喲，眞是嚇死人了。」

我問：「這什麼時候的事？」

「六天前。機場當天就都關閉了，那些小飛龍淨往飛機上撞。現在整個長白山區域全都戒嚴封鎖了，部隊將那裡圍得水洩不通，嚴防死守。」

見我們不說話了，那司機又壓低嗓子，說：「聽人說那些東西可厲害了，刀槍不入，子彈打都打不死，犀牛似的那些龍，能把坦克撞翻。」然後嘆了口氣：「還不知道能撐多久呢，我親戚住通化，說他在通化都撞見那些恐龍了。」

這些人不知道短矛龍等地龍的底細，所以稱呼起來比較混亂，人們私底下談論時，用的最多的是恐龍這個詞，不過當時我沒有心情去糾正。

2.

六天前，長白山天池附近。這天的遊客們正爲自己運氣夠好，能見到天池眞容，個個喜笑顏開。要知道，天池並不是每次上去都能見到的，因爲大部分時候，它總掩映在雲霧中。能撩開其面紗，一堵眞容美景，並非易事。

一對情侶正背對著天池，請另外一人替他們拍照。這時拿照相機那人，醞釀了許久，非但沒按快門，反而放下了相機，往前走到了邊緣處，指著天池說：「這水怎麼了？」

遊客們聚集議論起來，原本澄瑩透澈的池水，忽然翻滾起來，程度之劇烈如同鍋裡的開水，並且從水中釋放出濃煙；令人驚訝的不止於此，隨著沸騰翻滾，天池裡竟然開始激盪起波濤，就如海裡的潮水，而且浪頭越來越大。

就在這時，腳下的山坡竟又開始震動起來，終於有人驚慌失措地高喊起來：「火山要噴發了！火山要噴發了！」人們嚇得四散，趕緊朝山下撤去。

可不等遊客離開，天池裡的水位便開始暴漲，速度驚人無比，堪比海嘯襲來時，沙灘上的人們來不及撤離，就被海浪捲走。當水位漲至山頂，便如鍋裡的湯開了一般向外溢，遊客們的尖叫聲更甚，在山谷中此起彼伏，尖叫之中，不知多少人被從上洩下來的滾水直接沖落山崖。

天崩地裂的搖晃中，猛然傳來一聲巨響，震耳欲聾，天池的湖水完全炸裂開來，大量的火紅岩漿從水下噴出，射入空中幾十公尺高，接著蘑菇雲騰起，濃煙直衝雲霄數千公尺。

岩漿開始朝四周山坡濺射、漫溢，這末世般的場景持續約十幾分鐘後，整個天池的湖水已經變爲整整一天池的熔漿。在這煉獄之中，從天池裡竟升騰出一條地獄魔龍，撲扇著巨大的翅膀，帶著滿身淋漓的熔漿，飛了出來，最後停在附近的一座山峰上。

魔龍出現後不久，熾如潮湧的岩漿中，又紛紛鑽出無數的鋸齒翔龍，如同地獄火蝙蝠一樣，滿山遍谷圍繞著魔龍飛行。當翔龍出盡後，一條金龍，帶著五條藍色蟠龍，衝出天池岩漿，遊走一圈後，落到與魔龍相對的山頂。

但這一次，雙方暫時沒有交鋒，似乎在地下有過爭鬥之後，互相都摸清了底細，知道誰都勝不了另一方，打下去沒有意義。但六條海龍也並未離去，而是一直在對面的山谷中，靜靜盤繞或遊走，似乎在等待什麼。

3.

我終於跟麥思賢聯繫上了，發現九淵實驗室的專家組竟然已經到了東北，在白山市。與此同時，聯合指揮部的大本營也駐紮在這裡。

因爲經歷過青龍事件，所以這一次聯指部從組成，到調度各機構的運行，都成熟許多。在六天時間裡，已經疏散完遊客，並且軍警聯合，將整個長白山區域封鎖戒嚴。而參與這次行動的部隊，爲方便指揮，統一稱爲回溯部隊，意爲讓世界恢復到這些地龍出現之前的狀態。

因這次不斷有地龍從已經無水大變樣的天池鑽出，情況遠超上次的單獨一條青龍，所以整個回溯部隊增加至三個集團軍的兵力，編爲回溯一軍到回溯三軍，其中包含了導彈、空軍、陸航等兵種，說是將整個戒嚴區域圍得水洩不通並不爲過。

聯指部派軍車將我們四人帶到白山市，車子停在麥思賢的帳篷前，當時他正在看著什麼資料。見我們進來，顯得很激動，起身跟我擁抱了一下，說：「你總算回來了，這裡太需要你了。」

之後他先將情況簡要跟我介紹了一遍，最後將手裡的那疊資料遞過來，說：「這是戍者讓人送過來的。」

「戍者？」我皺起眉頭，「那個王八蛋，他人呢？」

「先別罵他，他給我們的資料很有價值，否則不知道需要走多少彎路。但這些東西是托陌生人送的，他自己可能暫時還不想現身。」

梁丕有點不以爲然，說：「他都講了些什麼？」

麥思賢站起身，走到桌子前拿起煙斗，點上後說：「他說有人把不死珠採了，原本不死珠是與一種叫作鯤鵬權杖的東西一起，將那條魔龍鎮壓在海底熔漿之中的，現在沒辦法鎮壓了，所以魔龍逃了出來。而魔龍對面山谷裡的那六條海龍，一直在地下看守不死珠，並鎮守那條魔龍，所以也跟著出來了。」

「那牠們怎麼不打了？」弗朗索瓦問道。

「也許是兩軍對峙，都沒把握，一方暫且按兵不動，固守待援吧。但魔龍那一方，牠們似乎在鞏固地盤，因爲那些地龍在不斷挖掘山洞。戍者說，魔龍想以長白山爲基地，當作地龍入侵地表的大本營。」

我想了想，有些不解，問：「可乾樸說過，就是那個戍者，他在地下時親口說的，說異珠能量網能夠將這些地龍攔截在地下。總不可能不死珠一被採，整個能量網就全都破了吧？況且，既然有異珠能量網，還用得著讓不死珠配合鯤鵬權杖來鎮壓魔龍嗎？」

麥思賢將我放在桌上的那一堆資料翻到某一頁，說：「關於這點，他這裡寫得很詳細，事情沒有那麼簡單。異珠能量網形成的能量結界，可以將地龍的絕大部分中低等種群，以及地下人，也就是暗能量的物質，攔截在地下。但魔龍是地龍中的高級種群，相當於海龍中的龍王，暗能量等級非常高，單靠能量網攔不住，所以才需要單獨鎮壓。現在不死珠被採，本來能量網就大打折扣，使得普通地龍種群可在地表延續的時間大大增加，而魔龍，則徹底掙脫了。」他指著遠處的山峰，「約坎薩，牠可以在地表一直待下去。」

郭美琪問：「約坎薩？約坎薩是什麼？」

「那條魔龍的名字。而這條金龍的名字，叫作元永，是龍祖肅元的後代之一。」

梁丕眨眨眼睛，說：「肅元、元永，那元永的後代，是不是該叫『永某』了？」

「有可能吧，或許這是牠們的某種命名規則。」麥思賢嘆了口氣，「只是可惜了那條青龍，牠也有名字的，叫作飛廉。」

梁丕說：「這是什麼輩分啊？」

麥思賢攤開雙手，說：「誰知道呢？這裡面沒有將海龍的所有族譜寫出來，只說了名字。我經常會在飛廉前面站很久，這麼久了，雖然沒做任何防腐處理，但依然栩栩如生，一點都不曾腐爛。你摸牠的青鱗時，那股冰冷能透過掌心，直接到達你的心裡。」

弗朗索瓦坐不住了，轉了好久，終於開口問：「這位麥教授，我在地下待了很久，但從沒有見過地下人。你剛才提到地下人，這個情況，確定嗎？」

「至少乾樸是這麼說的。也許，也許你並沒有將整個地下世界探索完吧。」他吸了口氣，「好了，我們來談談這次的事情。約坎薩一直在天池，六天的時間，都沒消失；但那些低等地龍，按照乾樸的這份資料，應該只能在地表待一定的時間，但之所以數量一直沒變，甚至還在不斷增多，是因爲源源不斷有新的出來，就像是換班一樣，白班的回地下去了，夜班的來了更多。這也是暫時還能將牠們控制在長白山範圍內，沒有擴散的原因。而對於約坎薩，聯合指揮部的一致意見是只能將其擊退或消滅，沒有別的辦法，所以現在問題就是——如何打擊？是使用軍事武力，還是依靠神龍的力量，或者別的什麼辦法？」

我說：「那六條神龍的力量是一定需要借助的，一般武力只能對付低等地龍，約坎薩甚至能存活在熔漿中，恐怕普通武器是沒用的，除非能擊中牠的眼睛。」

梁不說：「乾樸那麼厲害，他難道就沒提什麼建設性意見嗎？我看他在地下，還用鯤鵬權杖刺了約坎薩一槍。」

「他在最後說，鯤鵬會不能在世人面前顯露，這是他們千百年來的規矩；這次給我們資料，已經是破例，冒了極大風險。如果魔龍不回地下，他們不會動手。」麥思賢將資料重新放回桌子上，

「知道最後一句話是什麼嗎？——日月相易、明暗輪迴，光明與黑暗的界限，幽影才是永恆；萬物芻狗、世人羔羊，正義與邪惡的界限，幽影方可裁決。我們是幽影裁決者，我們在幽影中永恆。」

梁丕拿起桌子上一包煙，叼上一根，說：「這×過頭了吧。縮頭烏龜就是縮頭烏龜，找什麼藉口！」

麥思賢說：「不管怎麼樣，現在只能靠我們自己了。」

大家在帳篷裡沉默了下來，這時，一個士兵走進來，對麥思賢說：「麥教授，聯合指揮部半小時後召集會議，派我來通知您。」

「好，我知道了。」他轉身面向我們，「你們有什麼建議要提的嗎？」

我想了想，說：「教授，你們有沒有想過，怎麼才能調動那六條海龍？」

「討論過，但是沒結果，沒人知道牠們爲什麼不動，可偏偏又不離開。也沒人知道牠們什麼時候會去攻擊魔龍。所以，我們一直在等，在觀察。」

「我在下面的時候，親眼所見，魔龍一出來，金龍立刻就去進攻了。但後來，魔龍召喚了無數的鋸齒翔龍，那些小龍就像吸血蝙蝠一樣，沾滿了金龍的全身，而且數量多得驚人，也不怕熔漿。但金龍和蟠龍是不死之身，魔龍對牠們也無可奈何。」

麥思賢眼睛朝一旁瞥了瞥，思考片刻後說：「你的意思是，因爲有那些小龍，所以六神龍沒辦法施展，進攻魔龍也就沒有意義，但又不甘心離去，所以就在那裡待守？」

「那些低等地龍明明無法在地表待很久，但爲什麼約坎薩還是要召喚牠們出來？因爲如果沒有牠們，約坎薩就無法單獨立足，無法對抗六神龍。所以這一切的癥結就在鋸齒翔龍、短矛龍、掘龍這些東西身上，只要將牠們消滅，或者能夠完全牽制住，使牠們無法成為魔龍約坎薩的幫手，只有這樣，六神龍才能放開一搏。」

麥思賢嘴角浮出一絲笑意，說：「我覺得你這個想法非常正確，一會我一定要提出來。」

4.

因為我身分和經歷的特殊性，聯合指揮部最終採納了我的意見，這不是一個簡單和容易的決定，因為一旦開火，將要面對的是遍布長白山區的各種地龍，代價非常大。

回溯軍團的99式主戰坦克群，開始沿北、西、南三個方向，以包圍圈的形式，緩緩向山間開進；而機動部隊則搭乘各式突擊車和裝甲車，向複雜地形前進。每個方向都分成無數突擊小組，進行地毯式搜尋進攻，步步為營。這些部隊的任務一是負責消滅以及牽制以短矛龍為主的低等地龍種群；二是占領各處制高點，幫助建立高炮及高機陣地，對付空中的鋸齒翔龍。整個長白山區，霎時間響起此起彼伏的槍炮聲，空中滿是高射彈雨。

駐留在黑風口的魔龍約坎薩，原本威風凜凜，注視著山下的一切，此時突見晴朗的天空滾起烏雲，午後的時光頓變傍晚風暴前夕，雷聲中似隱藏著無限殺機。接著又聽見槍炮聲，以及空中翔龍的嘶鳴開始顯得焦躁，牠偶爾揮動幾下巨翅，接著從黑風口飛到天池周遭山峰的峰頂，朝天池內部發出龍嘯。

就在這時，一直盤臥在小天池和綠淵潭附近的金龍和蟠龍，開始遊走起來，最後突然朝山頂方向飛去，速度之快，當眞迅如風雷。

站在天文峰上的約坎薩，撲扇著翅膀，望著天池，完全沒有料到蟄伏了六天的神龍們會在此時襲擊。只見金龍從約坎薩右側兜了一個圈子，繞到前方山崖之下，接著倏地由正面發起進攻。一對利爪緊緊抓住約坎薩的翅根，龍牙利齒咬進其脖子喉頭處，兩條巨龍便如山崩一般朝後落下，直接摔到下面的氣象站平台，瞬間壓垮了數間房屋。

但金龍在上，魔龍在下，約坎薩仍舊被制，而且喉頭被元永死死咬住，想噴火也燒不著對方，只能仰面朝上不斷用爪子踢撓。

五條蟠龍群起而攻，趁著約坎薩露出腹部的機會，紛紛用利爪尖牙，刀子般將牠開膛破肚。這一下，約坎薩似乎著實吃痛，爆發出巨大能量，在兩隻巨翅的撐力下，一個巨龍翻身，碩大的身軀頓時將六條神龍盡皆壓於身底，一腳踩住元永的脖子，同時搏命一般朝上拉起，意圖迫使元永鬆口；另三隻利爪，踩住了三條蟠龍，死死壓住。只見四爪之下的岩石都開始裂出縫隙，終於金龍略一鬆口，魔龍的脖子瞬間撤出，跟著另一爪朝前卡死金龍的脖子，低頭朝著金龍近距離噴火。

元永頭部動彈不得，奈何身軀中後段又被約坎薩的右後爪踩住，沒法纏繞。而五條蟠龍均已飛出，落在約坎薩後背各處撕咬。

但這地獄魔龍似乎渾身金剛不壞，任由撕咬，仍不鬆開元永絲毫，活生生將其龍頭卡在烈焰中。神龍雖不死，但諸感皆在，是以其間苦痛可想而知。

這時北坡十幾公里的盤山公路上，五輛東風猛士軍用越野車正在疾馳，空中同時有直升機編隊，在向山頂同一方向前進。路邊隨處可見歪在一旁的裝甲車和坦克，回溯部隊的清剿任務之艱，可見一斑。

車隊剛通過一處之字形山口拐彎處，突然，一個巨大的黑影從左側撞了上來，第三輛猛士車便被瞬間橫向撞飛，直接跌出路牙，滾入山谷中。

緊跟其後的一輛越野車避閃不及，硬生生撞在這個高大如岩石的黑影上，另一輛車又連環撞擊。兩車中的兵士連忙跳下車，隨即槍聲大作，與這條短矛龍開始交火。

我坐在已經駛遠的第二輛車上，朝後看到這場景，只能愛莫能助，因爲此刻必須第一時間趕到黑風口附近，六神龍與約坎薩的交戰正在進行。

當兩輛猛士車停到氣象站平台的停車場時，幾架直升機的探照燈已經鎖定正卡著元永脖子，向其噴火的約坎薩。我凝視著眼前的一切，雖然火紅的頭髮在昏暗中特別明顯，但這一次我沒有先劈下五雷，因爲我想試試，約坎薩是否眞是金剛不壞之身。

在元永的狂嘯中，我的腳步開始加快，最後朝牠們狂奔了過去。約坎薩此時殺得興起，雙眼通紅，毫不在意後背上的五條蟠龍，所以當我從牠的尾部爬上去時，牠根本沒有任何反應。

胸中的怒火越竄越高，當我抖出信仰之刃，踩著牠的脊樑開始奔向那顆碩大醜陋而又恐怖的龍頭時，約坎薩似乎有了感覺，就在我最終高高躍起，發出怒吼的那一剎那，牠竟抬起了腦袋，轉了過來，一雙龍眼中映照出赤焰雙刃的影子。

在這千鈞一髮之際，這魔龍的反應出乎意料，居然猛地就地側翻，剎那間龍頭便向右偏離，同時左翅像一面巨盾向我扇來，將已經躍起的我結結實實打翻在地。但在我被扇得旋轉仰身的過程中，兩把焰刃卻接連劃過牠的翅膀，將其左翅撕開兩個口子，就像風箏上裂了兩道縫。

蟠龍們惡犬一樣撲上去，趁勢撕咬裂口，原本怎麼也無法咬透的約坎薩，左翅竟被五條蟠龍撕爛。

就在這時，從後面天池方向傳來陣陣恐怖的嘶鳴，我轉頭一看，一大群鋸齒翔龍，黑壓壓一片從裡面竄出，直衝這個平台而來。

五條蟠龍立即迎戰，嘴咬、爪撕、尾甩，就像是獵隼迎戰蝙蝠群，但如此多的翔龍，像蝗蟲過境一樣，鋪天蓋地席捲一切，壓過蟠龍，就朝直升機飛來。

幾架直升機猛烈開火，但根本毫無招架之力，片刻後全都機翼卡死冒出火花，斜斜撞向懸崖，炸起火浪。金龍元永見狀，旋即朝約坎薩胸部直竄過去，以迅雷不及掩耳之勢繞住牠那隻爛翅，隨後穿插到其脖頸，整個龍身盤成8字形，像把鎖一樣緊緊纏住約坎薩，猶如十字固❖，接著竟然驚人地離地而起，拖起約坎薩龐大的身軀，飛向了空中，朝山下方向而去。

只見昏天暗地的隱約電閃雷鳴間，一條金龍下方掛著一條側身翻倒，僅剩一隻翅膀垂在下面的地獄魔龍，沿著已經乾涸的長白山瀑布那一道峽谷，飛向山下。

五條蟠龍欲隨行而去，怎奈身陷泥潭，脫身不得。我重新站了起來，雙臂徐徐展開上抬，仰頭微望。這時連續三次集束閃電劈向天池谷口，硬生生將仍不斷飛出的翔龍擊得沒了後續蹤影；接著一道閃電劈向氣象站的避雷針，這道閃電持續不斷的同時，旁邊開始不停劈下兩道、三道……十道……直至忽閃不斷的雷霆布滿整個平台山口，萬電森林之景出現在我眼前。

那些漫天飛竄的蝗蟲群般的翔龍，在這無數的電閃雷鳴之間，逐漸消失殆盡，直至空中只剩下五條蟠龍，而地上則如腐葉一般，全是散發著惡臭的「地獄火蝙蝠」。

蟠龍們隨即朝金龍的方向飛去，我追至懸崖邊，不得不止住腳步。就在這時，最後的一條蟠龍突然停住，在空中遊走一圈後，竟然回頭，停到了我面前的懸崖邊上。看著牠的眼睛，我似乎明白了，於是翻身上龍，跨坐在牠的頭盾後面，緊緊揪住兩隻龍角。

蟠龍頭盾猛張，竄向空中，追著前方而去，最後竟然停在牠們原本棲身盤臥的小天池附近。因天池湖水全部被岩漿沖出，所以這山下位置的小天池和附近的綠淵潭，水位漲了很多，接近平日的兩到三倍。

而金龍將約坎薩背到這裡的上空之後，在離地千餘公尺的高度，猛然鬆開龍身，將這地獄魔龍直直扔下。約坎薩如此龐大的身軀，任憑如何撲扇那僅剩的一隻翅膀，都無法再次飛起，只是在空中略微畫了一個螺旋軌跡之後，便如巨型隕石從天而降，砸塌了小天池旁邊的一座山的山尖，發出一聲極為淒厲的慘叫後，滾到了池子的水裡。

❖ 十字固，柔術術語，英文為armbar，常見於綜合格鬥比賽中。

六條神龍聚到池子上方，片刻後向下俯衝，似乎要在水中將約坎薩最終了結。就在六神龍即將接近池水，還有十幾公尺的時候，忽然間一個如山般的黑影從水中向上竄出，怒張的龍嘴中滿是刀鋒樣成排的尖牙，對準金龍的腦袋一口咬下，那張大嘴擴張到令人難以置信的程度，幾乎將元永的龍頭整個吞下。約坎薩與元永露在外面的龍身，同時倒向一邊，半身在水裡，頭部露在岸上。約坎薩的喉頭處開始現出熾熱的烈焰，隨即怒火噴出，爆裂火焰將元永從龍頭到龍尾，全部覆蓋，元永的整個身軀都置於地獄火焰當中。

五條蟠龍欲去抓撓約坎薩的雙眼，但約坎薩厚重的眼皮甚至賽過身上的鱗甲，此時牠雙目緊閉，將幾乎無窮無盡的地獄火噴射出來，以洩心頭之恨。或許牠的心中還有另一個想法，金龍雖爲不死之身，但不死同時也是命門，如果能夠將痛苦與之綁定，那麼不死就成了最殘酷的懲罰。如果元永的頭顱永遠陷進自己的喉頭，甚至自己的身軀之中，那麼自己死後，這副幾乎無法摧毀的地火龍鱗之軀，將會成爲元永永恆的棺材。但是牠錯了，牠的身軀並非無法摧毀，乾樸持鯤鵬權杖曾經刺傷過牠，儘管並不致命；而這一次，在我手中燃燒的信仰之刃，將帶給牠致命一擊。

那條蟠龍將我從池水的另一側帶起，飛向元永倒下的這邊湖畔，在與約坎薩騰出的同樣高度時，胸中沸騰的怒火，令我從蟠龍的後背躍下，如同一隻神鷹，俯衝到約坎薩如巨岩般的頭部，重重砸落。我單膝跪倒，兩柄熊熊燃燒的信仰之刃高揚，隨著用盡全身之力地刺下，焰刃穿透黑鱗眼皮，盡沒龍眼之中。

血從劍柄流下，地獄火逐漸熄滅。

第三十二章

無底歸墟

1.

元永帶著五條蟠龍，從天池回到了地下，大概是回到了那陸橋盡頭的朋字山島了吧。如果有機會的話，我想再去看看牠們。回溯部隊殲滅了大約五分之一的地龍，在我看來這已經是很了不起的戰績，你若能親眼見到，便會相信，消滅一隻都極爲困難。餘下的被異珠能量網再度攔回了地下，而且再也沒有從天池上來。我很想知道不死珠到底是被誰採了，還是被火山噴發時的岩漿給毀了，不過當時，我確實沒打探到。

2.

地下室，幽藍色的燈光，一隻蜥蜴趴在爬寵箱裡的仿生樹枝上。實驗台的盤子裡，一顆金色的珍珠，照亮了幾乎半個室內空間。

「師父，這珠子怎麼辦？」

蘇家輝盯著看了許久，說：「賣了。」

「賣了？我們現在有兩個背包的珍珠，犯不著賣這個。」

「那留著幹嘛？」

杜志發想了想，說：「這是不死珠啊，能救命的。」

蘇家輝又沉默了許久，嘆了口氣說：「我不願不死，不死對我而言，意味著永恆的痛苦。」

「爲什麼？」

「因爲……因爲我的夢想實現了。在往後的路，我不願獨生。」蘇家輝靠在椅背上，轉頭看了看杜志發，「等你有了一個眞正愛的人，你會明白我的。」頓了片刻，「或者，送給你吧。」

杜志發驚訝地抬起頭，眨了眨眼，說：「您說送……送給我？可我已經有了那麼多珍珠了。」

「再多一顆不好嗎？況且，這不死珠，本來就該有你的份。」

見杜志發不說話，蘇家輝直起身，說：「你想不死嗎？」

「我……我不知道。如果沒遇到您，可能會想吧。」

蘇家輝將椅子拉到杜志發身邊，伸手放在他肩膀上，語重心長地說：「不死，不是你我的命運。老天給你安排了一條更精彩的路。人，如果背叛自己的命運，將永遠都不會快樂。如此一來，不死，終將令你生不如死。」

3.

麥思賢的書房裡，那顆金色的不死珠在他手上綻放著奪目的異彩，將窗簾背後的陰暗，全部驅散。杜志發坐在沙發上，抽著煙，說：「教授，您看我這人講信譽吧？您幫了我一把，告訴我去找蘇佩他爸，但是要我無論探到什麼珠子，第一站都得先送您這來。現在，即便這是顆不死珠，我都信守諾言，給您送來了。」

麥思賢將珠子放回盒子裡，緩緩闔上蓋子，重新拿起那根珊瑚煙斗，說：「其實這東西對我們來說，根本沒用。因爲除了楊宣以外，還沒人可以擁有龍血。所以，咳，眞是雞肋啊。」

「話不能這麼說，教授。您收藏珠子這麼多年，那些珠子哪一個有用的？可您不還是花大價錢收嗎？」

麥思賢出神地點點頭，說：「確實是這麼個理。只不過呢，東西越好，越令人感到遺憾哪。」他長長嘆息一聲：「也罷，也罷，這珠子，我收了。」

4.

四海異珠一直空著的櫥櫃裡，終於擺滿了珍珠，高規格珠寶店的氣勢，一下子便起來了。兩位年輕貌美的店員站在店門兩旁，笑迎顧客。

店面後的經理室裡，杜志發坐在老闆椅上，鋼子穿著一身明顯小一號的廉價運動服，窩在一旁的沙發裡。這時杜志發從口袋裡掏出個信封，扔了過去。

鋼子拿起信封，無精打采地打開一看，立刻興奮地直起身，抬頭說：「發哥，這……？」

「你的薪水。」

鋼子掏出裡面的錢，厚厚一疊，有些不敢相信，說：「有這麼多啊？！」

杜志發用夾著香煙的手指著他說：「早就跟你講了，發哥我是看在舅媽的份上，才帶你的。當初任憑我怎麼講，說絕不會虧待你，你他媽都不信，現在信了吧？」

「信，信，信，一定信。」

「知道這錢怎麼花嗎？」

鋼子抬頭愣了一下，似乎被問住了，片刻後說：「我得儲值點卡，遊戲帳號裡沒時間了。」

一個紙團瞬間就飛了過去，砸在鋼子腦袋上，杜志發罵道：「你有點出息行不行？記住了，行走江湖的第一要務是——弄身像樣的行頭！趕緊買身好衣服換上，要不然別跟發哥我混了。」

這時店裡來了位客人，店員上去問，誰知他徑直朝裡面走過來。

進了經理室之後，杜志發一愣神，隨即喊了起來：「呵，老梁，你怎麼來了？」

鋼子把信封往懷裡一揣，湊過來說：「發哥，我先去儲值點卡了。」杜志發眼睛一瞪，「不，不，說錯了，哥。我先去買衣服了啊。」然後忙不迭地就走了出去。

梁丕眼珠滴溜一轉，說：「正好路過你的店，順道來看看你。」轉身朝外瞅了瞅：「情況不錯嘛，我看展示櫃都擺滿了。」

「咳，哪能跟你比啊！我這都是小生意，混口飯吃罷了。」

梁丕俯下身，小聲問：「你後來去亞松森藍洞，採到珠子了？」

杜志發愣了愣，被這猝不及防的問題難住了，然後趕緊說：「沒有，這不怎麼都找不到船嘛。怎麼，老梁你有船介紹給我？」

梁丕盯著他看了片刻，清了清嗓子，說：「老弟啊，我告訴你個地方，這地方叫作無底歸墟，共有五座山：一曰岱輿，二曰員嶠，三曰方壺，四曰瀛洲，五曰蓬萊。」

「蓬萊？什麼蓬萊？」

「蓬萊仙島啊。當年秦始皇派徐福，帶了三千童男童女出海去找。」梁丕白了杜志發一眼，接著說，「島上珠玕之樹皆叢生，華實皆有滋味，食之皆不老不死。這五座山開始時無根，隨波上下浮動，後來被巨鼇頂起穩住了。但岱輿與員嶠二山底下的巨鼇死了，於是這兩座山就漂流到了北邊，並且靠到了一起，合起來像個朋友的朋字，也許我們可以稱之爲朋字山。在朋字山的對面，有座滿是窟窿的萬竅山。我來，就是想問問你，這無底歸墟，你熟悉嗎？還有珠玕之樹，見過沒？」

杜志發咽了口唾沫，說：「你這都說的什麼啊？又是古文，又是白話文的。」

「這可不是我說的啊，大部分都是《列子．湯問》❖裡面記載的。」

「我沒讀過什麼書，列子不知道，兒子現在倒是想生一個。」杜志發大大咧咧地說。梁丕覺著沒趣，揮手啐道：「婚還沒結，生什麼兒子。等眞生了，你就覺得沒那麼好玩了。」

沉默了片刻後，氣氛顯得有些尷尬。於是梁丕起身，拍了拍手裡的皮包，說：「好，你既然不熟悉，沒去過，那就算了。我先走了。」

「抽根煙再走吧。」

「不了，公司還有事。」

等梁丕走遠，杜志發坐到眞皮轉椅上，眨眨眼，自言自語道：「難道我他媽去了趟蓬萊仙島？」

5.

在不死珠這件事後，我和郭美琪決定結婚。因爲那之前都已經見過雙方家長，沒有一方不同意的，而且兩邊家裡都很歡喜，所以就辦了，很順利。

先在深圳辦了一場，但郭美琪家很多親戚都無法及時趕過來，所以我們又去美國辦了第二場。美國的婚禮就在郭家位於波士頓的莊園裡舉行，來了好多人，非常熱鬧。我和郭美琪興奮極了，尤其是在剛剛經歷了一場生死之戰後，這種甜蜜的幸福，讓人覺得備感珍惜。酒宴一直持續到深夜才散去，兩人心裡雖然開心，但畢竟鬧了整整一天，還是有些疲憊，於是洗完澡後，便進了新房。

屋裡沒有開燈，而是點著蠟燭。我靠在床背上，枕著手臂回想過往的經歷，嘴角笑著感嘆：「這一切眞的就跟做夢一樣。」

「做夢不好嗎？我就喜歡做夢。」

我捏了一下她的下巴，然後拿起床頭櫃上的酒杯，發現杯子空了，再倒酒時，發現原來瓶子也空了。

「我再去拿一瓶過來。」郭美琪說著，準備下床。

我攔住她，自己掀開被子下了床，說：「我去吧，外面挺冷，妳別著涼了。」

我束好睡衣的腰帶，打開門，下樓去了地下室的酒窖裡。那裡既有堆疊起來，用橡木桶貯存的酒，也有在架子上擺著的一列列瓶裝酒。我在架子前依序看著，都不是很滿意，當走到最後一排時，想把裡面的一瓶拿出來看看，誰知那瓶子似乎被卡住了，於是我稍微用了下勁。

那瓶子動了動，卻仍沒有出來，但最後一排的酒架子開始水平向左移動，最終竟然在酒架子後面露出一個房間——一間位於地下室酒窖裡的密室，裡面亮著昏暗、橘黃的燈光。

我驚訝地走了進去，看起來像一間書房，但是陳設很簡單，桌上放著本打開的書，桌角有一張裱在鏡框裡的相片，立在那裡。我拿起相片，是黑白照，看起來有些年頭了：一個四十歲左右的男人，依稀是郭美琪的爺爺——郭品海的模樣，正站在碼頭對著鏡頭微笑；背後一艘大船的船尾吊車上，拖拽著一張大網，網孔中露出幾條長滿吸盤的巨大觸手；船身上幾個字母模糊不清，但隱約可以認出來似乎是GODS；而相片的右下角位置，則是一個燙金單詞——Harpȳia。

❖列子・湯問：「渤海之東不知幾億萬裡，有大壑焉，實惟無底之谷，其下無底，名曰歸墟。八紘九野之水，天漢之流，莫不注之，而無增無減焉。其中有五山焉：一曰岱輿，二曰員嶠，三曰方壺，四曰瀛洲，五曰蓬萊。其山高下周旋三萬里，其頂平處九千里。山之中間相去七萬里，以爲鄰居焉。其上臺觀皆金玉，其上禽獸皆純縞。珠玕之樹皆叢生，華實皆有滋味，食之皆不老不死。」

採珠勿驚龍2：鯤鵬之變

作　者—二郎神犬馬
主　編—楊淑媚
責任編輯—朱晏瑭
封面設計—張巖
內文設計排版—李宜芝
校　對—朱晏瑭、楊淑媚
行銷企劃—許文薰
第五編輯部總監—梁芳春
發 行 人—趙政岷
出 版 者—時報文化出版企業股份有限公司
一〇八〇三台北市和平西路三段二四〇號七樓
發行專線—（〇二）二三〇六—六八四二
讀者服務專線—〇八〇〇—二三一—七〇五
（〇二）二三〇四—七一〇三
讀者服務傳真—（〇二）二三〇四—六八五八
郵撥—一九三四四七二四時報文化出版公司
信箱—台北郵政七九～九九信箱
時報悅讀網—www.readingtimes.com.tw
電子郵箱—yoho@readingtimes.com.tw
法律顧問—理律法律事務所　陳長文律師、李念祖律師
印　刷—勁達印刷有限公司
初版一刷—二〇一七年十二月十五日
定　價—新台幣三二〇元
（缺頁或破損的書，請寄回更換）

時報文化出版公司成立於一九七五年，
一九九九年股票上櫃公開發行，二〇〇八年脫離中時集團非屬旺中，
以「尊重智慧與創意的文化事業」為信念。

採珠勿驚龍. 2 : 鯤鵬之變 / 二郎神犬馬作. -- 初版. -- 臺北市 : 時報文化, 2017.12
面； 公分

ISBN 978-957-13-7234-1(平裝)

857.7　　106021438

ISBN 978-957-13-7234-1
Printed in Taiwan